A Faint Cold Fear Thrills Through My Veins
William Shakespeare

Zu diesem Buch

Dr. Moyne ist gar nicht zufrieden mit dem Gesundheitszustand der 89jährigen Julie Maïeul. Er rät zu einer Operation, aber die seltsame alte Dame will davon nichts wissen. Vertraut sie etwa den Ärzten nicht mehr, seit sie – die einstmals berühmte Pianistin – einige Finger bei einem Unfall verlor? Wer die verkrüppelte Julie kennt, weiß, daß etwas ganz anderes in ihrem Kopf vorgeht. Aber wer kennt sie schon? Über die Jahrzehnte hinweg hat sie es gelernt, ihrer Umgebung eine perfekte Komödie vorzuspielen.

Nicht einmal ihre Schwester Gloria, noch einmal zehn Jahre älter als sie und Zeit ihres Lebens eine gefeierte Violinistin, ahnt, was hinter dem faltigen Gesicht von Julie vorgeht. Wie könnte sie auch, ist sie doch seit jeher gewohnt, sich selbst als den Nabel der Welt anzusehen. Die nahezu Hundertjährige hält Hof in ihrer Villa auf einer Mittelmeer-Insel in der Nähe von Cannes.

Eines Tages macht ein interessantes Gerücht die Runde unter den Bewohnern dieses idyllischen Refugiums. Die Nachbarn freuen sich darüber, daß die berühmte Violinistin an ihrem hundertsten Geburtstag das Kreuz der Ehrenlegion erhalten soll. Auch Julie natürlich – denken die Nachbarn. Aber von dem makabren Plan, den die Todgeweihte in einem letzten Aufbäumen ihrer Kräfte entwirft, ahnt noch nicht einmal ihre Vertraute Clarisse etwas.

Pierre Boileau und Thomas Narcejac waren beide schon mit dem Grand Prix du Roman d'Aventures ausgezeichnet worden, ehe sie ihre schriftstellerische Zusammenarbeit begannen, in deren Verlauf zahlreiche Kriminalromane entstanden, von denen mehrere Preise erhielten und verfilmt wurden. In der Reihe rororo-thriller liegen weitere 14 Kriminalromane vor. Drei lange vergriffene Erfolgsromane wurden in Dreierbänden wiederaufgelegt. Im Januar 1989 starb Pierre Boileau in Nizza. Die zwei letzten Romane des Autorenpaares werden folgen.

Boileau / Narcejac

In inniger Feindschaft

Deutsch von Elke Bahr

rororo
Rowohlt

rororo thriller
Herausgegeben von Bernd Jost

Deutsche Erstausgabe
Veröffentlicht im Rowohlt Taschenbuch Verlag GmbH,
Reinbek bei Hamburg, Juli 1989
Die Originalausgabe erschien 1988 bei Éditions Denoël, Paris
unter dem Titel «Champ clos».
Redaktion Ronald Gutberlet
Umschlagfoto Thomas Henning/Bettina Scheffler
Umschlagtypographie Peter Wippermann/Nina Rothfos

Satz Sabon (Linotron 202)
Gesamtherstellung Clausen & Bosse, Leck
Printed in Germany
780-ISBN 3 499 42913 6

Die Hauptpersonen

Julie Maïeul	war eine berühmte Pianistin, bis sie zum Krüppel wurde
Gloria Bernstein	war eine berühmte Geigerin und zehrt noch immer von ihrem Ruhm
Clarisse	lebt im Haus der beiden und ahnt nichts von dem drohenden Unheil
Hubert Holtz	wird schamlos ausgenutzt
Gina Montano	begibt sich zur falschen Zeit an den falschen Ort
Raoul	ist eine gute Seele
Dr. Moyne	sorgt sich um Julie
Dr. Prieur	sorgt sich um Gloria
Dr. Lambertin	sorgt sich um beide, verschreibt aber das Falsche
Paul Langlois	hat eine fatale Idee
Glorias Ehemänner	starben alle unter mysteriösen Umständen
Monsieur Muraccioli	ist der Engel des Todes

«Sie können sich wieder anziehen.»

Schwerfällig bemüht sich Julie vom Untersuchungsstuhl.

«Oh, Verzeihung!» ruft der Arzt. «Ich vergaß...»

«Lassen Sie nur, Doktor. Ich komme schon zurecht.»

Der Arzt geht hinüber in sein Sprechzimmer, während Julie ihre Sachen nimmt und sich wieder ankleidet. Es dauert nicht lange, sie hat nur ein leichtes Kleid überzustreifen. Dann betritt auch sie das Sprechzimmer und nimmt vor dem Schreibtisch Platz. Dr. Moyne schiebt sich die Brille in die Stirn und reibt sich nachdenklich die Augen mit Daumen und Zeigefinger. Sie weiß schon, wie sein Urteil ausfallen wird, und fühlt sich merkwürdig erleichtert. Endlich schaut er sie an.

«Ja», sagt er leise, «es stimmt also.»

Schweigen. Nur die Geräusche des Sommers hinter den halbgeschlossenen Fensterläden. Im Zimmer nebenan bearbeitet eine Sekretärin die Schreibmaschine, hört auf, beginnt von neuem, mit aufreizenden Unterbrechungen.

«Noch ist nichts verloren», sagt der Arzt. «Aber es wäre doch besser, sofort zu operieren. Ich versichere Ihnen, es gibt keinen Grund zur Aufregung.»

«Ich rege mich nicht auf.»

«Sie sind in guter Verfassung. In Ihrer Familie werden die Leute alt. Schauen Sie sich nur Ihre Schwester an – neunundneunzig Jahre und kein Gebrechen. Und Sie...» er schaut auf das Krankenblatt «...Sie sind schon neunundachtzig. Und sehen Sie etwa danach aus?»

«Sie vergessen das hier», bemerkt sie ungerührt und hält ihm ihre seltsam geformten Hände hin, die wie bei Mickymaus in Stoffhandschuhen stecken und nur aus wenigen Fingern bestehen. Dann versteckt sie sie wieder in einer Falte ihres Kleides. Der Arzt schüttelt den Kopf.

«Ich vergesse nichts», sagt er. «Ich begreife, was Sie fühlen. Ein Leiden wie dieses...»

Sie fällt ihm ins Wort und meint trocken:

«Das ist kein Leiden – das ist eine Verstümmelung.»

«Ja», antwortet er verbindlich und sucht offenbar nach den richtigen Worten, um sie nicht noch mehr zu verstimmen. Aber sie wirkt ganz gefaßt und begnügt sich damit, in einer Art eisiger Teilnahmslosigkeit hinzuzufügen:

«Das sind jetzt dreiundsechzig Jahre, daß ich diese Hölle mitmache. Ich glaube, das reicht.»

«Denken Sie darüber nach», sagt der Arzt. «Die Operation selbst ist, medizinisch gesehen, Routine. Sie haben nicht das Recht...»

Ein höfliches Lächeln schneidet ihm das Wort ab.

«Das Recht? Erlauben Sie mal – das geht nur mich etwas an.»

Sie bemerkt seine Verlegenheit und wechselt den Ton.

«Sehen Sie, Doktor... Nehmen wir einmal an, daß die Operation gelingt. Was bringt mir das? Zwei oder drei Jahre des Überlebens. Wollen Sie mir wirklich dazu raten? Und wenn ich mich weigere?»

«Dann wird es schnell gehen.»

«In welcher Zeit?»

Mit einer hilflosen Geste antwortet er:

«Das ist schwer zu sagen... Ein paar Monate... Wenn Sie allerdings auf mich hören, garantiere ich Ihnen noch eine lange Frist. Sicher mehr als zwei oder drei Jahre, in jedem Fall. Die sollte man sich doch nehmen, oder? Sie sind gut aufgehoben in *La Thébaïde*, viele würden gern mit Ihnen tauschen. Sie erfreuen sich eines luxuriösen Lebensabends. Ja, so ist es doch. Sie haben wirklich Glück, bei Ihrer Schwester leben zu können.»

«Meine Schwester?... Ja, natürlich... Ich habe ja meine Schwester.»

In ihrer Stimme schwingt Bitterkeit. Sie nimmt sich zusammen.

«Wissen Sie, Herr Doktor, wenn man so alt ist wie meine Schwester, lebt man nur noch für sich selbst.»

Sie steht auf, und der Arzt beeilt sich, ihr zu helfen.

«Lassen Sie nur, lassen Sie. Nur meinen Stock, bitte. Vielen Dank. In ein paar Tagen werde ich wiederkommen, um Ihnen meine Antwort mitzuteilen. Oder... Da fällt mir ein... Kommen Sie doch zu uns auf die Insel, mit unserem Bootsdienst. Das wird Ihnen Spaß machen, Sie werden sehen. Es ist wie im Alcatraz – allerdings mit fünf Sternen.»

«Kann ich Ihnen ein Taxi rufen?» fragt er.

«Bloß nicht. Mein Heilgymnast hat mir Bewegung verordnet, und er hat recht. Auf Wiedersehen.»

Er schaut ihr nach, während sie die Allee entlanggeht. Sie bewegt sich sehr langsam. Dann tritt er in das Büro seiner Sekretärin.

«Marie-Laure, schauen Sie doch mal.»

Er schiebt die Gardine zur Seite, um der jungen Frau Platz zu machen.

«Diese Frau da unten... diese alte Dame... das ist Julie Maïeul. Ich habe Erkundigungen über sie eingeholt. Alle Welt hat sie vergessen. Sie ist neunundachtzig Jahre alt, und... Nun ja, nach dem Krieg – ich spreche vom Ersten Weltkrieg – galt sie als größte Pianistin ihrer Zeit.»

Unten auf der Allee ist Julie Maïeul eben bei einem Hibiskusstrauch stehengeblieben. Sie beugt sich vor und versucht mit dem gekrümmten Ende ihres Gehstocks einen Zweig zu sich heranzuziehen.

«Sie kann nicht einmal eine Blume pflücken», erklärt der Arzt. «Sie hat praktisch keine Hände mehr.»*

«Wie schrecklich! Was ist ihr zugestoßen?»

«Ein Autounfall. Im Jahre 1924, am Rande von Florenz. Sie wurde gegen die Windschutzscheibe geschleudert. Damals kannte man noch kein Sicherheitsglas, und Windschutzscheiben waren so gefährlich wie Messerklingen. Die bedauernswerte Frau hatte instinktiv abwehrend die Hände vorgestreckt, und so ist es passiert... An der rechten Hand verlor sie den Mittel- und den Ringfinger; links den kleinen Finger, und an ihrem linken Daumen wurde ein Glied amputiert. Jetzt ist er steif wie ein Hebelstöckchen und bleibt immer in der Stellung stehen, die man ihm gerade gibt. Seitdem trägt Julie Maïeul immer Handschuhe.»

«Das ist ja furchtbar», sagt Marie-Laure. «Kann man denn nichts tun?»

«Es ist zu spät dafür. 1924 steckte die Chirurgie noch so gut wie in den Kinderschuhen. Außerdem war höchste Eile geboten.»

Der Arzt läßt den Vorhang fallen und steckt sich eine Zigarette an.

* Geht auf eine tatsächliche Begebenheit zurück, bei der eine berühmte Pianistin ähnlich verstümmelt wurde.

«Ich sollte nicht rauchen», räumt er ein, «aber ein tragisches Schicksal macht mich ganz unruhig. Und jetzt das Tollste...» und setzt sich auf seine Schreibtischkante. Marie-Laure mahnt leise:

«Monsieur Bellini wartet schon seit einer Weile.»

«Na schön, soll er doch warten. Ich habe Ihnen noch nicht den Clou erzählt: Julie Maïeul hat eine zehn Jahre ältere Schwester.»

«Wie? Eine Hundertjährige?»

«Beinahe. Aber nach allem, was ich höre, ist diese Hundertjährige in bester Form. Das hat schon was Komisches. Aber warum eigentlich? Als ob es ein Witz wäre, hundert zu sein. Dabei ist es in diesem Fall alles andere als spaßig, denn es war diese Schwester, die den Unglückswagen steuerte. Und die den Unfall verursachte. Sie fuhr schnell, weil sie am Abend ein Konzert zu geben hatte... Aber ich sollte vielleicht jetzt doch Monsieur Bellini hereinbitten. Wenn ich erst einmal drin bin in dieser Geschichte, werde ich kein Ende mehr finden können.»

«Nein. Jetzt dürfen Sie nicht einfach gehen.»

«Also, dann die Kurzfassung: Die Schwester von Julie Maïeul heißt heute Noémie van Lamm, und im Jahre 1924 stand sie auf dem Höhepunkt ihres Ruhms. Soweit ich weiß, steht ihr Name noch immer in den Musikchroniken: Gloria Bernstein, die berühmte Violinistin. Und unter diesem Namen lebt sie bis heute.»

«Sie hat also...»

«Ja. Sie war es, die mit ihrer Unvorsichtigkeit die eigene Schwester verstümmelt hat.»

«Mein Gott!» ruft Marie-Laure. «Ist das denn möglich?»

«Beide leben jetzt auf *La Thébaïde*. Madame van Lamm ist sehr reich, und ich glaube, sie tut ihr möglichstes, damit die unglückliche Julie ihr Leben erträgt. Aber natürlich steht dieses Drama noch immer zwischen den beiden.»

Er drückt seine Zigarette im Aschenbecher aus, steht auf und wendet sich, beinahe unwillkürlich, erneut zum Fenster. Er sieht, wie seine Patientin eben durch den Gitterzaun greift.

«Ich finde nicht die richtigen Worte für sie», sagt er leise. «Ich möchte ihr sagen... Wenn sie ihren Mann verloren hätte oder ihren Sohn – in einem solchen Fall fällt einem etwas ein. Aber ihre Hände... Ich verstehe, daß ihr alles egal ist. Was hat ihr das Leben noch zu bieten, nicht wahr? Kommen Sie, kommen Sie näher. Ich glaube fast, es ist ihr endlich gelungen, eine Blume zu erwischen.»

«Ja», sagt Marie-Laure, «eine Dahlie. Sie riecht daran. Ah, sie hat sie fallen gelassen. Ich kann Ihnen sagen, ich an ihrer Stelle wäre nicht auf die Idee gekommen, eine Dahlie zu pflücken.»

«Marie-Laure, Blumen sind vielleicht das einzige, was ihr geblieben ist. Nun gut, bitten Sie Monsieur Bellini herein.»

Julie Maïeul geht langsam, die rechte Hand gegen ihre Seite gepreßt. Diese Stelle hatte der Arzt umrandet, mit der Spitze seines Kugelschreibers. Das war vor zwei Wochen gewesen, am Schluß seiner ersten Untersuchung. Er hatte sich vergeblich bemüht, gelassen zu wirken, man hatte ihm seine Besorgnis angemerkt.

«Ist es etwas Ernstes?»

«Nein, ich glaube nicht, aber ich muß noch weitere Untersuchungen vornehmen.»

Dann hatte er eine Liste von Mitteln aufgestellt, die sie am Vorabend und am Morgen des nächsten Termins einnehmen sollte.

«Sie werden schon sehen – der Geschmack ist nicht übel.»

Es war scherzhaft gemeint. Er versuchte sich zuversichtlich und fürsorglich zu geben, als wäre sie seine Großmutter. Er war ungefähr vierzig Jahre alt und von einem Blond, das bereits die nahende Kahlköpfigkeit ahnen ließ. Er nahm sich viel Zeit.

«Im Juli», sagte er, »hab ich es nie besonders eilig. Das ist die Zeit, wo die Leute nicht krank werden wollen.»

Während er sich Notizen machte, befragte er sie ausführlich. Er hatte sofort begriffen, daß sie die Hände nur deshalb hinter ihrer Tasche versteckte, weil sie einem unbewußten Drang, sie zu verbergen, folgte. Was steckte dahinter? Eine Verbrennung? Ein Ekzem? Ein angeborenes Gebrechen? Als sie ihm ausgiebig schilderte, an welchen harmlosen Krankheiten sie seit ihrer Kindheit gelitten hatte, fragte er sie unverblümt:

«Was ist mit Ihren Händen?»

Verlegen hatte sie zu der Verbindungstür mit dem Büro der Sekretärin geblickt.

«Glauben Sie, daß...»

Dann hatte sie mit einem trotzigen Zug um den Mund angefangen, ihre Handschuhe abzustreifen, einen nach dem anderen auf die Innenseite rollend, wie man einem Tier den Balg abzieht. Schließlich streckte sie ihre Hände dem Arzt hin, und so hatte er voller Verblüffung diese roten, von blassen Narben durchfurchten Reststummel gesehen, diesen Daumen, kerzengerade wie ein Stück Holz, diese Finger, die allmählich einschrumpften, als müßten sie noch einmal sterben.

«Wenn ich den Dreckskerl erwische, der Sie so zugerichtet hat!...»

Er hatte seine Brille ganz hoch in die Stirn geschoben und betrachtete kopfschüttelnd die Katastrophe, während sie mit erschütternder Würde den Versuch machte, ihre Handschuhe wieder anzulegen. Er wollte ihr helfen.

«Lassen Sie», sagte sie, «das ist meine Angelegenheit.»

Er stand auf und ging hinüber ins Untersuchungszimmer, als habe er dort etwas vergessen. Er zog es vor, sie dabei allein zu lassen, wie sie außergewöhnlich geschickt mit dem intakten Zeigefinger und dem Daumen den Stoff über ihre Stümpfe zog. Als er zurückkam, fand er sie ganz ruhig und fast ein wenig belustigt über die Verwirrung, die sie verursacht hatte.

«Ich werde es Ihnen erklären...»

Sie gab ihm einen vollständigen Bericht über ihr Leben, ihre triumphalen Tourneen, die vollen Säle, die Beifallsrufe – bis zu dem Abend, wo ihre Hände zerschmettert wurden, kurz vor Florenz. An diesem Abend war ihr Selbst gestorben.

Er hatte ihr gespannt zugehört, Mitleid und Schrecken standen ihm im Gesicht. Sie schloß mit den Worten:

«Fast hätte ich mich umgebracht. Ich habe es sogar versucht.»

Er hatte geschwiegen, um nicht zu sagen, daß er in einem solchen Fall nicht versagt hätte. Dann hatte er sie ein Stück begleitet, die Allee hinunter bis zum Zaun. Und als er sich von ihr verabschiedete, hatte er liebevoll ihre Schulter gedrückt. Wie von Mann zu Mann, vor einem Kampf.

Sie ist jetzt am Kasino angelangt, ihre Augen suchen nach der Bar mit Zigarettenverkauf, die sie auf dem Hinweg gesehen hat. Die Hitze macht ihr zu schaffen. Wenn sie ihren Bedürfnissen folgen könnte, würde sie sich einfach auf den Rinnstein setzen wie eine Stadtstreicherin, aber das ist nur einer dieser absurden Einfälle, die ihr immer durch den Kopf wirbeln, wenn sie müde ist. Die Bar hat den Namen *La Civette*, genau wie der Laden in Paris beim Palais Royal, wo sie vor gut zwanzig Jahren mit dem Rauchen aufgehört hatte. Der Arzt hatte ihr gesagt: «Kein Alkohol mehr, keine Zigaretten. Andernfalls wissen Sie, was Sie erwartet.» Nun, und jetzt?

Warum sich noch länger kasteien? Sie hat keine Lust mehr zu kämpfen. Trotzdem hat sie keine Angst. Es ist so unwichtig, das alles!

Sie zieht den Vorhang zur Seite. Die dicken Perlen klingen wie ein *Danse macabre*, als sie eintritt und zwei Päckchen Gauloises verlangt. Sie versteckt ihre Hände unter dem Rand der Theke, nimmt ihr Portemonnaie aus ihrer Tasche und reicht es dem Besitzer der Bar.

«Bezahlen Sie sich selbst! Sie müssen entschuldigen, ich habe Arthrose in meiner rechten Hand.»

«Ah, ich weiß, was das heißt!» sagt der Mann. «Ich auch, wenn's mich erwischt...»

Er zählt die Münzen ab, öffnet das eine Päckchen und schnippt eine Zigarette heraus.

«Bitte sehr.»

Sie klemmt die Gauloise zwischen Daumen und Zeigefinger und führt sie an die Lippen, während ihr der Wirt eilfertig Feuer reicht.

«Geben Sie mir doch auch noch ein Päckchen Streichhölzer», sagt sie.

Demonstrativ inhaliert sie ganz tief bei ihrem ersten Zug. Es schmeckt wirklich nicht gut. Sie fühlt sich wie ein Junge, der seine erste Zigarette raucht und überhaupt nicht versteht, was man am Tabak finden kann. Mit einem leichten Ekel verläßt sie das Lokal. Die Frage ist nun: Soll sie die Zigarette im Mund behalten oder die beiden gesunden Finger ihrer rechten Hand benutzen, um besser rauchen zu können? Oder soll sie sie zwischen Zeige- und Mittelfinger ihrer Linken klemmen, wie in den Zeiten, bevor sie Handschuhe trug?

Überhaupt – warum hat sie nur eines Tages den Entschluß gefaßt, Handschuhe zu tragen? Sie wird es nicht so leicht vergessen – es war ihre Schwester, die mit den Worten «So wird es weniger auffallen» darum gebeten hatte.

Der Taxistand liegt auf der anderen Seite des Platzes. Sie geht über den Zebrastreifen vor dem Kasino. Was hatte Gloria noch gesagt? «Es wird weniger auffallen» oder «Es wird sauberer aussehen»? Wie auch immer, sie hatte jedenfalls eine bösartige Formulierung gebraucht. Worte, die auf der Haut brannten wie Nesselfieber. Doch inzwischen läßt sich Julie nicht mehr aus der Fassung bringen. Dieser blaue Rauch, den sie da zum Spaß durch die Nase bläst, wirkt irgendwie beruhigend. «Ich bin mein eigener Herr», sagt sie sich in Gedanken, während sie in einen Mercedes klettert, dessen Chauffeur *Le Petit Provençal* studiert.

«Zum Hafen.»

Sie drückt sich in die Sitzecke. Was sagt dieser Mensch? Er hat sich zu ihr umgedreht und in behäbiger Leutseligkeit verkündet:

«Oma, heutzutage wird nicht mehr geraucht im Taxi.»

Gestern hätte sie ihn noch gehörig in die Schranken verwiesen. Heute will sie sich nicht mehr auf Diskussionen einlassen. Sie öffnet das Fenster und wirft den Zigarettenstummel hinaus.

Das Taxi setzt sie am Ufer ab. Unten an der Treppe wartet das Motorboot, herausgeputzt und glänzend wie ein Spielzeug. Touristen flanieren vorbei. Sie machen Fotos oder schauen mit dem Fernglas hinüber zur Insel. Sie liegt so nahe, daß man durch das viele Grün deutlich die Villen erkennt, die Tennisplätze und die Swimmingpools, deren Blau himmlischer ist als der Himmel selbst.

«Sie werden erwartet, Mademoiselle», sagt der Bootsmann. Er steht bereit, um ihr an Bord zu helfen, und streckt ihr schon die Hand entgegen. Auf der Rückbank sitzt dieser geschwätzige Mann aus der Nachbarschaft, dessen Name sie einfach nicht behalten kann. Er unterhält sich gerade lebhaft mit einem Unbekannten in weißen Shorts und weißem Pullover. Der Bootsmann führt sie zu den beiden Herren, die sich zu ihrer Begrüßung erheben und ihr einen Platz auf ihrer Bank anbieten.

«Haben Sie einen schönen Spaziergang gemacht?» beginnt dieser Monsieur... Monsieur... Ménétrel oder Messager oder so ähnlich... Es gibt wirklich nichts Lästigeres als dieses vertrauliche Gerede mit einem Menschen, den man nicht einmal mit Namen kennt.

«Mademoiselle Julie Maïeul», setzt er seine Rede fort, «wohnt bei mir gegenüber. Wir werden ihr oft begegnen, wenn Sie sich auf *La Thébaïde* niederlassen. Ach, Verzeihung, ich habe ganz vergessen, Sie vorzustellen... Monsieur Marc Blérot... Mademoiselle Maïeul.»

Oben an der Uferreling lungern die Neugierigen und beobachten das Ablegemanöver des Bootes. Von irgendwoher dringt das Brummen eines Hubschraubers. Ein Sommer wie im Reiseprospekt. Ah, endlich! Mestral! Der Mann heißt Mestral und ist pensionierter Aufsichtsratsvorsitzender irgendeines Multis. Gloria weiß die Biographie jedes Bewohners der Residenz auswendig. Sie ist ein wandelndes *Who's Who*, trotz ihres hohen Alters. Julie hingegen zieht es vor, die anderen zu ignorieren.

Das Motorboot zieht an der schlafenden Flotte der Wassersportler vorbei und schaukelt leicht auf dem Kielwasser eines Außenborders.

«Aber ganz und gar nicht!» ereifert sich Mestral. «Nicht wahr, Mademoiselle?»

«Wie meinen Sie?» Sie hat ein wenig vor sich hingedöst. «Ich habe nicht gehört, wovon Sie sprachen...»

«Ich habe Monsieur Blérot gerade erklärt, daß *La Thébaïde* keinerlei Ähnlichkeit mit einem Altersheim hat. Stellen Sie sich vor... Übrigens werden Sie sich ja gleich selbst davon überzeugen können... Stellen Sie sich also eine Art Minireich vor, kaum größer als Ihr Handteller, kurz: ein Grundstück mit etwa vierzig Eigentümern, die aber – wohlgemerkt – kein Gemeinwesen darstellen. Jeder ist Herr über seine Scholle, bebaut sie nach seinen eigenen Vorstellungen und lebt nach seinem Gusto. Die Hauptsache ist, daß wir unter uns bleiben, Sie verstehen – daß wir vollkommene Ruhe genießen.»

«Wie die Mönche im Kloster», meint Monsieur Blérot.

«Aber nicht doch! Eher wie die Mitglieder eines Clubs. Das ist genau das Wort, nach dem ich gesucht habe. Wir leben auf einem teuer erkauften Terrain, einer Art Jockey-Club auf amerikanisch, das heißt ohne Snobismus, ohne gesellschaftliche Zwänge und ohne eine spezielle Weltanschauung, wie dies etwa bei Naturaposteln der Fall ist oder bei irgendwelchen heidnischen Götzenanbetern.»

«Alles in allem wollen Sie sich also nicht isolieren», sagt Monsieur Blérot, «sondern nur für sich sein.»

«Genau. Ab einem bestimmten Alter hat man das Recht, sich geschützt fühlen zu dürfen. Nicht wahr, Mademoiselle?»

Julie nickt höflich. Monsieur Mestrals Redefluß ist unerschöpflich. Sie hätte gute Lust, seinen Gast zu warnen. *La Thébaïde* bot zwar in der Tat Schutz gegen alle möglichen Belästigungen, aber keine Sicherheit vor Schwätzern.

Mit offenkundigem Interesse forscht Monsieur Blérot weiter:

«Aber das ist Ihnen doch sicher langweilig auf die Dauer. Immer dieselben Gesichter, immer...»

Méstral unterbricht ihn. Er hält es für ungehörig, an seinen Worten zu zweifeln.

«Also, erstens können wir einladen, wen wir wollen, und tatsächlich haben wir ziemlich oft Besuch. Selbstverständlich unter einer Bedingung: keine Haustiere, keine Kinder. Außerdem haben wir unseren eigenen Hafen und einen Privatweg bis an den Zaun.»

«Demnach gibt es einen Zaun?»

«Selbstverständlich. Und eine Pförtnerloge, die telefonisch mit jedem der einzelnen Häuser verbunden ist. Wenn wir nicht ein paar Vorsichtsmaßregeln treffen würden, würden uns die Camper langsam, aber sicher vereinnahmen. Der Pförtner hat immer das Schwarze Brett mit den Namen unserer Besucher im Auge – nicht zu viele auf einmal, wohlgemerkt. Wir regeln alle diese Fragen auf einer wöchentlichen Versammlung. Aber Sie werden schon noch selbst sehen, werter Freund. Wir sind von dem Modell *Sun City* ausgegangen, das in Florida errichtet worden ist, aber wir haben es unserem Geschmack und unseren Gewohnheiten angepaßt, und das funktioniert hervorragend. Nicht wahr, Mademoiselle?»

‹Ich wäre bei weitem lieber als Wärter auf einem Leuchtturm›, denkt Julie. Sie hält es für besser, keine Antwort zu geben. Seit einer Weile spürt sie wieder das Verlangen zu rauchen. Sie gibt es auf, dagegen anzukämpfen.

«Entschuldigen Sie mich... bitte.»

Sie schlüpft in das kleine Cockpit des Bootes, um den Kampf mit ihrer Handtasche, dem Päckchen Gauloises und – zunehmend erbittert – mit den Streichhölzern aufzunehmen. Für sie ist das täglich Brot, ihr ganzes Leben ein einziger langer Kampf, weil der unbedeutendste Gegenstand für sie zu einer bösen, heimtückischen Falle werden kann. Dennoch gelingt es ihr schließlich, die Zigarette anzustecken. Entspannt sinkt sie auf die schmale Bank und kostet ausgiebig den ungewohnten bitteren Rauch. Mestral hat recht: *La Thébaïde* ist das ideale «Zuhause», die richtige Mischung zwischen Abgeschiedenheit und Geselligkeit. Aber in ihren Augen sind die wahren Feinde nicht die Eindringlinge von draußen, die viel zu neugierigen Sommergäste, sondern die unmittelbaren Nächsten, die Nachbarn, die Miteigentümer. Überhaupt alles, was mit der Silbe «mit» beginnt!

Das Boot legt in einer Bucht an, die von roten Felsen umrahmt ist. Eine kleine Mole führt zu einem Unterstand, in dem die Pakete, Kartons, die Säcke und Versandbehälter gelagert sind, die täglich von der Schaluppe zur Sicherung der Lebensmittelversorgung herbeigeschafft werden. Ein am äußersten Ende der Mole aufgestelltes Holzschild verkündet in hohen weißen Lettern: *Privatbesitz*. Mestral hilft Julie aus dem Boot und wendet sich dabei um.

«Von hier an ist alles Privateigentum», sagt er.

Ein asphaltierter Weg führt hinauf zu einem Tor, das gerade von einem Mann gestrichen wird, der ein graues, mit Flecken übersätes Hemd und eine Segeltuchmütze mit tiefem Schirm trägt.

«Wir sind noch nicht ganz fertig mit den Arbeiten», erklärt Mestral. «Wir sind erst vor sechs Monaten hierhergezogen. Hi, Fred!»

Der amerikanische Umgangston, zu dem sich gewisse Bewohner entschlossen haben, soll offenbar bekräftigen, daß auf *La Thébaïde* die Herzlichkeit regiert. Mit gedämpfter Stimme erläutert Mestral:

«Fred ist ein ehemaliger Industrieller, dessen Werk von den Japanern aufgekauft wurde. Ein reizender Mann.»

«Vorwärts, meine Herren», sagt Julie, «ich merke doch, daß Sie in Eile sind.»

An der Art, wie sich Mestral zum Ohr seines Gastes hinbeugt, erkennt sie, daß er jetzt von ihr spricht... Die furchtbare Verletzung... Ein solches Talent... Schauen Sie bloß nie auf ihre Hände... Aber alle wissen längst, woran sie sind, und Julie fühlt, daß man sie nicht mag. Sie ist nicht «bequem». Sie ist ein Störfaktor. Ihr Fall hat etwas von Lepra, von Aussatz.

Nirgendwo in den Alleen dieser Anlage erblickt man eine Krücke, ein Gipsbein oder sonstige Verbände; es gibt nichts, das den Gedanken an Krankheit oder Therapie nahelegen könnte. Die ältesten Bewohner sind höchstens siebzig und allesamt sportlich aktiv, sogar die Frauen. Nur Gloria Bernstein – sie legt Wert auf ihren Künstlernamen – nimmt nicht daran teil. Aber sie wirkt so jung in ihren Gesten und in ihren Äußerungen, daß jeder stolz auf sie ist. Es ist, als hätte die Gemeinschaft sich diese beinahe Hundertjährige erwählt wie ein Totem, eine Schutzheilige des Clans. Diesem Umstand hatte sie, Julie, es zu danken, daß man sie hier duldete. Sie mochte vielleicht auch eine berühmte Musikerin gewesen sein, das wollte man gerne glauben, aber ihr Name hatte sich verloren in den Zeitläufen, während Gloria durch ihre Schallplatten weiterlebte.

Mit kleinen Schritten geht sie in Richtung Pförtnerloge. Sie ist sehr müde und stützt sich schwer auf ihren Stock. Sie ist fest entschlossen, ihre Krankheit zu verschweigen. Nicht einmal zu ihrer Schwester wird sie davon sprechen. Gloria schätzt keine schlechten Nachrichten. Im Gespräch mit ihr vermeidet man tunlichst Anspielungen auf Ereignisse wie Geiselnahmen oder Terroranschläge. Sie hat so eine Art, ihre Augen mit der üppig beringten Hand zu bedekken und dabei zu flüstern: «Seien Sie still, das macht mich krank», daß man sich Vorwürfe machen müßte, sie mit solchen Geschichten aus einer anderen Welt zu quälen.

Julie bleibt stehen. Roger tritt aus seinem Pförtnerhäuschen.

«Darf ich Ihnen helfen, Mademoiselle?»

«Nein, nein. Danke. Es ist nur die Hitze. Die macht mich ein wenig benommen.»

Was einen hier fertigmachte, war der Zwang, sich den lieben, langen Tag nett zu benehmen, freundliche Worte freundlich beantworten zu müssen, immer ein Lächeln bereit zu haben und sich zuvorkommend zu zeigen, was auch passierte. Diese Mühsal von Herzlichkeit nahm kein Ende.

Julie setzt sich wieder in Bewegung. Sie beschließt, durch die Allee Renoir nach Hause zu gehen. Der Architekt, der *La Thébaïde* entworfen hat, hielt es für einen Geniestreich, jede Allee mit dem Namen eines Malers auszustatten; und jedes Haus mit dem Namen einer Blume. Offenbar, weil das einen fröhlicheren Eindruck macht. Julie bewohnt mit ihrer Schwester ein Haus namen *Iris*, und sie muß zugeben, daß sie tatsächlich eine Augenweide sind, diese farbenprächtigen Gärten unter den schirmenden Kronen der Pinien, in denen der Wind spielt. Rogers Bruder Maurice wacht über die Gärten. Er bewässert, er stutzt und lichtet, und er berät diejenigen, die zum Zeitvertreib selbst ein paar Blumen anpflanzen wollen. Aber solche Leute sind selten. Wo hätten sie diese Dinge auch lernen sollen?

Julie sieht Maurice bei der Arbeit zu. Er pflegt gerade die Rosenstöcke von Madame Bougros, die in ihrem Liegestuhl döst, die Augen hinter einer dunklen Brille versteckt. Julie erinnert sich an ihre früheren Tourneen durch die USA und an ihre privaten Einladungen in Wohngegenden, in denen die einzelnen Grundstücke nicht durch Mauern abgetrennt waren. Der Raum war unteilbar, er gehörte allen. Es gab dort auch keine Dielen oder Flure. Man öffnete die Eingangstür und befand sich direkt im Intimbereich des Hauses. Die

Erbauer von *La Thébaïde* hatten diesen Lebensstil übernehmen wollen. Sich von der Außenwelt abzukapseln, um auf der Basis gegenseitigen Vertrauens einen vor Übergriffen wohlgesicherten Ruhesitz zu schaffen. Und doch...

Madame Bougros – sie ist Großmutter, wünscht aber, Pam genannt zu werden – hebt die Hand zu einer matten Geste.

«Julie, setzen Sie sich. Sie haben doch Zeit.»

Sie klopft einladend auf die Sitzfläche eines Korbsessels, als wolle sie eine Katze heranlocken.

«Ich sollte eigentlich gerade bei Ihnen zu Hause sein», sagt sie. «Ihre Schwester erzählt heute von ihrer ersten Reise auf der *Normandie*, und Sie wissen ja, wie spannend sie berichtet. Aber ich hatte eine leichte Migräne.»

Die Falle ist zugeschnappt. Julie kann nicht mehr entwischen. Sie nimmt die Einladung, sich zu setzen, an. Der Preis für die Gastfreundschaft muß in Vertraulichkeiten entrichtet werden. Also erzählt sie von ihrem Nachmittag an Land. Alle Welt spricht hier gewohnheitsmäßig vom «Landgang», wie Matrosen auf Urlaub. Julie übergeht ihren Besuch beim Arzt und erzählt statt dessen, was sie alles gesehen hat. «Erzählen» ist eine nachbarliche Pflicht auf *La Thébaïde*. Man erzählt von seiner Gesundheit, seinen kleinen familiären Sorgen, seinen Erinnerungen und seinen Reisen. Und es gibt keine Chance, sich dem zu entziehen. Der Beweis: Julie hatte sich nicht bemerkbar gemacht im Vorbeigehen, aber sie ist eingefangen worden von einem Blick, der hinter den dunklen Gläsern lauerte. Jetzt müßte sie sich eigentlich in der Defensive und fast ein wenig verärgert fühlen. Aber seit sie «weiß», empfindet sie in ihrem Innern nur eine Art Nebel. Sie ist präsent und hat doch gleichzeitig den Kontakt zur Außenwelt verloren. Sie spricht, und ihr ist, als redete eine Fremde an ihrer Stelle.

«Ich bewundere Sie», sagt Pam. «In Ihrem Alter... Sie gehen hierhin und dorthin, wie die Jugend selbst. Meine Güte, was für eine eiserne Gesundheit! Und dann haben Sie auch immer noch die Kraft, sich für so vieles zu interessieren! Sie langweilen sich wohl nie?»

«Selten.»

«Nun, Sie haben ja auch wirklich ein erfülltes Leben geführt.»

«Allzulange hat es nicht gedauert.»

Madame Bougros legt eine kurze Pause ein, um zu bekunden, daß sie Kenntnis hat von dem Unglück, das sie dann aber taktvoll ausklammert. Sie spricht weiter:

«Was mich betrifft, Julie, ich muß gestehen, es gibt Tage, an denen fühle ich mich ganz niedergedrückt. Dann frage ich mich, ob wir gut daran getan haben, uns hier niederzulassen. Es ist schön hier, zugegeben, alles ist perfekt organisiert, und es wäre unsere Pflicht, glücklich zu sein. Aber... Wissen Sie, wir haben vorher in einer großen Wohnung dicht beim Place de l'Etoile gelebt. Das ist es, was mir fehlt... der Lärm, das Hin und Her des Lebens. Von unserem Zimmer hier können wir das Meer hören. Aber das ist nicht dasselbe.»

«Ich verstehe», sagt Julie, «Sie vermissen die Sirenen der Feuerwehr und der Notarztwagen.»

Pam setzt langsam ihre Brille ab und betrachtet Julie aufmerksam.

«Sie haben ganz recht, wenn Sie sich über mich lustig machen. Ich sollte wirklich nicht... Also schön. Was möchten Sie trinken? Einen Fruchtsaft?... Eine Cola?... Mein Mann hat sich ganz auf Cola umgestellt.»

Sie klatscht in die Hände. Ein aufsässig blickendes Dienstmädchen erscheint und nimmt desinteressiert die Bestellung entgegen.

«Das Personal läßt sehr zu wünschen übrig», sagt Pam. «Ihre Schwester und Sie allerdings haben ja das Glück, bestens versorgt zu werden von...»

«Von Clarisse», sagt Julie. «Sie kümmert sich seit zwanzig Jahren um mich.»

«Sie muß absolut perfekt sein.»

Julie zieht die Notbremse und sucht nach einer Entschuldigung, um sich davonmachen zu können, aber die Nachbarin hat nicht die Absicht, sie schon gehen zu lassen.

«Haben Sie unseren letzten Bericht schon erhalten? Nein? Nun, dann nehmen Sie eben meinen.»

Sie streckt Julie ein hektographiertes Blatt entgegen und zieht es gleich darauf entschuldigend zurück.

«Entschuldigen Sie. Ich vergesse immer, daß es Ihnen Umstände bereitet, zu lesen.»

Sie stammelt verlegen, tauscht ihre Sonnenbrille gegen ein Paar andere Gläser aus und greift das Gespräch sofort wieder auf, einen munteren Ton anschlagend:

«Dieser arme Tony! Gibt sich eine solche Mühe mit diesem Bericht! Immerhin, die Idee ist genial, denn das schafft doch ein Band der Gemeinsamkeit. Diesem Monsieur Holtz widmet er eine ganze Spalte. Was mich betrifft, mir scheint, wir sollten ihn akzeptieren. Zweiundsechzig Jahre, gesund, Witwer. Er hat seine Fabrik an den ältesten Sohn weitergegeben, der in Lille wohnt. Und er ist bereit, das Objekt *Tulpe* zu erwerben, ohne um den Preis zu feilschen. Das ist genau die Art von Mitbewohner, die wir uns alle wünschen. Was denken Sie darüber?»

«Ich», sagt Julie, «ich denke nie. Das ist Sache meiner Schwester.»

Pam unterdrückt ein spitzbübisches Lachen und flüstert:

«Apropos Schwester! Dabei fällt mir ein, daß wir beschlossen haben, ihren Geburtstag mit einem fröhlichen Fest zu begehen. Aber kein Wort darüber, verstanden? Das muß unter uns bleiben. Es ist doch wohl am 1. November, daß sie hundert Jahre wird? Mein Gott, wie ist das nur möglich!»

«Ja, es ist der 1. November.»

«Sie werden sehen, wir werden ihr eine Überraschung bereiten... Aber noch haben wir ja Zeit. Mehr als drei Monate.»

Sie zieht Julie am Ärmel und zwingt sie so, sich zu ihr zu beugen.

«Unter uns, Julie... Das Komitee hat sich gerade heute morgen mit ihr befaßt. Wir wollen ihr ein sehr schönes Geschenk machen, aber was könnte ihr wohl Freude machen? Das Leben hat ihr alles gegeben – Talent, Ruhm, Liebe, Gesundheit, Reichtum! Es ist beinahe nicht zu fassen. Vielleicht fällt Ihnen etwas Gutes ein? Unser Freund Paul Langlois dachte an etwas Originelles. Sein Einfluß reicht immer noch weit, bis ins Ministerium, aber wir sind noch etwas unschlüssig. Aber Sie kennen sie doch genau... Das Kreuz der Ehrenlegion... Würde ihr das Freude machen?»

Abrupt steht Julie auf. Das ist zuviel. Sie ist so fassungslos, daß es ihr nicht gelingt, ihren Schock zu verbergen.

«Entschuldigen Sie mich», murmelt sie, «ich bin heute soviel gelaufen. Und dann die Müdigkeit, die Hitze... Aber ich werde darüber nachdenken.»

Die Ehrenlegion! Im ersten Moment war das wie eine Ohrfeige. Wenn sie dazu imstande wäre, würde sie jetzt die Fäuste ballen. Und dann, drei Monate! Nur drei Monate, um es zu verhindern!... Aber *was* wollte sie eigentlich verhindern?

Sie ist in die Allee Van Gogh eingebogen und kommt am Vorgarten der *Villa Begonie* vorbei.

«Bye, bye!» ruft ihr William Lummet zu, der sich gerade auf dem Gartentisch eine Patience legt. Er trägt einen ausgedienten Tropenhelm, den er in den Nacken geschoben hat. Zu seinen Füßen steht ein Transistorradio und spielt einen Beatles-Song. An der Spitze des Fahnenmastes flattert die englische Flagge. Lummet geht auf Julie zu.

«Kommen Sie einen Moment herein», sagt er. «Meine Frau ist bei Ihnen. Ihre Schwester erzählt gerade eine ihrer Geschichten. Aber mir ist mein Garten lieber. Was darf ich Ihnen anbieten?»

Julie hat das Gefühl, an all dieser Liebenswürdigkeit festzukleben wie ein Vogel an der Leimrute. Sie redet sich heraus, so gut sie kann. Sei's drum, denkt sie, soll man mich ruhig für ungesellig halten. Nur noch ein kleines Stück, und sie ist angekommen. Sie dreht eine Runde um das Haus, um zum Hintereingang zu gelangen, zu dem Seitenflügel, den man ihr reserviert hat und der aus vier kleinen Zimmern besteht, die vom Haupttrakt durch eine weite Diele getrennt sind. Jenseits dieses Raums befindet man sich auf fremdem Territorium, im Herrschaftsbereich derjenigen, die hier von allen nur «Madame Gloria» genannt wird. Ihr Wohnbereich ist nach ihren Plänen gebaut worden: im Erdgeschoß ein «Auditorium», in dem mühelos an die zwanzig Personen Platz finden. Die Wände rundum mit Regalen versehen, in denen Glorias Platten und die der anderen Violinvirtuosen des Jahrhunderts untergebracht sind. Dazwischen eine Auswahl der besten Fotos von Gloria, den Violinbogen in Bereitschaft, im Begriff, die Saiten zu streichen. Schräg darüber die Widmungen berühmter Namen: Isaye... Kreisler... Enesco.

Von der Empfangshalle aus gelangt der Besucher in den angrenzenden Raum, der von einer mobilen Trennwand geteilt wird: Auf der einen Seite liegt der Wohnbereich, der als Eßzimmer und Salon zugleich dient; auf der anderen Seite befindet sich das Schlafzimmer, die Wände mit Seide bespannt und ausgestattet mit einem großen Himmelbett. Überall Spitzen und Fransen, zwei Gemälde – ein Dufy und ein Van Dongen –, Sessel, niedrige Tische, schummrige Beleuchtung, die ein diskretes Halbdunkel verbreitet, und Teppiche, die jeden Laut eines Schrittes in sich ersticken. In diesem Raum beliebt Madame Gloria zu empfangen. Über einen kleinen Flur, der hinter einen Paravent führt, gelangt man ins Badezimmer und, etwas weiter entfernt, ins Büro. Es gibt kein Gästezimmer, kein Obergeschoß. Immerhin hat Gloria nicht mehr die Beine einer Zwanzigjährigen.

Julie ist in ihrem Schlafzimmer angelangt und läßt sich in den Schaukelstuhl fallen. Die Ehrenlegion! Es bleibt ihr wirklich nichts erspart. Sie streift langsam die Handschuhe ab, die an ihrer Haut kleben, knüllt sie zusammen und wischt sich damit über Stirn und Mund. Sie lauscht nach draußen. Durch die Trennwände dringen Stimmen als Zeichen dafür, daß Gloria ihr Publikum um sich geschart hat. Es ist wie das Echo aller übrigen Nachmittage, es ist eine Gewohnheit geworden, ein Ritual. Gloria empfängt zwischen 16 und 18 Uhr. Vormittags ruft man sie an: «Liebste Gloria, erzählen Sie uns doch nachher von Ihrem Konzert mit Bruno Walter in New York.» Oder: «An welches Ihrer Konzerte erinnern Sie sich am liebsten?» Manchmal möchte eine ihrer Damen noch einmal das *Concerto Espagnol* hören oder die *Kreutzersonate*, und dann hält sich das Publikum im Auditorium auf. Um 17 Uhr machen sich gewöhnlich zwei der ergebenen Gäste – meistens sind es Kate und Simone – an die Zubereitung des Tees. Es amüsiert sie, die Kellnerinnen zu spielen. Früher waren beide umgeben von einer Menge Personal, die eine in ihrem Hotel in der Avenue de la Grande-Armée, die andere in ihrem weitläufigen Wohnsitz auf der Avenue George V. Keine wirklich mondänen Verhältnisse übrigens, es mußte einfach sein, den leitenden Angestellten den Eindruck zu vermitteln, die Direktion interessiere sich für jeden einzelnen persönlich. Immerhin hatten sie beide ihre Butler gehabt für die niederen Arbeiten, und jetzt empfanden sie es als Erholung, hier den Kuchen, die Petits fours und das Silbergeschirr anzurichten. So hatten sie das Gefühl, Gloria näher zu sein, als seien sie ihre Lieblinge.

Manchmal – vor allem, wenn die beiden miteinander lachen – kommt eine der anderen Damen, um ihnen zuzusehen und zu sagen:

«Sieh mal an, von Langeweile kann wohl keine Rede sein...»

Dann wird der Neuzugang beim Arm genommen und von Kate aufgeklärt, während Simone – die naschhafteste von allen – ganz beiläufig eine Makrone stibitzt.

«Wissen Sie, was Simone mir gerade erzählt hat?» (Kichern) «Es geht um den zweiten Mann von Gloria.» (Kichern)

Simone protestiert mit vollem Mund.

«Nicht der zweite», sagt sie, «der dritte! Du bringst alles durcheinander (man duzt sich in den Dienstbotenräumen). Nach Bernstein gab es noch Jean-Paul Galland.»

Sie stecken die Köpfe zusammen.

«Pst! Man kann uns hören.»

Weiter entfernt das Knacken der Schallplatte. Eine alte Platte, aus naheliegenden Gründen, mit dem roten Etikett und der Aufschrift «His Master's Voice». Dennoch – die Geige klingt rein und spielt eine zärtliche Weise, eins der Stücke, das Gloria gewöhnlich am Ende des minutenlangen Beifalls und der Bravorufe als Zugabe lieferte, als Dank an ihr begeistertes Publikum. Ein Walzer von Brahms... *Das Mädchen mit dem Flachshaar*...

Julie schließt die Augen. Sie ist nur noch ein harter Block aus Abwehr und Empörung. Warum werden dem Klavier immer die Stücke gestohlen, die doch nur für das Klavier gemacht sind? Dieser süßliche, tränendurchweichte Schmelz – das ist nicht Brahms. Das ist Gloria. Diese helle Weichheit unter ihrem Geigenbogen – das ist nicht mehr Debussy. Das Klavier ist unendlich viel reiner, verzichtet auf Schmeicheln, Schöntun und Schmus... Es benennt die Dinge, aber es legt sie nicht aus. Das einzige, was sich das Klavier gestattet, ist das Vibrato, das Verlängern bestimmter Akkorde bis ins Zentrum der Seele.

Bei Chopin... Julies Hände streben einem imaginären Klavier zu, die Phantome ihrer Finger streifen die Tastatur. Schnell zieht sie sie wieder zurück, als habe sie sich verbrannt. Was für ein gräßlicher Tag! Ein Unglückstag. Mauersegler umkreisen die Dächer der Häuser, von weither dringt das Brummen eines Außenborders. Ganz langsam schüttelt sie den Kopf zu einem entschiedenen «Nein». So darf das alles nicht weitergehen. Sie hält es nicht mehr aus vor Überdruß und Ekel. Ihre Hände tun ihr weh, sie muß zu ihrer Heilgymnastik. Wie immer um diese Zeit. Niemand soll ahnen, daß...

Sie erhebt sich mit einem Ächzen. Sich an den Möbeln festhaltend, gelangt sie in ihr Schlafzimmer. Nur das Kleid zu wechseln bedeutet für sie schon einen Kampf mit dem Schrank, den Kleiderbügeln, den Stoffen, die ihr entgleiten. Normalerweise hilft ihr Clarisse, aber die ist im Augenblick abkommandiert zu Gloria. Schließlich ist es Julie gelungen, ein Kleid überzustreifen. Es ist kleingeblümt, was Gloria zu der Bemerkung veranlaßte: «Das ist nichts für dein Alter!» Ein Grund mehr. Julie betrachtet sich in dem

Spiegel, der eine ganze Wand des Badezimmers einnimmt. Raoul, ihr Heilgymnastiker, ist ein gutaussehender Mann von dreißig Jahren. Es gehört sich einfach, sich für jemanden wie ihn ein wenig frisch zu machen. Wenn man auch ansonsten allein ist in seiner Turnhalle, Raoul ist doch immerhin ein Publikum. Ihr letztes Publikum. Früher... Zum Beispiel in Rom... Sie rechnet nach. Es muß inzwischen ungefähr 65 Jahre her sein. In einem Winkel ihrer Erinnerung hört sie noch das Atmen der Menge, ein seltsamer Laut, wie das Rauschen in einer Muschel. Das letzte Konzert! Und zu Hunderten saßen sie da, die Gesichter zu ihr nach oben gewandt, wie erstarrt in stummer Anbetung.

Jetzt hat sie nur noch Raoul. Er ist immer voller Respekt, wenn er ihre Finger, die die Tendenz haben, sich zusammenzukrümmen, vorsichtig aufbiegt und massiert. «Tu ich Ihnen weh? Das müssen Sie mir sofort sagen.» Diese Finger, er geht mit ihnen so behutsam um wie mit seltenen Sammlerstücken, weil diese Finger Bach und Mozart berührt haben. Sie wird Raoul ihre Armbanduhr vermachen – wahrhaftig, viel ist ihr nicht mehr geblieben! –, ein Geschenk, das ihr einst ein großer, in Vergessenheit geratener Dirigent, Paul Guéroult, gemacht hat. Der Arme, er war immer furchtbar aufgeregt, weil sie regelmäßig zu spät zu den Proben erschien...

Und was hatte ihr die Uhr dann genützt? Ebensogut hätte man einem Gärtner abgestorbene Blätter schenken können. Kritisch betrachtet Julie das Spiegelbild ihres Gesichts, das sich verändert hat. Nur ihre Augen sind lebendig geblieben, aber deren Blau verblaßt immer mehr. Während Gloria...

Warum hat Gloria immer noch diese strahlenden Augen – in einem wunderbarerweise jung gebliebenen Gesicht? Warum hat sie noch ihre langen feingliedrigen, nur schwach von Altersflecken gezeichneten Hände, warum?... Julie wirft ihrem Spiegelbild ein höhnisches Lächeln zu. Es gibt immerhin etwas, das ihre Schwester nicht hat: die Krankheit. Man braucht nur das Wort zu erwähnen, um zu sehen, wie sie von Angst geschüttelt wird und verfällt.

Nein, Julie wird sich nie dieser Waffe bedienen. Zugegeben, mehr als einmal hat sie gegen Gloria auf Methoden zurückgegriffen, derer sie sich heute noch schämt. Sie fühlte sich zum Äußersten getrieben, sie wehrte sich. Aber die Musik war ihre Religion. Und Gloria war die Muttergottes. Einfältig und weise zugleich. Trotz aller Unstimmigkeiten und Reibereien, trotz mancher vorübergehenden Trennung dienten sie beide derselben Gottheit und unterwarfen sich den gleichen Moralvorstellungen. Heute hingegen…

Mit einiger Mühe zündet sich Julie eine Zigarette an. Raoul wird merken, daß sie wieder raucht, und ihr Vorhaltungen machen. Er wird sagen: «Wenn Sie so weitermachen, Mami, werde ich mich nicht mehr um Sie kümmern.» Oder er wird wissen wollen, warum sie sich plötzlich wieder einem so gefährlichen Laster hingibt. Sei's drum! Soll er doch schimpfen, soll er doch spekulieren, soviel er will. Über ihren Stock gebeugt, durchquert sie ihr Schlafzimmer. Nebenan hört sie die Schritte von Clarisse. Sich vorzustellen, daß es Menschen gab, die sich erlauben konnten, schnell zu gehen…

«Mademoiselle… Madame Gloria möchte mit Ihnen sprechen.»

«Dann kann sie ja anrufen… Also sind die Gäste gegangen?»

«Eben gerade.»

«Weißt du, warum sie nach mir verlangt?»

«Nein. Ich glaube, daß es sich um Monsieur Holtz handelt.»

«Als ob sie mich jemals um Rat gefragt hätte», murmelt Julie. «Na schön. Ich komme.»

«Ihre Handschuhe! Sie vergessen Ihre Handschuhe. Madame Gloria sieht Sie nicht gern mit nackten Händen.»

«Richtig, das erinnert sie zu sehr an gewisse Dinge. Hilf mir mal.»

Clarisse ist nicht besonders alt – ungefähr fünfzig –, aber so diskret gekleidet, blaß und grau von Kopf bis Fuß, daß man sie für eine Nonne halten könnte, zumal sie über die dazu passende hingebungsvolle Selbstlosigkeit verfügt. Geschickt streift sie die Handschuhe über die verstümmelten Hände, tritt etwas zurück, um Julie zu betrachten, und zupft eine Falte des Kleides zurecht.

«War Gloria einigermaßen zu ertragen?»

«Einigermaßen», antwortet Clarisse. «Allerdings hat es doch einen kleinen Streit gegeben. Über die *Normandie*. Madame Lavelasset hat die Behauptung aufgestellt, in der Kabine, die sie mit ihren Eltern bewohnte, habe alles vibriert, sogar ihr Zahnputzglas sei zerbrochen. Sie hätten sehen sollen, wie Madame Gloria sie in die Schranken verwiesen hat! An der *Normandie* zu rühren ist strengstens verboten.»

«Oh, ich weiß! Wie überhaupt an ihren Erinnerungen, an ihrer ganzen Vergangenheit. Was willst du machen, meine arme Clarisse, sie ist nun mal verrückt. Was den Abend betrifft – ich werde hier essen. Ein hartgekochtes Ei und einen Salat. Ich werde allein zurechtkommen, geh nur. Einen guten Abend und bis morgen.»

Sie durchquert die Diele und betritt die Empfangshalle.

«Ich bin hier», ruft Gloria aus ihrem Schlafzimmer. «Komm!»

Julie bleibt an der Türschwelle stehen. Wahrhaftig, dieses Zimmer... Das ist kein Zimmer, sondern eine Kapelle. Es fehlen nur die Kerzen rund ums Bett. Auf dem Nachttisch die Stradivari, in schäumenden Spitzen ruhend wie in einer Wiege. Gloria hat Julies Blick gesehen.

«Ja», sagt sie, «ich habe ihr einen anderen Platz gegeben. Ich wußte nicht mehr, wohin mit ihr, um sie vor den Neugierigen in Sicherheit zu bringen. Hier wird niemand wagen, sie zu berühren.»

Ihre Hand streift über die Wiege und streichelt eine Saite und versetzt sie in ein zartes Schwingen.

«Vielleicht hat sie Hunger», gibt Julie zu bedenken.

«Sei nicht so blöde», schimpft Gloria. «Setz dich. Warte, komm ein bißchen näher heran. Aha, ich hab mich nicht getäuscht... Du hast geraucht!»

«Ja, hab ich. Na und?»

«In Ordnung, ist ja deine Sache. Ich möchte dich nur bitten, dafür zu sorgen, daß es hier nicht stinkt wie in einer Kneipe... Hast du den Bericht gelesen?... Also noch nicht. Er ist dir egal. Aber es gibt doch etwas, wofür du dich interessieren solltest: Es wird vorgeschlagen, Monsieur Holtz hier aufzunehmen. Selbstverständlich mit den entsprechenden Auflagen – verwitwet, reich, relativ jung. Aber... Es gibt ein Aber, denn er hat die Absicht, sein Klavier mitzubringen. Und wir alle wissen, daß du dagegen allergisch geworden bist. Niemand will dir irgendein Leid zufügen, und deshalb geht die Frage an dich: Ja oder nein?»

Julie wagt nicht zu sagen, daß ihre Allergie wie alles übrige in ihr früheres Leben gehört.

«Er wird wohl kaum die Absicht haben, den ganzen Tag lang zu spielen», sagt sie matt.

«Nein, keineswegs. Er ist Amateur, du kennst das ja. Übrigens kannst du ihn auch selbst befragem, er soll an diesem Wochenende kommen. Wenn ich dich so herumirren sehe wie eine Seele in Not, meine ich, du hättest die Musik nicht ganz aufgeben sollen. Mit einem guten Stereogerät...»

«Das reicht, ich bitte dich.»

Gloria spielt mit ihren Ringen und Armreifen. Sie ist schön, trotz ihrer Jahre, und gehört zu jenen unverwüstlichen Alten, über die man sagt: «Die muß man totschlagen!»

«Monsieur Rivaud hätte gerne bald deine Antwort», fährt sie fort. «Einfach, um weitere Besuche zu verhindern. Außerdem, zwei Villen auf einmal zum Verkauf – das entwertet *La Thébaïde*. Die Leute werden denken, daß hier irgend etwas nicht in Ordnung ist.»

«Nun gut», unterbricht Julie, «ich bin einverstanden. Sag ihm Bescheid. Falls mir das Klavier auf die Nerven geht, hab ich ja gerade noch genug Finger, um mir die Ohren zuzustopfen. Ist das alles? Kann ich gehen?»

«Du wirst bösartig, das weißt du», bemerkt Gloria. «Bist du krank?»

«Was spielt das schon für eine Rolle?» seufzt Julie. «Weißt du, was man sagt, wenn Greise wie wir sterben? Man sagt nicht: Sie waren krank. Man sagt: Sie sind entschlafen.»

«Das mag für dich gelten!» schreit Gloria. «Ich entschlafe, wenn es mir paßt. Geh weg!»

Sie versucht, ein paar Tränen hervorzuzaubern.

«Meinetwegen mußt du dich nicht bemühen», flüstert Julie. «Gute Nacht.»

Im Vorbeigehen wedelt sie mit ihrer behandschuhten Rechten über die Stradivari in der Wiege und singt: «Killekille...»

An der Tür hört sie, wie Gloria empört wimmert:

«Ich rede kein Wort mehr mit dir!»

EINIGE TAGE SPÄTER erschien Monsieur Holtz persönlich. Er war von korpulenter Statur, hatte graue Augen und das ein wenig zusammengefallene Gesicht eines ehemals dicken Mannes, den eine Krankheit gezeichnet hatte. Er trug einen Stadtanzug, der für die sommerliche Jahreszeit ziemlich unpassend war. Mit einem Blick hatte Julie alles registriert – den Hut im Hahnentrittmuster, die schwarzweißen Schuhe, die Gesamterscheinung, die auf einen zum Chef avancierten Vorarbeiter hindeutete. Und doch zeigte er eine außergewöhnliche Ungezwungenheit in der Art, wie er sich verbeugte und um Entschuldigung bat. Julie bot ihm einen Sessel an.

«Madame Bernstein hat mir alles erzählt», sagte er. «Sie dürfen mir glauben, daß...»

«Schon gut», unterbrach ihn Julie, «Sie wissen also, daß ich einmal eine bekannte Pianistin war...»

«Eine berühmte...» stellte Holtz richtig.

«Wenn Sie so wollen... Jetzt bin ich allerdings ein Pflegefall, und wenn ich Klavierspiel höre...»

«Ich verstehe», sagte er, indem er seine Hände faltete. «Mir wäre es beinahe ebenso ergangen. Vielleicht erinnern Sie sich daran im Zusammenhang mit meinem Namen?... Hubert Holtz.»

«Nein, das sagt mir nichts.»

«Vor zwei Jahren wurde ich entführt, als ich eben meine Firma verließ. Man hat mich drei Wochen lang eingesperrt. Meine Entführer hatten die Absicht, mir zunächst einen Finger und dann einen weiteren abzuschneiden, um meine Familie dazu zu zwingen, das Lösegeld zu bezahlen... Die Zeitungen waren damals voll davon.»

«Ich lese keine Zeitungen, aber ich kann mich gut in Ihre Lage versetzen, Sie Ärmster. Und wer hat Sie gerettet?»

«Die Polizei, aufgrund einer Anzeige. Ich habe wirklich Schreckliches durchgemacht, und wenn ich mir jetzt gestatte, davon zu reden, dann nur, weil ich den Eindruck habe, daß wir beide in gewissem Sinne Überlebende sind. Nun werden Sie mir sagen, daß ich immerhin ohne Schaden davongekommen bin – gewiß. Aber ich habe die Lust am Leben verloren. Wie ein Kranker, dem sein Geschmackssinn abhanden gekommen ist.»

«Ach! Geht es Ihnen auch so...»

Sie tauschten ein schüchternes Lächeln aus und verstummten unvermittelt. Wie zwei alte Freunde, die es plötzlich bereuen, zugelassen zu haben, daß sich das Vergessen zwischen sie drängt.

«Als ich von *La Thébaïde* erfuhr», nahm Holtz das Gespräch wieder auf, «war mir sofort klar, daß ich den Ruhesitz meiner Träume gefunden hatte. Nicht mehr umgeben zu sein von Leibwächtern, von Sicherheitsschlössern, Nachtwächtern, verdächtigen Autos und Drohbriefen... Ah! Endlich nur noch einer unter vielen zu sein, liebe Freundin!»

Die «liebe Freundin» hatte so natürlich geklungen, daß Julie ganz gerührt war.

«Sie werden hier gut aufgehoben sein», sagte sie leise. «Und wenn es nur an mir liegen sollte – meinetwegen können Sie Klavier spielen, soviel Sie wollen.»

«Ich weiß nicht, ob ich es wagen werde», sagte er. «Wo ich jetzt weiß, wer Sie sind.»

«Still! Ich bin überhaupt nichts mehr! Ist meine Schwester übrigens im Bilde über Ihr...»

Sie suchte nach dem richtigen Wort. Abenteuer? Schicksalsprüfung? Er unterbrach ihre Überlegungen.

«Nein. Niemand weiß davon, außer Ihnen. Weil... weil mir scheint, bei Ihnen ist das etwas anderes.»

«Danke. Spielen Sie schon lange Klavier?»

«Oh, sprechen wir lieber von Herumklimpern! Meine Frau, die war eine hervorragende Musikerin. Was mich betrifft, ich habe mich zwar auch ernsthaft mit Musik beschäftigt, als ich jung war. Dann jedoch haben mich die Geschäfte aufgefressen, und das Klavier war nur noch ein Zeitvertreib. Aber jetzt würde ich mich gerne wieder damit befassen, zumal ich das Glück habe, über ein sehr schönes Instrument zu verfügen. Sie werden ja sehen, falls Sie bereit sind, mich einmal zu besuchen. Mein Haus steht am Ende der Allee Manet. Es ist viel zu groß für mich, aber es gefällt mir doch sehr.»

Er sprach mit der rührenden Vertrauensseligkeit eines schüchternen Mannes, der sich selbst beschwichtigen will.

«Wenn ich Sie beide zusammen einlade», sagte er, «werden Sie mir dann die Freude machen, mich zu besuchen?»

«Mit meiner Schwester dürfen Sie nicht rechnen», sagte Julie hastig. «Sie geht kaum noch aus. In ihrem Alter...»

«Richtig, Ihre Clubpräsidentin hat mir mitgeteilt, daß Ihre Schwester bald hundert wird. Das ist unfaßbar, weil sie einen so lebendigen und munteren Eindruck macht. Mit meinen 67 Jahren komme ich mir neben ihr wie ein alter Mann vor.»

‹Vorsicht!› dachte Julie. ‹Gleich wird er dummes Zeug reden. Wenn er weitere Platitüden vom Stapel läßt, werde ich ihm klarmachen müssen, daß ich in Eile bin. Schade drum!›

«Haben Sie schon die ganze Anlage besichtigt?» fragte sie. «Das Besondere daran ist, daß es hier Gemeinschaftseinrichtungen gibt, falls man den Wunsch nach Geselligkeit verspürt. Das Rauchzimmer, die Bibliothek, den Speisesaal... nicht zu reden von dem Gymnastikraum, der Sauna und den medizinischen Einrichtungen. Man hat sogar ein Krankenzimmer vorgesehen und eine Erste-Hilfe-Station für Notfälle. Das ist der Anteil Altenheim, wie ich immer sage. Aber wenn Sie lieber für sich sind, wenn Sie plötzlich genug haben von den anderen – nichts einfacher als das! Sie bestellen alles Nötige bei der Rezeption, und Roger, unser Pförtner, bringt es Ihnen ins Haus. So mache ich's beispielsweise, was mein bißchen Verpflegung, meine Wäsche und meine Lektüre betrifft. Und wenn ich Tapetenwechsel brauche, nehme ich das Versorgungsboot, mit dem man hinüber- und herüberfahren kann wie mit einem Taxi.»

«Und im Winter?»

«Im Winter? Haben Sie denn jetzt schon Angst, daß Ihnen die Zeit zu lang werden könnte? Keine Sorge, wir werden Ihnen Zerstreuung bieten. Tatsächlich ist die Zerstreuung unsere Hauptbeschäftigung hier. Meine Schwester wird sich darum kümmern, daß Sie in Schwung bleiben.»

Er begriff, daß damit das Gespräch beendet sein sollte, und stand auf, offenbar unschlüssig, ob ein förmlicher Ton oder mehr familiäres Benehmen angebracht war.

«Ich kann Ihnen nicht die Hand drücken», sagte Julie, «aber ich bedanke mich dennoch für Ihren Besuch.»

«Wir werden uns wiedersehen. Bei mir vielleicht?»

«Warum nicht?»

Sie wartete, bis er gegangen war, bevor sie sich eine Zigarette anzündete und – sich ihres Termins beim Heilgymnasten erinnernd – nach dem Gehstock griff.

Die Haupt- und Nebengebäude von *La Thébaïde* lagen mitten im Zentrum der Residenz auf einem kleinen runden Platz, an dem die wichtigsten Alleen zusammenliefen: Der Architekt hatte allerdings das Bodenrelief nicht einebnen wollen, um dem Terrain seine malerische Ursprünglichkeit zu bewahren. Aus diesem Grund ging es stellenweise ein paar Stufen treppauf oder treppab. Für Julie war das sehr anstrengend, und sie machte im Schatten jeder Pinie eine kurze Rast. Das Zirpen der Grillen, Kindergeschrei von jenseits der Umzäunung, auf dem mit Piniennadeln übersäten Boden der gekrümmte Schatten eines krabbelnden Hirschkäfers – Julie kamen plötzlich ein paar Takte aus Debussys *Children's Corner* in den Sinn, und sie machte eine Handbewegung, als wolle sie eine Wespe vor ihrem Gesicht vertreiben.

Sie setzte sich auf die Bank vor dem schwenkbaren Fernglas, mit dem man die Weiten der Küste ergründen konnte, über Cap Camarat hinaus in die eine Richtung, in die andere bis zum Cap Sicié. Die weißen Segel auf dem Meer, die Flugzeuge im Landeanflug auf Antibes oder Nizza, die blauen Berge am Horizont – Julie kannte es in- und auswendig, dieses Schauspiel, das die Frauen von *La Thébaïde* immer wieder «bezaubernd, wunderbar, unvergeßlich» fanden. Sie schaute nicht einmal hin, sondern hielt sich den schmerzenden Leib und fragte sich, wieviel Zeit ihr wohl noch bleiben würde. Mit etwas Glück würde es schnell vorbei sein, aber vielleicht nicht schnell genug, um ihr die Teilnahme an den Feierlichkeiten zu ersparen... Dieser Paul Langlois, der ehemalige Minister, würde den Orden zweifellos höchstpersönlich anstecken: «Im Namen der Republik und ihrer gewählten Vertreter...», irgend etwas in dieser Richtung. Mit Pomp, feierlicher Würde und verlogenem Glanz. Und zum Dank würde Gloria ihren Bestseller à la Paganini zu Gehör bringen. Alles in allem eine Meisterleistung an Kitsch. Nein danke, lieber wollte sie jetzt sofort sterben.

Sie machte sich wieder auf den Weg und flüchtete in den Warteraum ihres Bewegungstherapeuten, wo die Klimaanlage eine herrliche Kühle verbreitete.

Raoul öffnete die Tür einen Spaltbreit und sagte: «Ich bin gleich bei Ihnen.» Julie war es recht, sie hatte keine Eile. Sie fischte die Tageszeitung aus dem Berg von Zeitschriften und überflog geistesabwesend die Schlagzeilen. Weder Politik noch Sport waren für sie von Belang, genaugenommen gab es überhaupt nichts mehr, das sie betraf. Sie lebte außerhalb. Das Dasein anderer Menschen... Für sie war es nur das Bild einer Landschaft, die man flüchtig durch einen Vorhangspalt wahrnimmt. Aber eine Pressenotiz erregte plötzlich ihre Aufmerksamkeit:

Wieder ein Überfall

Kurz nach acht Uhr am gestrigen Abend hat sich ein maskierter Mann gewaltsam Zutritt verschafft zu der Wohnung von Madame Gina Montano. Nachdem er sie brutal zu Boden gestoßen hatte, bemächtigte er sich ihrer sehr wertvollen Juwelen. Die berühmte Schauspielerin versuchte vergebens, Alarm zu schlagen. Der Übeltäter entwischte, ohne Spuren zu hinterlassen. Wie wir schon berichteten, ist dieses Wohnviertel in Super Cannes nicht ausreichend bewacht. Eine entsprechende Unterschriftensammlung ist bereits in Umlauf. Es bleibt zu hoffen, daß die zuständigen Behörden energische Schritte unternehmen werden.

Gina Montano? Hatte sie nicht schon damals gespielt, in *Forfaiture*... Wenn es sich hier wirklich um diese Gina handelte, lieber Himmel, dann mußte sie inzwischen... wie alt sein?

Julie verlor sich in komplizierten Berechnungen. Es war ganz sicher die bewußte Gina. Ja, tatsächlich, sie waren sich doch kurz vor ihrem Unfall bei Florenz in Rom begegnet, bei einem italienischen Fabrikanten in dessen prunkvollem, altersschwachen Palast... Eine kleine quirlige Frau, geistreich und von glühendem Ehrgeiz.

«Darf ich bitten, Mademoiselle?»

Raoul half ihr aus ihrem Sessel und führte sie mit kleinen Schritten in sein Untersuchungszimmer.

«Sie machen mir heute einen ziemlich erschöpften Eindruck. Nun zeigen Sie sie mal her, diese armen Pfoten.»

Er zog ihr behutsam die Handschuhe aus und schüttelte den Kopf.

«Völlig steif, die ganze Angelegenheit. Versuchen Sie, die rechte Hand zur Faust zu schließen. Gut. Und jetzt die Finger zurück, einen nach dem anderen... Sie haben die Übungen nicht gemacht. Ach, Sie machen's einem wirklich nicht leicht! Setzen Sie sich einmal anders hin, etwas entspannter. Die rechte Hand bitte ganz locker. Krümmen Sie den Zeigefinger, als wollten Sie auf den Abzug einer Pistole drücken. Noch einmal... Und wieder... Genug. Erholen Sie sich.»

Er zog einen kleinen Wagen zu sich heran, auf dessen oberem Tablett Arzneifläschchen, Salbentöpfe und verschiedene andere Flakons standen.

«Gina Montano», sagte Julie, «sagt Ihnen dieser Name etwas?»

«Aber sicher. Haben Sie denn nicht im Fernsehen diesen Unterhaltungsfilm mit ihr gesehen?... *Die Brüder der Küste*? Man hat aber doch soviel davon gesprochen. Die alte Gräfin, diese Francesca, das war sie.»

«Wollen Sie damit sagen, daß sie immer noch spielt?»

«Jedenfalls tat sie es noch vor nicht allzu langer Zeit. Aber schauen Sie sich doch Ihre Schwester an – wenn man sie sehr heftig darum bitten würde, glauben Sie nicht auch, daß sie dann noch mal ihre Geige streichen würde? Jeder weiß doch, daß Film und Bühne die Künstler länger jung halten als irgendeine Hormonspritze. Strecken Sie Ihre Finger ganz gerade... Und was ist mit Ihnen? Ohne diese schrecklichen Verletzungen wären Sie doch auch ganz rüstig und fingerfertig.»

«Also, ich bitte Sie, doch nicht ausgerechnet dieses Wort!»

«Was denn, es stimmt doch. Ich habe vielleicht ein bißchen übertrieben, aber nur, um Ihnen klarzumachen, daß Sie schließlich nicht von irgendeiner Krankheit bedroht sind. Jetzt die andere Hand... Wissen Sie, was Sie tun sollten? Sie sollten sich eine kleine Schreibmaschine zulegen, um die Finger zu lockern. Dann brauchen Sie keine Angst zu haben, daß Sie falsche Noten anschlagen. Der Text ist nicht wichtig. Nur zweimal am Tag eine Viertelstunde... Hören Sie mir überhaupt zu?»

«Entschuldigen Sie, ich dachte gerade an Gina Montano.»

«Ach so, Sie haben wohl gelesen, was ihr zugestoßen ist? Was Leute wie sie nötig hätten, wäre ein gut geschütztes Plätzchen wie *La Thébaïde*. Hier wäre sie außer Gefahr, und die Mittel dazu hätte sie wahrlich auch. Sie hat noch mehr Filme gedreht als Charles Vanel... So, ein kleiner Verband, den Sie bitte bis zum Schlafengehen anbehalten, und dann ein kleines Fingerbad in warmem Wasser. Die Finger viel bewegen, immer auf und zu. Also dann, in 48 Stunden sehen wir uns wieder.»

Beim Hinausgehen fiel ihr ein, daß sie nur einen Korridor weit entfernt war von der Rezeption, und sie machte sich, so schnell sie konnte, auf den Weg dorthin. Ihr war ein Gedanke gekommen, den sie unverzüglich überprüfen wollte. Es war keine ganz konkrete Idee, eher eine Art magnetisches Ziehen in ihrem Kopf. Wie bei einem Tier, das sich eine Höhle baut. Es weiß nicht, daß dies eine Höhle werden soll, und doch vollzieht es die entsprechenden Bewegungen wie unter Zwang. Julie fragte nach dem Telefonbuch und las: *Montano, Gina – Schauspielerin; Les Caroubiers, Boulevard Montfleury, Cannes; 599708.*

Sie nahm ihren Kugelschreiber aus der Handtasche und das Notizheft. Gelegentlich machte sie den Versuch, beides ohne Hilfe zu benutzen, aber es fand sich immer eine gute Seele, die ihr beistand. Diesmal war es der Portier. Sobald er sein Gespräch mit ihrem Nachbarn aus der *Villa Gladiole* – einem ehemaligen Colonel, der sich wie ein Jüngling aufzuführen pflegte – beendet hatte, begann er zu notieren, was Julie ihm diktierte. Und während sie ihm beim Schreiben zusah, fragte sie sich: «Soll ich es tun, oder soll ich es bleibenlassen?... Habe ich das Recht dazu, oder hab ich es nicht?... Soll ich...»

«Bitte sehr, Mademoiselle. Sie werden sehen, die Gegend ist sehr ansprechend. Die Aussicht ist fantastisch, aber... Es ist immer dasselbe, dort auch... Alte Menschen werden häufig überfallen.»

«Danke», unterbrach ihn Julie, die sich zu verwirrt und zum Plaudern nicht aufgelegt fühlte.

Sie wartete bis zum Abend. Dann griff sie mehrmals zum Telefon, ohne zu wählen. War sie denn überhaupt ganz sicher, daß die Begegnung im Jahre 1924 stattgefunden hatte? Der Name des italienischen Produzenten war Humberto Stoppa gewesen. Er hatte gerade einen historischen Film abgedreht, mit Löwen, Christen und römischen Orgien. Die Montano hatte die Rolle der Kurtisane Elisa gespielt, und Stoppa hatte zu einem üppigen Abschiedsessen eingeladen. Zu seiner Rechten hatte er Gina Montano plaziert und zu seiner Linken Gloria. Sie, Julie, hatte an der Seite von Ambrosio Bertini gesessen, dem großen Tenor, der damals ganz Italien in Begeisterung versetzte. Sie sah sich wieder an dem langen, von Kerzenleuchtern erhellten Tisch. Nein, sie konnte sich keinesfalls irren – Gina Montano hatte diesen Abend unmöglich vergessen. Außerdem hatte sie ihr doch auch gleich nach dem Unfall Blumen ins Krankenhaus geschickt... Fast hätte sie ihre Schwester angerufen, um die Bestätigung zu bekommen. Glorias Gedächtnis war für alle, die näher mit ihr umgingen, ein Gegenstand des Staunens und der Bewunderung. Aber natürlich würde Gloria unweigerlich fragen: «Und was willst du von Gina?» Und darüber wollte Julie lieber schweigen, denn noch war sie unentschlossen. Sollte sie?... Ja?... Nein?... Warum eigentlich nicht...

Sie zündete sich eine Zigarette an und ließ das noch glühende Streichholz auf ihr Kleid fallen. Mit einem Satz erhob sie sich, um den Stoff auszuschlagen, und mußte sich plötzlich auf die Rückenlehne ihres Sessels stützen, weil sie glaubte ersticken zu müssen. Der Arzt hatte ihr doch geraten, heftige Bewegungen zu vermeiden... Sie lauschte einen Augenblick in sich hinein, dann machte sie vorsichtig ein paar Schritte, als wolle sie sich an ein absprungbereites Tier heranpirschen. Die Hand an ihren Leib gepreßt, ging sie hinüber in die kleine Küche, in der sie gewöhnlich ihre Mahlzeiten einnahm. Natürlich mit Hilfe von Clarisse, die ihr das Fleisch in Stücke schnitt, den Fisch von den Gräten befreite und ihr zu trinken einschenkte. Ohne einen Laut, herumschwebend wie ein körperloses Wesen, damit sich Julie in der Illusion wiegen konnte, nicht auf Hilfe angewiesen zu sein; und wenn ihr einmal die Gabel aus der Hand fiel, fand sich unverzüglich eine neue neben ihrem Teller.

Julie setzte sich. Sie hatte keinen Appetit und goß sich nur ein Glas Eiswasser ein. Immerhin war sie imstande, den Krug allein zu handhaben. Mit einem Blick auf ihre Quartzuhr, die sie Tag und Nacht an ihrem linken Arm trug, stellte sie fest, daß es schon acht Uhr war. Nicht, daß die Zeit für sie eine Rolle gespielt hätte, und wenn Gloria ihr Bedeutung beimaß, dann nur insofern, als sie immer Besuch erwartete. Aber für sie, Julie, schien die Zeit nur ein langweilig dahinfließender Strom zu sein; mit Ausnahme der Nachtstunden, wenn dieser Strom sich dehnte zu einer grauenvollen Ewigkeit.

Um acht Uhr abends war Gina Montano wohl schon zu Bett gegangen. Jetzt war nicht der richtige Zeitpunkt, sie zu behelligen. Im übrigen, was sollte sie ihr sagen? «Hier Julie Maïeul! Die Pianistin! Erinnern Sie sich?»

Nein. Es hatte auch noch Zeit bis morgen früh. Die beste Zeit für einen alten Kopf war der Vormittag. Sie mußte es wissen, weil ihr dann während einiger begnadeter Augenblicke wieder ganze Partien von Bach, Mozart oder Schumann ins Gedächtnis zurückkamen, mit all dem Flair, der Klangfülle und Zartheit, die ihr berühmter Anschlag aus ihnen hervorgezaubert hatte.

Sie träumt ein wenig vor sich hin und zählt etwas an ihren imaginären Fingern ab: August, September, Oktober und dann, gleich darauf, der 1. November... Viel Zeit bleibt da nicht, aber man kann es immerhin versuchen, weil im Grunde sowieso alles keine Rolle mehr spielt. Das sind ohnehin alles Schattengefechte, während draußen in der wirklichen Welt die echten Kämpfe stattfinden, während beispielsweise irgendwelche Fanatiker Flugzeuge und Autos in die Luft jagen. Sich vorzustellen, daß in diesem Augenblick irgendwo junge Menschen ihr Blut vergießen! Und derweil erzählt Gloria von ihrer ersten Fahrt auf der *Normandie*! Ist das schändlich, oder ist es nur lächerlich? Oder ist es nicht doch eher ungeheuerlich? Ja, denkt sie, wir alle, wir sind Ungeheuer. Ich an erster Stelle. Ich werde morgen erst anrufen.

Sie schluckt mehrere Schlaftabletten, denn sie ist um jeden Preis entschlossen, heute nacht fest zu schlafen. Dennoch hört sie tief in ihrem Dämmern, wie der Nachtwächter seine Runde dreht und die Pfoten seines Schäferhundes über den Kies der Allee scharren. Bei Tagesanbruch wird sie wach vom Geschrei der Mauersegler. Sie öffnet die Augen. Es ist fünf Uhr, und sie hat es geschafft, eine einigermaßen normale Nacht zu verbringen. Ein Sieg, der seinen Preis haben wird, das kennt sie. Um acht Uhr wird sie ihre Aufwartung machen bei Gloria, die sehr ungehalten sein wird, sich ohne Make-up zeigen zu müssen – sogar vor ihrer Schwester. Aber bevor sie in Cannes anruft, muß Julie mit Gloria ein paar Worte wechseln, um sich in ihrer Entscheidung zu bestärken.

Sie ruft nach Clarisse, weil sie selbst auch ein paar Reparaturen nötig hat, bevor sie ausgehen kann. Clarisse setzt ihr die Perücke auf und verteilt einen Hauch Puder, um ein wenig die Falten zu überdecken, die sich wie Risse durch das alte, eingefallene Gesicht ziehen. Warum war die Schönheit nur Gloria vergönnt gewesen? War das Glück nur für Gloria reserviert? Und die Liebe auch? Warum hatte Gloria sich alles nehmen dürfen?

«Weißt du, warum?»

«Warum was?» fragt Clarisse.

«Ach, nichts. Hat Gloria schon gefrühstückt?»

«Ja, ein Hörnchen und ein Brötchen mit Butter. Offenbar hat sie nicht gut geschlafen. Ich glaube, sie ißt zuviel Kuchen. Das ist zu nichts gut, dieser ganze Zucker. Hier, Ihr Stock, Mademoiselle.»

Julie geht durch die weite Diele und macht das vereinbarte Klopfzeichen an der Tür zum Auditorium.

«Komm rein!» ruft Gloria mit einer Stimme, die an Lautstärke nichts eingebüßt hat.

Julie öffnet die gepolsterte Tür und vernimmt die Platte mit der Morgenmusik. Gloria gönnt sich ein konzertantes «Lever». Mitunter wählt sie zu diesem Zweck ein Stück von Interpreten wie Amoyal oder Loisel, einzig und allein aus der Freude am Kritisieren. Nicht einmal Yehudi Menuhin kann uneingeschränkt mit ihrer Gnade rechnen. Ihrer Meinung nach läßt er in den schnellen Passagen immer ein paar Noten unter den Tisch fallen. Deshalb hört sie sich meistens auch selbst zu. Der Plattenspieler steht auf einem niedrigen Tisch rechts von ihrem Bett. Auf der linken Seite ruht die Stradivari in ihrer Wiege und lauscht, während Gloria sie leise mit den Fingerspitzen streichelt.

Julie macht einen Schritt nach vorn und will das Gespräch beginnen:

«Hör mir zu, bitte.»

Da erstarrt sie. Sie hat das Vorspiel aus *Le Déluge* erkannt, und sie mag diesen Saint-Saëns nicht, weil er sich lauter fades Zeug ausdenkt und es mit der Bildersprache von Trickfilmen illustriert. Gab es überhaupt etwas Dümmeres als sein *Der sterbende Schwan*? Auch dieses *Déluge*, diese Sintflut nach Art von Cecil B. De Mille, die immer höher und höher steigt, nur, um dem Solisten die Möglichkeit zu geben, seinem Instrument die höchsten Töne zu entlokken, bis in den Bereich, wo es extrem schwierig wird, noch einen klaren und reinen Ton hervorzubringen. Aber genau in dieser Region hatte Gloria ihre Triumphe gefeiert und nie verstanden, daß der Interpret ein Diener des Komponisten zu sein hat. Und dann dieses hingeschmalzte Vibrato, mit dem alles genußvoll zugekleistert wurde – das war gut fürs Kurkonzert!

Julie möchte schreien: «Genug!» Statt dessen denkt sie nur: ‹Es stimmt wirklich – ich hasse sie.› Die Platte ist abgelaufen. Gloria hat sich mit geschlossenen Augen ihren Erinnerungen überlassen. So verweilt sie noch eine Minute, um ihre Lider dann wieder zu öffnen und einen strengen Blick auf ihre Schwester zu heften.

«Was willst du von mir?»

«Ich möchte dich fragen, ob du etwas brauchst, weil ich die Absicht habe, an Land zu gehen.»

«Und weil du Geld brauchst. Schon wieder. Wo bleibt das bloß alles, was ich dir gebe? Was machst du damit?»

Julie kann sich eben noch zurückhalten, ihr zu antworten: «Ich will es dir nur wegnehmen!» Was sollte sie sonst damit machen? Es tat ihr einfach nur gut, Gloria auszusaugen, sich wie ein Blutegel festzubeißen an ihrem senilen Geiz.

«Wieviel willst du?»

«Soviel du entbehren kannst.»

Julie legt sich niemals auf eine Summe fest. Es macht ihr viel mehr Spaß, zu sehen, wie Gloria die Stirn runzelt und überlegt, worin die Ausgaben ihrer Schwester bestehen. Gewiß nicht in Kleidung. Auch nicht in Büchern oder Juwelen. Aber wie sollte sie auch ahnen, daß es Julie nur darum ging, an ihr zu kleben, auf ihr zu lasten mit ihrem ganzen Gewicht. Seit jenem Tag in der Nähe von Florenz…

«Na schön, also zwanzigtausend. Reicht das?»

Sie rechnen beide noch in alten Francs, in Centimes. Julie setzt die Miene eines Menschen auf, der enttäuscht ist, aber klein beigibt.

«Nimm sie dir aus der kleinen Kommode.»

In diesem Möbelstück liegen immer zwei bis drei Bündel Banknoten für unvorhergesehene Ausgaben. Brav, aber unbeholfen zählt Julie die Scheine ab, den einen oder anderen fallenlassend, während sie Gloria beobachtet, die nicht zu sagen wagt: «Ungeschickter geht's nicht!»

«Danke», sagt Julie in einem Ton, der nichts anderes bedeutet als «Das bist du mir allemal schuldig», und entfernt sich in heuchlerischer Demut. Das Geld wird den anderen Scheinen Gesellschaft leisten, die sie ordentlich gebündelt in einem Koffer auf dem obersten Bord des Wäscheschrankes aufbewahrt. Es kümmert sie wenig, daß Gloria ihr seit Jahrzehnten den besten Lebensstil ermöglicht; für sie zählt nur diese schmale tägliche Beute, diese verstohlene Provokation, die wie Bettelei aussieht und derer sie sich nicht zu schämen vermag, weil es in ihren Augen keine Schande ist, beharrlich und nimmermüde Wiedergutmachung zu fordern. Immer wenn der Koffer gefüllt ist – was nicht eben schnell geht –, läßt sie sich von Maurice, dem Gärtner, zur Bank begleiten. Und während Maurice im Wirtshaus «Zur Mole» auf sie wartet, zahlt sie ihr Geld auf dem Konto einer Blindenstiftung ein, weil die rechte Hand nicht wissen sollte, was die linke tut – vor allem dann nicht, wenn man keine richtige Hand mehr hat. Maurice ist sehr stolz, ihr als Leibwache zu dienen, und hat gegen Zahlung einer Treueprämie, die er in seltene Briefmarken umsetzt, Stillschweigen gelobt. Er sammelt alle Marken, auf denen Blumen, Sträuße oder seltsame exotische Blüten dargestellt sind. Das ist sein Geheimnis, und aus Spaß hat sie ihm ebenfalls versprochen, darüber zu schweigen. Ihr ist schon lange alles gleichgültig geworden, nichts kann mehr irgendein Gefühl in ihr auslösen, aber die Ergebenheit von Maurice und die Wärme seiner Freundschaft empfindet sie als angenehm. Sie beide sind – jeder auf seine Weise – die einzigen bedauernswerten Wesen auf der Insel.

Noch eine Zigarette vor dem Telefonat. Sie horcht in ihren Körper hinein. Wie üblich macht er ihr Beschwerden, aber der Schmerz schläft. Sie nimmt den Hörer ab und wählt die Nummer. Das Klingeln ertönt, aber niemand hebt ab. Dann eine Stimme, sehr jung, vermutlich eine Krankenschwester.

«Kann ich bitte Madame Montano sprechen?» fragt Julie.

«Wer ist am Apparat?»

«Mademoiselle Julie Maïeul, die ehemalige Pianistin... Ja... Ich glaube, sie müßte sich an mich erinnern.»

«Ich werde nachfragen. Bleiben Sie am Apparat.»

WÄHREND DER LANGEN Pause, die nun eintritt, versucht sich Julie an die wichtigsten Stationen im Leben der Schauspielerin zu erinnern. Zunächst fällt ihr ein, daß Montano ihr Künstlername war. In Wirklichkeit hieß sie Negroni durch ihre Heirat mit Mario Negroni, dem Autor des zu Recht vergessenen Drehbuchs von *Scipio Africanus*. Vielleicht war es aber doch nicht ungeschickt, auf den Film anzuspielen? Außerdem durfte sie nicht vergessen, sie auf ihren Sohn Marco und auf ihren Enkel Alessandro anzusprechen...

Plötzlich die leicht zitternde Stimme der alten Dame:

«Julie? Ist das denn möglich?... Von wo rufen Sie mich an?»

«Das erkläre ich Ihnen später. Ich habe nämlich gerade erfahren, was Ihnen zugestoßen ist, und bin noch immer ganz erschüttert. Wie geht es Ihnen?»

«Inzwischen besser. Aber ich hatte wirklich eine Heidenangst.»

Trotz ihrer Jahre, trotz ihrer Reisen rund um die Welt und ihres Umgangs mit fremden Sprachen hat sie ihren neapolitanischen Akzent bewahrt, der ein wenig geziert klingt und den sie sehr diskret durchscheinen läßt wie eine Art von Lächeln.

«Ich hatte das Bedürfnis, mich umgehend nach Ihrem Befinden zu erkundigen», fährt Julie fort. «In unserem Alter kann man solche Aufregungen eigentlich nicht mehr brauchen.»

«Oh, wir wollen nichts übertreiben! Ich bin nicht verletzt worden, sondern fühle mich eher gedemütigt. Können Sie sich vorstellen, daß mich dieser Mann geohrfeigt hat? Das ist mir zum erstenmal passiert. Nicht einmal mein armer Papa hat gewagt, mich anzufassen – obwohl er auch nicht gerade umgänglich war, vor allem, wenn er getrunken hatte.»

Sie lacht wie ein Schulmädchen, das eine kleine Sünde gesteht, und will nun ihrerseits etwas wissen:

«Erzählen Sie mir doch etwas von sich und von Ihrer Schwester. Ich weiß nur, daß sie immer noch eine Berühmtheit ihres Faches ist, aber ich nehme wohl an, daß sie nicht mehr spielt. Sie muß inzwischen...»

«Rechnen Sie nicht lange nach», sagt Julie, «sie ist fast hundert.»

«Genau wie ich», ruft Gina. «Ich hätte sie so gerne wiedergesehen.»

«Das ist sehr einfach. Wir wohnen ganz in Ihrer Nähe, in *La Thébaïde*. Sagt Ihnen das etwas?»

«Warten Sie... Ist das nicht diese Residenz, von der die Zeitungen berichtet haben?»

«Genau die. Meine Schwester hat letztes Jahr dort ein Haus gekauft. Wir leben zusammen in der Residenz, inmitten lauter netter Leute. Das Gelände ist bestens bewacht. Uns kann es nicht passieren, daß man uns überfällt.»

«Was für ein Glücksfall! Hören Sie, meine liebe Julie, wir sollten uns die Zeit nehmen, einmal in Ruhe miteinander zu plaudern. Ich wußte doch, daß sich etwas Ungewöhnliches tun würde! Die Karten haben es mir heute morgen gesagt. Könnten Sie mich vielleicht besuchen, Sie beide?»

«Gloria leider nicht. Sie leidet zwar an keiner Krankheit, aber sie geht nicht mehr aus. Ich hingegen, trotz meiner Hände...»

«Oh, meine Liebe!» unterbricht Gina. «Ich habe mich nicht einmal nach Ihren Händen erkundigt... Ich habe Sie so bedauert, als ich erfahren habe... Oh, verzeihen Sie!»

‹Jetzt fängst du an zu schauspielern, meine Alte›, denkt Julie und sagt laut:

«Ich danke Ihnen. Aber ich komme ganz gut zurecht, und ich wäre entzückt, Sie wiederzusehen.»

«Nun also, dann so schnell wie möglich, liebe Julie. Ich erwarte Sie nach dem Mittagessen... Sagen wir um vier. Ich bin ja so froh. Ich umarme Sie.»

Julie legt den Telefonhörer auf die Gabel zurück. Nun, das war's also. Problemlos. Noch kein fertiger Plan – man soll nichts überstürzen –, aber immerhin der Anfang von etwas, das einstweilen noch vage ist und doch schon Ähnlichkeit hat mit einem Entwurf, einem Blick in etwas Zukünftiges. Ganz zufrieden ist sie nicht, sie fühlt sich nur etwas weniger feindselig gestimmt, etwas weniger eisig.

Sie ruft Clarisse, um ihr zu sagen, was sie mittags zu essen wünscht. Dann telefoniert sie mit der Rezeption, um zwischen zwei Uhr und halb drei über das Boot verfügen zu können. Um die anregende Stimmung auszukosten, in die sie der bevorstehende Nachmittag versetzt, sucht sie sich ein passendes Schmuckstück aus. Sie trägt keine Ringe mehr seit... Auch das bedeutete einen Riß in ihrem Leben. Wenn sie spielte, ließ sie ihre Ringe zwar im Hotel, aber sobald sie zurück war, legte sie sie eilends wieder an; einen Diamanten an die linke, einen Rubin an die rechte Hand. Beide Ringe gingen bei ihrem Unfall verloren, wofür natürlich die Versicherung eintrat. Aber auch das ging nicht ohne Reibereien, ohne schäbiges Feilschen ab. Geblieben waren ihr die Halsbänder, die Broschen und die Ohrringe. Sie hatte fast alles verkauft, ohne Glorias Wissen, weil dieses Geschmeide, diese Brillanten sie an zu vieles erinnerten. Behalten hat sie nur fünf oder sechs besonders schöne Stücke; sie lagen in einer Schatulle, die sie nie öffnete. Es bedurfte eines außergewöhnlichen Ereignisses wie des heutigen, um Julie aus ihrem frei gewählten Verzicht auf diese Kostbarkeiten zu reißen.

Sie wählt ein zartes Goldkollier, das – soweit sie sich erinnert – im Jahre 1922 oder 1923 in London erstanden wurde. Es ist völlig aus der Mode, aber immer noch sehr schön. Früher hatte sie den Verschluß fühlen und die Kette allein anlagen können. Warum wurde aus jeder Erinnerung ein neuer Schmerz? Sie klingelt erneut nach Clarisse und reicht ihr das Schmuckstück.

«Legst du mir das bitte an? Das ist nur so eine verrückte Idee von mir, Clarisse. Als ich jung war, hatte ich das öfter, solche Anwandlungen. Das tat gut. Heute fühle ich kaum noch etwas anderes als Widerwillen.»

Sie ist es gewöhnt, vor Clarisse zu sprechen, und Clarisse ist es gewöhnt, dazu zu schweigen. Geschickt bedient sie den Verschluß des Kolliers.

«Sag Gloria nichts davon, auf keinen Fall. Sie würde sich über mich lustig machen, obwohl sie selbst sich gar nicht genug mit Gold und Perlen behängen kann, wenn sie Besuch empfängt. Weißt du übrigens, ob der Neue, der gutmütige Dicke, schon sein Haus bezogen hat?»

«Jawohl, Mademoiselle, gestern morgen. Man behauptet, daß er ein Klavier besitzt, und ich habe gehört, daß alle dagegen sind. Wegen des Lärms.»

«Ist meine Schwester im Bilde?»

«Ja, das ist es ja gerade. Sie protestiert am lautesten. Sie sagt, ein Klavier sei die reine Belästigung.»

«Das wundert mich nicht, meine arme Clarisse. Du hast nichts begriffen. Die Belästigung bin ich, das Klavier des Nachbarn ist nur ein Vorwand… Ach, übrigens, die Spaghetti bitte gut durch. Gib mir meinen Stock. Ich werde den Herrn Nachbarn beruhigen.»

Monsieur Holtz wohnt nicht weit entfernt, außerdem gibt es in *La Thébaïde* ohnehin keine nennenswerten Distanzen, nur blumenbepflanzte Zwischenräume, die durch trickreich angelegte Bodenwellen hier und da die Perspektive verzerren. Hubert Holtz hat eine Villa im provenzalischen Baustil erworben, die jetzt noch ein wenig frisch nach Katalog aussieht, aber mit der Patina der Zeit wohl an Echtheit gewinnen wird. Für einen alleinstehenden Mann scheint das Haus ziemlich groß zu sein. Ein baumgesäumter Weg, der mit seinen dicken, unregelmäßigen Kieseln an eine Furt erinnert, führt zu einer rustikalen, weit offenstehenden Eingangstür.

«Ist da jemand?» ruft Julie.

«Nur herein! Herein!»

Holtz eilt herbei, ergreift Julies ausgestreckte Hände bei den Gelenken, die er nun statt eines Händedrucks freundlich schüttelt.

«Soll das ein richtiger Besuch sein, oder wollten Sie nur einmal guten Tag sagen?» fragt er.

«Beides. Oder eigentlich mehr eine Stippvisite. Ich habe nämlich erfahren, daß gewisse Nachbarn bereits Ihr Klavier fürchten, was sie allerdings nicht hindert, ihre Fernseher laut aufzudrehen. Aber Sie müssen wissen, auch in unserer kleinen Welt von Individualisten gibt es so etwas wie eine öffentliche Meinung, auf die man besser Rücksicht nimmt, wenn man seine Ruhe haben will. Verlassen Sie sich auf mich, ich werde mich zu Ihren Gunsten äußern.»

«Ich danke Ihnen. Kommen Sie doch auf einen Sprung herein. Das hier ist eine Art Gemeinschaftsraum, der eben möbliert wird.»

Julie geht langsam auf und ab und sagt beifällig:

«Ein schöner Kamin. Ich liebe offenes Feuer. Werden Sie ihn wirklich benutzen?»

«Selbstverständlich. Mit einem guten Buch vor einem großen Holzfeuer – was gibt es Schöneres?»

«Ja, da haben Sie vielleicht recht», sagt sie leise. «Zu Anfang ist das sicher ganz schön, kann ich mir vorstellen. Und was ist das da?»

«Ach das, das ist meine Höhle.»

Er bittet sie näher heran. Sie bleibt auf der Schwelle stehen, ist plötzlich fassungslos. Der Raum ist sehr groß und erscheint doch klein durch den prachtvollen Konzertflügel, der die ganze Zimmermitte einnimmt und glänzt und funkelt wie eine Luxuslimousine in einem Schaufenster.

«Es ist ein Steinway», sagt Holtz, «eine Marotte meiner Frau. Sie hat ihn sich so glühend gewünscht, bevor sie starb. Ich weiß, es klingt absurd, aber ich mußte ihr diese Freude machen. Sie hatte nicht mehr die Kraft, darauf zu spielen, und begnügte sich damit, hier und da eine Taste anzuschlagen und dem Klang zuzuhören.»

«Darf ich?» fragt Julie mit dünner, schüchterner Stimme.

Holtz hebt den Deckel, der sich weit öffnen läßt und in dem, wie in einem Spiegel, das Bild des sonnendurchfluteten Fensters erscheint.

«Probieren Sie ihn», sagt Holtz. «Ich sehe, Sie sind ganz gerührt.»

Sie schweigt und umkreist mit kleinen Schritten das Instrument. Ist das ihr Herz, das da so drückt, oder ist diese Krankheit eben wieder aufgewacht? Sie muß sich hinsetzen.

«Liebste Freundin!» ruft Holtz. «Ich dachte nicht...»

«Lassen Sie nur, das geht vorüber. Verzeihen Sie, aber es ist so lange her, daß...»

Sie sammelt ihre Kräfte.

«Ich möchte...»

«Ja doch... Sagen Sie, was Sie möchten!»

«Ich möchte einen Augenblick allein sein, bitte.»

«Aber selbstverständlich. Fühlen Sie sich wie zu Hause! Ich werde Ihnen unterdessen ein leichtes Getränk machen.»

Jedes Geräusch vermeidend, verläßt er den Raum. Julie schaut. Ihr ist beklommen zumute, aber es zieht sie zu dem Instrument. Sie muß jetzt den Mut aufbringen, sich dem Flügel zu nähern. Da steht er, direkt vor ihr, und indem sie die Arme nach ihm ausstreckt, meint sie zu hören, wie dem Innern des Steinway ein wunderbarer Klang entsteigt, als sei er schon zum Leben erweckt und vibriere ebenfalls vor Erwartung. Von draußen dringt fern das dumpfe Getöse des Sommers. Hier drinnen horcht die Stille in sich hinein. Mechanisch streckt Julie ihre Finger aus, um einen Akkord zu fassen. Sie erstarrt. Sie weiß nicht mehr, wie sie die Finger plazieren soll. Ihr Daumen ist zu kurz. Das «La», das «Do» – mein Gott, sie sind nicht wiederzuerkennen. Sie drückt auf eine Taste, auf das gestrichene «Fa». In wunderbarer Reinheit ertönt die Note, dringt weiter bis in die Unendlichkeit, weckt unzählige Echos, die sich allmählich in Gedanken und in Erinnerungen verlieren. Julie bemerkt nicht, daß ihre Augen feucht werden, daß eine Träne fließt, groß und schwer wie ein Tropfen Harz aus einer verletzten Baumrinde. Schnell wischt sie die Träne ab. Sie hätte nie hierherkommen sollen.

Aber da ist Holtz schon wieder zurück mit zwei Gläsern, in denen die Eisstücke klingeln.

«Nun», fragt er, «wie finden Sie ihn?»

Sie dreht sich um, auf ihrem faltigen Gesicht nur noch einen Ausdruck beiläufigen Interesses.

«Verehrter – er ist fantastisch. Ihre Einladung ist das reine Geschenk. Ich danke Ihnen.»

Ihre Stimme ist fest. Sie ist wieder Julie, die Namenlose, die Geschichtslose.

«Können Sie wirklich nicht mehr spielen?» fragt ihr Gastgeber besorgt.

«Unmöglich. Ich weiß zwar, daß es ein paar behinderten Pianisten trotzdem wieder gelungen ist aufzutreten – Graf Zichy beispielsweise oder, besser noch, Wittgenstein, dem Ravel das *Concerto in D* für die linke Hand gewidmet hat –, aber ich bin leider in Krümel zerlegt worden. Man gewöhnt sich dran. Es dauert lange, aber man gewöhnt sich dran.»

«Es tut mir so leid. Und nun habe ich Ihnen dieses Getränk gemacht...»

Sie lächelt freundlich.

«Nun, trinken – das kann ich immerhin noch.»

Mit der Unbeholfenheit eines Bärenjungen, das aus einer Saugflasche trinken will, hält sie das Glas zwischen ihren Handschuhen und nimmt ein paar Schlucke.

«Ah!» sagt er mit einem Seufzer. «Es zerreißt mir das Herz.»

«Nicht doch, das hat schon seit langem aufgehört, eine traurige Geschichte zu sein... Darf ich die Besichtigung jetzt fortsetzen?»

Überall Kisten, die noch nicht ausgepackt sind, Bilder, die mit der Vorderseite an den Wänden lehnen, demontierte Bücherregale und aufgerollte Teppiche; aber nichts davon wirkt mittelmäßig. Holtz ist offenbar ein Mann mit Geschmack. Julie bleibt stehen.

«Also, ich bin eigentlich mit einer bestimmten Absicht gekommen, Monsieur Holtz. Nämlich um Ihnen zu sagen, daß niemand das Recht hat, Sie am Klavierspielen zu hindern. Meine Schwester ist verrückt. Nein, das liegt nicht an ihrem Alter, sondern daran, daß sie sich immer für den Nabel der Welt gehalten hat. Nun hat sie hier zwar tatsächlich einigen Einfluß, aber lassen Sie sie ruhig schmollen. Spielen Sie, sooft Sie wollen. Zum Gedenken an Ihre Frau – und auch an mich. Es würde mich sehr freuen. Das wär's, ich muß sausen. Klingt komisch, nicht wahr, wenn ausgerechnet die Schildkröte von sich sagt: ich sause... Wo hab ich doch gleich meinen Stock gelassen? Wissen Sie, warum ich den benutze? Damit man glaubt, daß ich schlecht sehe. Dann schauen die Leute auf meine Augen und nicht auf die Hände.»

Sie läßt ihr kleines hinterlistiges Lachen vernehmen, zum Zeichen dafür, daß sie das Gespräch als beendet ansieht. Er macht Anstalten, sie zur Tür zu begleiten.

«Danke, nein, ich bitte Sie.»

Ein schneller Blick auf ihre Armbanduhr – gerade noch Zeit genug, vor der Abfahrt ein wenig zu essen und zu schlafen. Sie ist müde. Die Begegnung mit diesem Klavier... Und sie hatte sich doch schon tot geglaubt, endlich befreit von der Musik, trotz einiger Brocken Debussy oder Chopin, die ihr gelegentlich den Kopf verdrehten. Aber jetzt hat sie jedenfalls ihre Entscheidung gefällt.

Eilig verzehrt sie ihr Mittagessen, während Clarisse schon den Kaffee vorbereitet.

«Was hat Gloria heute für ein Programm?»

«Sie wird wohl von ihrer Tournee durch Mexiko berichten. Ich habe ihr geholfen, die Fotos auszusuchen. Danach soll sie dann das Konzert von Mendelssohn vorspielen. Madame Gubernatis hat sich heute entschuldigen lassen, weil ihr Mann angeblich an einem Hexenschuß leidet. Madame Gloria ist darüber ganz aufgebracht. Sie meint, das sei eine schlechte Ausrede und man könne sich nicht auf *La Thébaïde* niederlassen, wenn man nur für Akkordeon schwärmt. Ah! Sie macht es einem wirklich nicht leicht! Eine Zigarette, Mademoiselle?»

«Ja, gern. Vielen Dank.»

Nun für eine Stunde in den Liegestuhl; die Bauchschmerzen haben sich gelegt. Das sommerliche Lärmen ist leiser geworden. Sie muß die Montano überzeugen. Das wird nicht einfach sein und eine Menge Geduld erfordern. Aber in Geduld hat sie sich genügend geübt. Sie lauscht dem Mittagskonzert der Zikaden, die von der Hitze wie berauscht sind und mit ihrem Zirpen mühelos die halbgeschlossenen Fensterläden durchdringen. Hoffentlich sagte Gina ja... Alles übrige konnte sie dann in Ruhe abwarten.

Kurz bevor sie aufbricht, kommt Clarisse noch einmal zur Begutachtung. Noch ein bißchen Rouge auf die Wangen, die Handtasche ist schon durchgesehen, alles ist an seinem Platz: Kleenex-Tücher, Schlüssel, Zigaretten, Streichhölzer und ein angemessen gefülltes Portemonnaie. Für alle Fälle noch ein paar Aspirin – ah! –, dann noch der Ausweis und die Brille mit den schwarzen Gläsern. Wie bei jedem Abschied wird Clarisse nun auf beide Wangen geküßt, dann geht Julie mit kleinen Schritten hinunter zum Boot.

Dort wartet schon Henri Vilmain, auch im Alter noch ein sportlicher Typ in grauen Hosen und Polohemd, eine Ledertasche unter dem Arm tragend, um sich nicht die Hosentaschen vollstopfen zu müssen. Früher war er – wenn sich Julie recht erinnert – irgend jemand Wichtiges in einer Import-Export-Gesellschaft. Jetzt fühlt er sich selbstverständlich verpflichtet, mit ihr Konversation zu machen. Julie nickt von Zeit zu Zeit, als würde sie ihm zuhören, und denkt an Gina Montano. Wie soll sie Gina überzeugen? Sie weiß, daß das hohe Alter den Menschen versteinern läßt, ihn zu einer Art unbeweglicher Masse macht. Auch Gloria verläßt kaum noch die eigenen vier Wände, trotz ihrer ungebrochenen Lebenskraft. Mit Gina wird es sicher nicht anders sein. Vor kurzem hat man sie zwar noch in einem Fernsehfilm gesehen, aber dabei handelte es sich um eine Wiederholung. Wie viele Filme sind wohl schon zwanzig Jahre alt bei der zweiten Ausstrahlung?

Das Boot kreuzt die Bahnen der Windsurfer, junge Leute, die grüßend die Arme schwenken. Auf der schmalen Mole wimmeln nackte Leiber von der Farbe verbrannten Brotes.

«Einen angenehmen Nachmittag», ruft ihr Henri Vilmain nach. «Und erinnern Sie sich an meine Worte. Vergessen Sie nicht, ihm die Nachricht zu überbringen.»

Was für Worte? Und welche Nachricht? Ab morgen wird wohl das Gerücht kursieren: «Die arme Julie, sie ist nicht mehr ganz richtig im Kopf. Man denkt, sie hört einem zu, aber sie hat alles schon wieder vergessen.» Um so besser! Dann wird niemand sie verdächtigen, wenn ihr Plan gelingt.

Sie findet gleich ein freies Taxi und verlangt, nach Cannes gefahren zu werden. Boulevard Montfleury, *Villa Les Caroubiers*. Sie drückt sich tief in den Rücksitz und ist entschlossen, keinen Blick auf die Gegend zu werfen. Dieses ganze überflüssige Gewimmel! Dennoch sieht sie auf einer Kreuzung einen Krankenwagen und ein Auto in Trümmern. Demnach passiert das auch anderen! Sie schließt die Augen. Jeder hat seinen Alptraum zu tragen.

Sie wird Gina schmeicheln, sie wird sprechen von... Ach, zu dumm! Sie hätte ihr den Prospekt von *La Thébaïde* mitbringen sollen, auf dem die ganze Anlage vom Hubschrauber aus aufgenommen war, mit ihren Villen, Gärten, dem Hafen, den Gemeinschaftseinrichtungen wie dem Solarium, dem in Bau befindlichen Tennisplatz und natürlich dem weiten Blau des Meeres ringsum. Es stimmt schon, sie hat einfach nicht mehr ihre fünf Sinne beisammen. Auf ihre Trumpfkarte zu verzichten! Gleich morgen würde sie Gina das gesamte Material zusenden.

Das ist nun die Stadt. Entsetzlich, hier wohnen zu müssen. Es wird ihr keine Mühe machen, Begeisterung zu zeigen, wenn sie gleich die Vorzüge der Residenz herausstreichen muß. Der Wagen hält an, und Julie reicht dem Chauffeur ihr Portemonnaie.

«Bezahlen Sie sich selbst. Ich kann das Kleingeld nicht greifen.»

Der Fahrer zeigt kein Erstaunen. Wieder eine Kundin, die zu tief ins Glas geguckt hat. Er hilft Julie beim Aussteigen. Nicht zu fassen, denkt er, daß sich Menschen in diesem Alter noch in eine derartige Verfassung bringen.

«He, Madame!... Ihr Stock.»

Er zuckt die Achseln, während sie, leicht zögernd, die mit Buchsbäumen bestandene Allee entlanggeht. Überall Rasenflächen mit schimmernden Wassertropfen, versprüht von leise zischenden Sprengern. Ein schöner Wohnsitz, aber warum war der Eingang nur über drei Stufen zu erreichen? Wer dachte heutzutage schon an alte Menschen... Innen eine weite Halle mit Grünpflanzen und einem Springbrunnen in einem kleinen, von Goldfischen bewohnten Becken.

«He, Madame!... Madame!»

Die Concierge, die ihr nachläuft, trägt schwarze Kleidung und die Haare straff zurück, ganz wie eine englische Nurse.

«Wo wollen Sie hin?»

«Zu Madame Montano.»

«Ah, in Ordnung. Sie hat mich vorgewarnt. Im ersten Stock, bitte.»

Im Fahrstuhl läßt sie sich zu Erklärungen herbei.

«Die Frau, die sich um Madame Montano gekümmert hat, ist auf und davon nach dem Überfall. Ich vertrete sie jetzt so lange, bis sich eine neue Gesellschafterin findet.»

Sie hält die Fahrstuhltür auf, bis Julie festen Boden unter den Füßen hat. Dann klingelt sie und schließt gleichzeitig die Eingangstür auf.

«Ja, ja», sagt sie, «der Bursche hat sie doch tatsächlich angegriffen, als sie gerade ihre Wohnung betreten wollte. Er hat sie hineingeschoben und sie umgestoßen. Das ist alles in wenigen Minuten passiert. Ich war gerade im Keller und habe nichts gesehen. Ach, ich schwöre Ihnen, man kann gar nicht genug aufpassen!»

Laut ruft sie: «Madame, hier ist Ihr Besuch!»; dann fügt sie mit gedämpfter Stimme hinzu: «Sie ist ein bißchen schwerhörig. Sprechen Sie langsam... Ah, da ist sie schon.»

Vom anderen Ende des hell erleuchteten Flurs sieht Julie ein kleines altes Weib auf sich zukommen, das sich feingemacht hat und bei jedem Schritt funkelt und blitzt. Offensichtlich sind ihr nicht alle Juwelen gestohlen worden. Schon von weitem beginnt sie zu sprechen:

«Meine gute Julie, wie ich mich freue, dich zu sehen. Du hast dich überhaupt nicht verändert. Was für eine gute Idee, mich zu besuchen. Und wie findest du mich?»

Julie hat verstanden, daß ihre Rolle vor allem im Zuhören bestehen wird.

«Komm, laß dich umarmen. Du erlaubst doch, daß ich dich duze. In meinem Alter würde ich nicht einmal zögern, dem lieben Gott das Du anzubieten. Zeig mir deine armen Hände. Um Himmels willen, wie furchtbar!»

Sie scheint einen Schluchzer hervorbringen zu wollen, aber gleich hat sie ihre Stimme wieder im Griff und spricht lebhaft weiter:

«Gib mir deinen Arm. Du mit deinen 89 Jahren, du hast noch Kraft, du bist eigentlich noch ein Küken. Wenn du dir überlegst, daß ich auf die Hundert zugehe! Aber ich darf mich nicht beklagen. Ich kann gut sehen und gut hören. Nur meine Beine, die sind nicht mehr die alten... Hier entlang... Wir wollen in den Salon gehen... Kaum zu glauben, daß ich früher ganze Tage auf dem Pferd sitzen konnte... Weißt du eigentlich, daß ich schon mit Tom Mix gedreht habe! Da, nimm diesen Sessel.»

Es wird nicht leicht werden, denkt Julie. Sie betrachtet das, was einst die Montano war, die berühmte Schauspielerin, ebenso berühmt wie Mary Pickford. Sie ist zusammengeschrumpft und hinfällig, aber ihr geschminktes Gesicht hat immer noch etwas Jugendliches und Vitales. Es liegt an den Augen, aus denen die Lebensfreude strahlt. Es ist immer noch da, abgenutzt durch die Zeit, aber noch greifbar, wie ein Schatten des kleinen Mädchens, das einst seine Blumen verkaufte, wenn die großen Passagierdampfer anlegten.

Gina hält ihr eine große Bonbonniere entgegen, die randvoll ist mit Pralinen.

«Ich hoffe, daß du gerne naschst», sagt sie. «Mit der Liebe ist es ja für unsereinen vorbei, aber uns bleiben immerhin die Süßigkeiten.»

Sie lacht fröhlich und versucht, ihre Ausgelassenheit zu zügeln, indem sie ihr Gesicht hinter den Händen verbirgt. Diese Hände waren nie schön gewesen, aber inzwischen sind ihre Finger auch noch durch die Arthrose deformiert. Sie bemerkt Julies Blick und wird sofort trübsinnig.

«Siehst du, es geht mir wie dir. Statt meiner Finger hab ich nur noch Krallen. Geht es Gloria nicht genauso?»

«Nein, in dieser Hinsicht hat sie Glück.»

«Verzeihung.»

«Ich sagte doch – sie hat Glück.»

«Ich würde sie gerne wiedersehen.»

«Nun, dann kommen Sie doch zu uns. Es ist nicht weit, und Gloria würde sich so freuen… Außerdem würden Sie bei uns viele Verehrer treffen. Gerade gestern habe ich noch mit einem Freund über Sie gesprochen, und wissen Sie, was er sagte?»

Gina hängt an Julies Lippen. Sie wartet auf das Kompliment wie ein Kind, das nach einem Stück Kuchen giert.

«Er sprach zu mir: Ja, die Montano, das war noch ein richtiger Star. Künstlerinnen wie sie, die gibt es heute nicht mehr…»

Gina ergreift Julies Hand und zieht sie bewegt an die Lippen.

«Ach, weißt du, ich liebe dich. Es tut so gut, so etwas zu hören. Seit Monaten hat mein Telefon nicht mehr geklingelt. Die Menschen vergessen, liebe Freundin. Vergessen! Das ist doch nicht zu verstehen. Oh, verzeih, *mia cara*, du kennst das ja… Aber du bist daran gewöhnt. Ich hingegen! Seit zwei Jahren – nichts! Zuletzt hatte man noch eine sehr alte Frau gebraucht für die Rolle einer

Gelähmten. Gut und schön, das war nicht gerade schmeichelhaft, aber mir macht das nichts aus. Ich setz mir eine ganz verschossene Perücke auf, nehme mein Gebiß heraus, und schon seh ich aus wie die böse Märchenfee. Aber wie die Dinge liegen, scheinen die schaurigen Hexen im Film und beim Fernsehen ausgedient zu haben. Es ist vorbei, Gina wird nicht mehr gebraucht. Traurig ist das.»

Sie zieht ein Spitzentaschentuch hervor, dem ein betäubender Jasminduft entsteigt, und tupft sich die Augen ab. Dann streckt sie ihre Hand aus nach Julie.

«Hilf mir hoch, bitte. Seit man mich niedergeschlagen hat, hab ich keine Kraft mehr in den Beinen. Komm, ich will dir meine Wohnung zeigen... Das hier ist mein Büro – aber ich habe eine Art Sekretär, einen Geschäftsmann, der sich um alles kümmert. Und das hier ist mein Wohnzimmer, aus dem ich ein ziemliches Sammelsurium gemacht habe. Hier habe ich die Bücher, die Kassetten und die alten Filme, die ich mir nie ansehe.»

Sie bleibt vor Julie stehen und stößt sie mit dem ausgestreckten Zeigefinger mehrmals vor die Brust.

«Ich habe an nichts mehr Freude. Ich habe nur noch Angst. Da liegen meine Papiere, drüben auf der Konsole. Ich wage nicht, sie zu berühren.»

Julie erblickt den Reisepaß und den Personalausweis.

«Man hat sie mir zurückgebracht», fährt Gina fort. «Sie trieben in einem Bach herum.»

Neugierig öffnet Julie den fleckigen Reisepaß und liest: ‹Gina Montano... Tochter von... Geboren... 1887.› Na also, hervorragend! Ihre Augen überfliegen die Linien. Sie lächelt. Schließlich zieht Gina sie am Arm.

«Komm, ich will dir die Küche zeigen. Im Grunde ist das der Raum, in dem ich mich die meiste Zeit aufhalte.»

Julie kann ihre Überraschung nicht ganz verbergen beim Anblick der Wände, die über und über mit Plakaten bedeckt sind wie einst die der Eingangshallen der Stadtteilkinos. Gina in den Armen von Tyrone Power, Gina in *Brennender Vesuv*, mit einem schwarzgelockten Partner, der ein Leopardenfell trägt. Gina in *Das geheimnisvolle Haus*, mit einem Revolver auf einen Mann zielend, der eben aus dem Fenster springt... Und überall, vom Boden bis zur Decke, heiße Umarmungen, Küsse und in großen Lettern: GINA MONTANO.

Auch Gina ist ganz in die Betrachtung versunken. Mit gefalteten Händen.

«Mein ganzes Leben», flüstert sie. Dann fügt sie in scheinbar lokkerem Ton hinzu:

«Sie alle – Boyer, Errol Flynn, Montgomery, Robert Taylor –, sie alle haben mich in ihren Armen gehalten. Ich erinnere mich noch genau. Du siehst, es ist zu spät für einen Umzug.»

«Ganz und gar nicht», protestiert Julie. «Im Gegenteil, Sie haben mich auf eine Idee gebracht: Ihr Platz ist bei uns, auf *La Thébaïde*.»

«Zu spät, ich versichere dir, es ist zu spät. Oh, man hat mir schon einige Angebote gemacht! Mein Sohn hat zum Beispiel bei einer Zwischenlandung hereingeschaut und war bereit, mir eine neue, besser geschützte Wohnung zu kaufen. Aber du mußt bedenken, daß ich mein ganzes Leben damit zugebracht habe, die Wohnsitze zu wechseln... Ich bin eine Zigeunerin im Luxus, meine arme Julie, und mein wahrer Platz ist auf dem Friedhof.»

Jetzt fließen ihre Tränen ganz ungehemmt. Sie ist nur noch eine sehr alte Frau, einsam und verängstigt, die bei Julie Stütze sucht.

«Danke», flüstert sie, «danke, daß du da bist... Ja, du hast recht. Wenn man mich haben will bei euch, würde ich dort vielleicht etwas Ruhe finden. Möchtest du einen Espresso? Laß dich ruhig bedienen. Setz dich da hin, neben den Ofen.»

Ihre Stimme ist wieder fest. Sie zeigt auf ein Plakat, auf dem ein Planwagen mit Siedlern abgebildet ist, umzingelt von kriegerischen Indianern. Oben auf dem Kutschbock hält Gina den toten Wagenführer und schwingt eine Winchester. Titel des Films: *Der Ruf des Westens*.

«Da siehst du's», sagt sie, «ich war damals schon auf der Suche nach dem Gelobten Land. – Wieviel Zucker nimmst du?»

Sie nimmt an Julies Seite Platz und schaut ängstlich zu ihr hin.

«Glaubst du, daß sie mich akzeptieren werden?»

«Man hat doch auch uns akzeptiert, Gloria und mich.»

«Das ist etwas anderes. Ihr wart als Künstlerinnen unvergleichlich, alle beide.»

«Sagen Sie doch gleich, daß wir die reinsten Sammlerstücke sind.»

«Aber ich, Julie... mit meinen Abenteuern, meinen Affären, meinen Scheidungen...»

«Ach, wenn es darum geht... Gloria war fünfmal verheiratet, ganz zu schweigen von den übrigen Dramen, die ihr passiert sind... Ein Verlobter gefallen vor Verdun, ein jüdischer Ehemann gestorben bei der Deportation, ein anderer erschlagen von der O. A. S., der letzte Mann hat sich umgebracht, und dann gibt es noch einen, der... Also daran kann ich mich nicht mehr erinnern.»

«Sprich weiter, sprich weiter», sagt Gina leise. «Ich liebe es, wenn man mir Geschichten erzählt. Sie waren natürlich reich, alle miteinander?»

«Versteht sich. Gloria hat immer gewußt, wo, wann und in wen sie sich zu verlieben hatte.»

«Und du?»

«Ich?... Nachdem ich versucht hatte, mir das Leben zu nehmen, bin ich mehr oder weniger von einer Heilanstalt in die nächste gewandert und von einer Depression in die andere gefallen.»

«Mama mia! Das ist ja entsetzlich! Und jetzt, bist du jetzt gesund?»

«Wenn Sie es genau wissen wollen – ich rechne jeden Frühling damit, daß mir die Finger wieder wachsen. Darauf warte ich inzwischen seit 63 Jahren.»

«Wirklich, Julie, du tust mir so leid! Aber du scheinst dir trotz allem noch so etwas wie Temperament bewahrt zu haben. Ich kann mich da nur verstecken... Also, du glaubst, daß man mich freundlich empfangen wird bei euch?»

«Mit offenen Armen! Für die sind wir exotische Tiere. Wir riechen nach dem wilden Dschungel, und den Dschungel bequem vor der Haustür zu haben, Gina, das ist doch ein gefundenes Fressen! Übrigens ist nur noch die *Villa Sonne* zu verkaufen. Sehr schön und sicher sehr teuer, aber das kann für Sie kein Hinderungsgrund sein.»

«Nein. Nimmst du noch eine Tasse? Oder hast du es eilig?»

«Und wenn schon – ein Kaffee wie dieser ist jeden Umweg wert.»

«Nun, dann warte.»

Gina öffnet die Tischschublade und zieht die Tarockkarten hervor.

«Heb ab.»

Was Julie antrieb, war weder Starrköpfigkeit noch Beharrlichkeit, sondern eher eine Art mitleidigen Amüsements. Es war letzten Endes nicht wichtig, daß Gina nach *La Thébaïde* zog, denn schließlich war auf dieser Welt überhaupt nichts mehr wichtig. Doch obwohl ihr nichts an ihrem Plan zu liegen schien, wollte sie ihn doch unbedingt bis zum Ende verfolgen. Um zu sehen, was dabei herauskam. Wie ein leicht verrückter Wissenschaftler, der entschlossen ist, auf eigene Gefahr irgendwelche Substanzen von unbekannter Wirkungsweise zusammenzuschütten.

Sie machte sich viel Arbeit, schickte Gina die Prospekte, in denen die Schönheiten, die Vorzüge und die Verdienste von *La Thébaïde* gerühmt wurden, beschaffte sich die Pläne der *Villa Sonne*, mit der Raumaufteilung, den Maßen und den Angaben zur Lage (denn Ginas Bett sollte unbedingt in Nord-Süd-Richtung stehen) und überließ ihr eine Liste der anderen Eigentümer, nebst aller Einzelheiten zu deren Biographie. Ja, sie dachte sogar daran, Vorkommen und Heftigkeit der wichtigsten auftretenden Winde festzuhalten, denn Gina fürchtete den Mistral. Jedes Dokument wurde am Telefon endlos durchgesprochen, und Julie begab sich unverzüglich selbst nach Cannes, wenn sie den Eindruck hatte, daß neue Schwierigkeiten auftraten, die zu bekämpfen waren. Oft war sie so müde und von Schmerzen gekrümmt, daß sie sich in ein Café flüchtete, wenn sie gerade an Land war, oder in ihren Sessel, wenn sie das Glück hatte, zu Hause zu sein. Dann kam ihr mitunter der Gedanke, daß es vielleicht noch nicht zu spät war und daß eine Operation sie möglicherweise retten könnte. Noch konnte sie wählen – aber sie ließ die Tage verstreichen, weil man einmal gefällte Entscheidungen nicht rückgängig machte.

Eines Morgens wurde sie von Gloria mit allerhand Liebkosungen empfangen.

«Du bist ja so fröhlich. Was ist los mit dir?»

«Das rätst du nie! Komm, setz dich zu mir. Ach, ich habe wirklich gute Freunde!»

«Nun rede schon.»

«Also, unsere Präsidentin ...»

«Madame Genson-Blèche?»

«Ja, sie war gerade hier und hat mich ein Papier unterschreiben lassen. Und weißt du, was das für ein Papier war? Mein Gesuch um die Aufnahme in die Ehrenlegion! Darum muß man nämlich ersuchen. Das ist natürlich nur eine Formalität, aber man muß eben selbst unterschreiben. Die Präsidentin hat sich um alles gekümmert, sogar eigenhändig das Antragsformular kopiert, und nun ist es soweit… Die Verleihung findet an meinem Geburtstag statt, dann werde ich der Ehrenlegion angehören… Zum Beweis dafür, daß man mich nicht vergessen hat. Du siehst, ich bin so glücklich, daß… Und du, macht dir das denn keine Freude?… Stell dir vor, in gut zehn Jahren wird man dich auch dekorieren. Es spricht jedenfalls nichts dagegen. Übrigens, im Moment darfst du noch nicht darüber sprechen. Es handelt sich schließlich darum, daß sie mich alle damit überraschen wollen.»

Sie versteckte ihr Gesicht hinter ihren Händen, um sich die Freude nicht anmerken zu lassen und seufzte durch ihre gekreuzten Finger:

«Hätten wir doch nur schon den 1. November!»

‹Ich werde ihn wohl kaum noch erleben›, dachte Julie und sagte laut:

«Ich freue mich für dich. Du hast es verdient.»

Gloria nahm sofort ihre von Ringen funkelnden Hände herunter und sah ihre Schwester mißtrauisch an.

«Meinst du das ernst?»

«Aber ja, du kannst ganz sicher sein. Und ich werde schweigen. Versprochen.»

Sie beugte sich über das Bett und drückte einen flüchtigen Kuß auf Glorias fast glatte Stirn. Gloria faßte sie am Ärmel und hielt sie zurück.

«Würdest du bitte den Plattenspieler einschalten, bevor du gehst. Die Platte liegt schon auf. Ich möchte jetzt gerne das *Rondo Capriccioso* hören.»

Julie drückte auf den Startknopf und ging zurück in ihre Räume, um sofort mit Gina zu telefonieren.

«Ich bin's, liebe Gina. Ich habe soeben erfahren, daß sich ein Kaufmann aus Lyon für die Villa interessiert… Noch weiß ich keine Einzelheiten, aber ich werde mich informieren. Wenn ich mir einen Rat erlauben darf – Sie werden sich bald entscheiden müssen, sonst wird Ihnen das Objekt durch die Lappen gehen.»

Julie hatte das Gefühl, mit jedem ihrer Worte den Mechanismus eines Geheimschlosses auszulösen und die Zukunft zu verriegeln. Aber der Rückweg war bereits abgeschnitten.

«Immerhin möchte ich dieses Haus gerne mal mit eigenen Augen sehen», sagte Gina. «Pläne sind ja ganz schön und gut, aber es gibt auch noch andere Dinge. Das Licht, die Gerüche... Und es gibt noch etwas, was mich stört. Der Name des Hauses – *Sonne* – das ist perfekt, das gefällt mir sehr. Aber warum hat man dann der Straße nicht den Namen *Van-Gogh-Allee* gegeben. Das wäre doch entschieden angemessener gewesen. Ob man sie nicht umtaufen könnte?»

Julie erstickte fast vor Zorn:

«Das wird sich wahrscheinlich machen lassen, aber zunächst müßte einmal Ihr Notar Kontakt aufnehmen mit der Immobiliengesellschaft, die *La Thébaïde* verwaltet: Ich verstehe zwar nichts von Geschäften, aber mir will scheinen, daß Sie gut daran täten, Ihr Interesse aktenkundig zu machen. Danach wird es nicht weiter schwer sein, eine Besichtigung zu arrangieren.»

«Danke, ich werde darüber nachdenken. Mit welchen Transportmitteln kann man sich übrigens innerhalb der Residenz fortbewegen? Du hast mir noch gar nichts davon gesagt.»

«Man hat an alles gedacht, meine liebe Gina. Wir verfügen über zwei Elektrowagen, wie man sie auf Golfplätzen benutzt. Das sind unsere Maultiere. Sie dienen zu allem.»

«Und der Bereitschaftsarzt – ist er gut?»

«Dr. Prieur? Das ist ein Mann von etwa sechzig, der ganz gewiß sein Fach versteht und in Notfällen einen Hubschrauber kommen läßt. Aber ein solcher Fall ist bisher noch nicht eingetreten.»

Am anderen Ende der Leitung suchte Gina nach weiteren Einwänden, nur so aus Spaß, weil sie gerne palaverte wie eine afrikanische Negermami. Julie schluckte ihren Ärger hinunter, sie mußte Gina um jeden Preis überzeugen.

«Hast du an deine Schwester gedacht?» nahm Gina wieder das Wort. «Glaubst du, daß sie es gern sehen wird, wenn ich plötzlich aufkreuze?»

«Gloria? Aber sie wird begeistert sein! Erstens sind Sie ja nicht irgendein Niemand – Hand aufs Herz, Gina, welche Gesellschaft wäre nicht stolz, Sie empfangen zu dürfen? Und dann haben sich doch eure Lebenswege mehr als einmal gekreuzt. Als Sie in Hollywood drehten, gab Gloria doch eine ganze Reihe von Konzerten in Kalifornien.»

«Oh, ja, ich erinnere mich genau.»

«Also bitte, schon sind Sie beide auf bekanntem Terrain.»

«Ja, ja», meinte Gina, immer noch reserviert, «aber zwei Hundertjährige auf einmal in einer kleinen Gemeinschaft wie der euren – ist das nicht ein bißchen viel?»

«Wieso? Keine von beiden ist ans Bett gefesselt, gottlob. Zugegeben, gewisse alte Leute können schon zu einer Last werden, aber Sie beide, liebe Gina, Sie können sich doch einer geistigen Frische erfreuen, um die alle Welt Sie beneidet. Seien Sie ehrlich, ist das etwa übertrieben?»

«Nun, ich muß einräumen...»

«Und dann noch eins: Auf La *Thébaïde* lebt jeder allein und für sich. Sie brauchen nicht zu glauben, daß einem ständig die Nachbarn im Nacken sitzen. Es macht uns wohlgemerkt Freude, uns gelegentlich zu sehen, aber damit hört es auch schon auf. Nehmen Sie mich beispielsweise – ich grüße manchmal Leute auf der Straße, mit denen ich noch nie ein Wort gewechselt habe.»

«Sie haben auch keine Freunde», sagte Gina mißtrauisch.

«Nein, in der Tat. Ich bin nicht sehr anhänglich. Gloria hingegen wohl, sie hat sehr viel Besuch. Aber nun etwas anderes, das nicht ganz unwichtig ist: Sie werden sich gut geschützt fühlen, wenn Sie auf einer Insel leben, aber wann immer Sie den Wunsch haben, ein bißchen auszureißen, nun, dann gehen Sie eben an Land, machen in aller Ruhe Ihre Einkäufe, lassen sich von einem Taxi wieder zum Hafen bringen, und von dort bringt Sie das Boot nach Hause, ohne daß Sie sich anstrengen müssen. Auf diese Weise haben Sie nie das Gefühl, auf der Insel eingeschlossen zu sein.»

«Das klingt wirklich sehr verführerisch», gestand Gina. «Sie plädieren, als hätten Sie ein persönliches Interesse an der Angelegenheit.»

«Mein Interesse, Gina, das sind Sie.»

«Danke sehr. Ich überlege noch. Wäre es nicht möglich, besuchsweise für zwei Tage nach *La Thébaïde* zu kommen? Probehalber, verstehst du? Nur, um das Terrain zu sondieren.»

Julie trocknete sich das Gesicht mit dem Rücken ihres Handgelenks. Diese Alte, man sollte sie umbringen!

«Das ist kein Problem. Wir haben sechs Zimmer für gelegentliche Gäste. Soll ich Ihnen eines reservieren lassen?»

«Ich rufe dich morgen an, um dir meine Antwort mitzuteilen: Du bist ein Schatz. Bis morgen also.»

Völlig erschöpft legte Julie den Hörer auf und zündete sich eine Zigarette an. Man mußte wahrlich eine Menge Scharfsinn aufwenden, um die alte Hexe aus ihrem Loch zu locken! Scheinbar hatte sie irgend etwas gewittert. Vielleicht war es besser, sie nicht weiter zu bedrängen, aber die Vorstellung, daß sich diese sonderbaren Gespräche bis in alle Ewigkeit fortsetzten... «Außerdem», sprach Julie laut vor sich hin, «habe ich nicht mehr endlos viel Zeit».

Sie nahm erneut das Telefon und rief Dr. Moyne an.

«Hier spricht Julie Maïeul. Ich möchte...»

«O ja, bitte sehr, ich verbinde Sie mit dem Doktor», sprach die Sekretärin.

«Wie geht es Ihnen?» fragte der Arzt. «Was haben Sie mir mitzuteilen?»

«Das, was Sie bereits wissen und was ich Ihnen jetzt nur noch einmal bestätigen möchte. Ich lehne es ab, operiert zu werden.»

Eine kurze Stille trat ein. Julie vernahm nur das Klappern der Schreibmaschine.

«Haben Sie das gut bedacht?» fragte schließlich der Arzt.

«Ich habe alles abgewogen, das Für und das Wider. Es bleibt dabei.»

«Selbstverständlich sind Sie frei in Ihrer Entscheidung, aber das sieht doch sehr nach einem Selbstmord aus.»

«Nur Lebende können Selbstmord begehen... Ich wünsche mir nur noch, daß ich nicht zu sehr leiden muß und daß alles möglichst schnell geht.»

«Ich möchte Sie trotzdem hier sehen. Sie bringen mich wirklich in eine unmögliche Situation, denn es ist schließlich meine Aufgabe, Ihnen dabei zu helfen, gegen die Krankheit anzukämpfen. Sie sollten das berücksichtigen.»

«Ich werde daran denken. Falls ich irgendwelche Beruhigungsmittel brauchen sollte, werden Sie sie mir hoffentlich geben. Mehr verlange ich nicht.»

«Haben Sie Schmerzen im Augenblick?»

«Nicht im geringsten. Ich habe mir etwas vorgenommen... eine Art Projekt..., das mich völlig in Anspruch nimmt. Hatten Sie nicht gesagt, daß es zu einer vorübergehenden Besserung führen könne, wenn man sich ganz auf eine bestimmte Aufgabe konzentriert?»

«So ist es. Wenn wir unseren Patienten sagen, das beste Heilmittel sei der Lebenswille, dann ist damit nicht irgendein abstraktes Wollen gemeint. Man soll den Willen nicht ins Leere richte… sich an etwas Konkretem und Positivem festhalten.»

«Danke, genau das wollte ich von Ihnen hören. Ich werde … durchhalten. Und Sie von Zeit zu Zeit anrufen. Bis bald.»

Sie rieb sich mit den Fäusten ihre Augen, die im Rauch der Zigarette zu tränen begonnen hatten. Natürlich würde sie durchhalten… Sie schaute auf die Uhr. Der Morgen war noch jung. Wo und bei wem sollte sie anfangen?

Sie entschied sich für Hubert Holtz. Ein Gästezimmer zu reservieren war sicher nicht das geeignete Mittel, um Gina zu locken. Man mußte ihr einen besseren Empfang bieten als den im Hotel, damit sie sich auf Anhieb geborgen und in der richtigen Atmosphäre fühlte.

Hoffentlich war Holtz zu einer Geste bereit! Warum sollte man sich auf *La Thébaïde* darüber wundern, wenn er einer berühmten Künstlerin anbot, sein Gast zu sein? Auf diese Weise würde man ihn sicher auch künftig als passenden Umgang ansehen, nachdem man ihn bisher wegen seines Klaviers kaum akzeptiert hatte.

Sie rief Clarisse zu sich, um mit ihr die Speisefolge für das Mittagessen zu besprechen… Ein Omelett mit Kräutern, in Ordnung. Danach ein Pudding. Nein, kein Pudding. Das waren zu viele Eier für eine Mahlzeit. Lieber ein paar Löffelbiskuits in Rotwein.

«Mach dir keine Sorgen um mich, ich gehe ein bißchen spazieren. Ich möchte Monsieur Holtz um einen Gefallen bitten, aber kein Wort davon zu Gloria. Was sind ihre Pläne für den Nachmittag?»

«Sie empfängt einige Freunde zum Tee, und danach hat sie meines Wissens vor, ihnen von ihren Streitereien mit Toscanini zu erzählen.»

«Wenn Sie nach mir fragt, dann sagst du, ich sei ein wenig müde. Sie wird es dabei bewenden lassen, denn sie haßt müde Leute.»

Die Zikaden zirpten wie besessen bei diesem strahlenden Sommerwetter. Julie hatte sich in Marsch gesetzt, mit kleinen Schritten, um ihre Kräfte zu dosieren. Immerhin, sie mußte das alles nicht noch viele Monate durchstehen, nur gerade so lange, bis sie Gina soweit hatte, die *Villa Sonne* zu kaufen. Danach… Nun, wenn die Lunte erst gelegt war, ging das übrige von allein. Früher oder später erreichte der Funke sein Ziel. Und wenn er unterwegs erlöschen sollte, nun, dann war die Sache eben schiefgegangen. Wenn sich die Dinge ihrem Einfluß entzogen, flüchtete sich Julie gewöhnlich in die Einsamkeit ihres Inneren, in das, was sie immer als Philosophie des eichnete. Was bin ich? Ein Strohhalm. Oder nicht Nur ein Schimmelkorn auf der Außenhaut der Welt. regen? Ich glaube weder an das Gute noch an die ich nehme mir nur ab und zu das Recht, einen Schrei wenn man mich zertreten will.

og sich in die Länge. Hier und da winkte ihr ein Nachbar grüßend zu, worauf sie mit geheuchelter Herzlichkeit ihren Stock schwenkte. Sie wußte genau, daß man hinter ihrem Rücken flüsterte: «Die arme Alte! Manche Leute haben wirklich nichts als Pech.» Diese Idioten! Sie hatten ja keine Ahnung, daß genau dieses Pech jetzt ihre Stärke war.

Monsieur Holtz harkte gerade den kleinen Hof, den die Möbelpacker übel zugerichtet hatten. Er ging ihr entgegen mit den Worten:

«Wollen Sie mich wirklich mit einem Besuch erfreuen? Kommen Sie doch herein, ich bin fast fertig mit der Einrichtung.»

«Haben Sie sich schon gut eingewöhnt?»

«Oh, bestens! Mein einziges Problem ist das Klavier. Wann soll ich es benutzen? Vormittags schläft man sich hier lange aus, am Nachmittag macht man Siesta, und abends wollen meine Nachbarn fernsehen. Mit anderen Worten: Ich kann zu jeder Zeit sicher sein, irgend jemanden zu stören. Und da ich seit dem Tod meiner Frau ein wenig menschenscheu geworden bin, bleibt mir nicht einmal jemand, mit dem ich reden könnte.»

«Wenn es nun aber doch jemanden gäbe?» fragte Julie.

«Wie? Kennen Sie vielleicht jemanden...?»

«Vielleicht. Aber zünden Sie mir erst eine Zigarette an. Ich kann das Rauchen inzwischen nicht mehr lassen. Danke sehr... Ich dachte an folgendes: Sicher haben Sie in der Zeitung gelesen, daß Gina Montano in Cannes von einem Strolch überfallen und ausgeraubt wurde.»

«Ja, ich habe davon gehört.»

«Nun, ich habe sie daraufhin besucht, denn wir kennen uns von früher. Und jetzt will Gina unbedingt ihre Wohnung verkaufen, weil sie sich dort nicht mehr wohl fühlt, seit man sie angegriffen hat. Ich habe ihr natürlich von *La Thébaïde* erzählt, und sie würde sehr gerne zu uns ziehen. Sie wäre bereit, die *Villa Sonne* zu erwerben.»

«Aber...»

«Warten Sie, ich bin noch nicht zu Ende... Sie möchte sich vorher ein paar Tage hier aufhalten, um… das Terrain zu sondieren und zu sehen, ob es ihr gefällt. Sie ist in ihrem Leben häufig umgezogen, aber nun, in ihrem Alter…»

«Apropos – wie alt ist sie denn?»

«Sie ist jenseits jeden Alters – wie meine Schwester. Und genau wie sie verfügt sie über eine eiserne Gesundheit, hat nicht das kleinste Gebrechen, abgesehen von einer leichten Schwerhörigkeit. Sie läuft ohne Hilfe herum und ist so fröhlich wie ein junges Mädchen. Und deshalb… Hatten Sie nicht gesagt, daß Ihre Villa Ihnen ein bißchen groß ist?»

«Ah, ich verstehe allmählich!»

«Nein, nein. Nicht, woran Sie gerade denken. Das ginge auch gar nicht, weil man hier nicht untervermieten darf. Aber Sie könnten Ihr doch vielleicht Ihre Gastfreundschaft anbieten, nur für ein paar Tage. Wenn Sie in einem der offiziellen Gästezimmer untergebracht wird, wird sie sich wie in einem Altersheim vorkommen. Wenn man Sie hingegen wie einen geladenen Gast behandelt, wird sie sich sofort heimisch fühlen – sie ist nämlich immer noch sehr stolz. Natürlich bin ich mir im klaren darüber, daß ich mir Ihnen gegenüber ungeheure Freiheiten herausnehme… aber ich bin nicht als Bittstellerin hier. Ich wollte Sie nur vorab informieren, denn Gina wäre ein erstklassiger Neuzugang. Stellen Sie sich vor – die berühmte Gina!»

«Ja, schon. Aber… die berühmte Gloria!»

«Oh, die wird nichts dagegen haben.»

«Da bin ich mir nicht so sicher.»

Er richtete zwei Fruchtsäfte an, mit den schnellen, geschickten und unauffälligen Bewegungen eines Mannes, der es gewöhnt war, einen lieben Menschen zu umsorgen. Offenbar hatte er Julies Gedanken erraten.

«Meine Frau», sagte er, «sie hatte Sklerose. Furchtbar! Warten Sie, ich gebe Ihnen einen Strohhalm, das ist bequemer… Nun, ich will gerne glauben, daß Ihre Schwester keine Schwierigkeiten machen würde, aber wenn ich an ihre Kampagne gegen mich denke, wegen meines Klaviers… Na schön, versuchen kann man's ja mal.»

Julie lächelte, ihr erstes Lächeln seit… Doch das war jetzt nicht wichtig.

«Und die Neugier?» fragte sie. «Wie wollen Sie damit fertig werden? Sie vergessen, daß man sich hier von der Neugier geradezu nährt. Alles wissen! Sich informieren! Auskünfte einholen! Den

Nachbarn auffressen! Um sich die Sensationen vor Ort zu schaffen, weil man die Welt ausgesperrt hat... Auch Gloria wird ihren Tribut an vertraulichen Informationen verlangen. Seien Sie unbesorgt – Gina Montano wird geraume Zeit ihr Hauptfressen sein.»

Holtz hob sein Glas.

«Auf Ihr Wohl! Sie haben mich überzeugt. Bleibt abzuwarten, ob sie meine Einladung annehmen wird.»

«Das lassen Sie meine Sorge sein.»

«Nun, dann schauen Sie sich schon einmal das Zimmer an, das ich ihr anzubieten habe. Es führt zum Garten hinaus.»

Er reichte Julie seinen Arm, und sie gingen zur Rückseite des Hauses.

«Wundervoll!» rief Julie. «Monsieur, Sie sind ein wahrer Künstler.»

«Ich doch nicht», widersprach er, «aber meine Frau. Diese Bilder, die Tapeten, die Möbel – alles hat sie ausgesucht.»

«Gina wird begeistert sein», sagte Julie. «Wissen Sie was – wir werden sie jetzt gleich anrufen. Auf diese Weise können Sie auch schon mit ihr sprechen.»

«Glauben Sie nicht», gab Holtz zu bedenken, «daß ich zunächst unsere Präsidentin informieren sollte? Immerhin bin ich als letzter hier zugezogen, und es wäre doch nur ein Gebot der Höflichkeit...»

«Lassen Sie's. Ich werde das nachher klären. Wenn Sie jetzt schon damit anfangen, Genehmigungen einzuholen, werden Sie das Gesicht verlieren. Auch wenn der äußere Schein darüber hinwegtäuscht – wir leben hier wie in einer Eingeborenensippe, die einen herrschen, und die anderen werden beherrscht. Ich habe viel darüber gelernt anhand der Lektüre von Jane Goodalls Büchern über die Schimpansen.»

Holtz brach in Gelächter aus.

«Liebe Freundin, Sie haben eine Art, Witze zu machen...»

«Aber ich mache gar keine Witze. Ich habe nur eine Menge Menschen getroffen auf meinem Weg von einer Nervenklinik in die andere. Aber gut, nehmen wir ruhig an, daß ich ein wenig übertreibe und gehen wir jetzt telefonieren.»

Gina war zu Hause.

«Oh, *cara mia,* wie mich das freut! Du kannst dir nicht vorstellen, wie ich mich gelangweilt habe.»

«Ich bin gerade nicht alleine», sagte Julie. «Neben mir steht ein reizender Nachbar, Monsieur Hubert Holtz, der gerne bereit ist, Sie für ein paar Tage in sein Haus einzuladen. Er bewohnt eine zauberhafte Villa, die viel zu groß ist für ihn allein… Ach, wissen Sie, sprechen Sie doch gleich selbst mit ihm.»

«Hallo? Madame Montano? Hier Hubert Holtz… Ich fühle mich sehr geschmeichelt, mit einer so berühmten Schauspielerin zu sprechen. Mademoiselle Maïeul hat mich über alles informiert, den Überfall und Ihre derzeitge Not… Wenn Sie meine Einladung freundlicherweise annehmen wollen, steht Ihnen mein Haus zur Verfügung… Aber von ganzem Herzen… Ich versichere Ihnen… Wie?… Sie weinen?»

(«Ihr kommen die Tränen sehr leicht», flüsterte Julie.)

«Vor lauter Freude», meinte Gina.

«Ach so! Dann sind Sie also einverstanden. In diesem Fall ist alles ganz einfach. Mein Wagen steht in Hyéres in der Garage. Ein Mercedes, sehr geräumig, so daß Sie mit großem Gepäck reisen können. Ich werde Sie abholen und dann hier einquartieren. Was Sie an Personal brauchen, ist vorhanden, und ich versichere Ihnen, daß Sie in keiner Weise gestört werden. Ich lebe allein und… Wie bitte? Oh, nein, ihre Ankunft soll durchaus nicht geheimgehalten werden. Alles wird ganz regulär ablaufen. Danke. Ich verbinde Sie wieder mit Ihrer Freundin.»

«Hallo? Gina?… Monsieur Holtz ist ein Mann mit Herz, das ist alles. Und mit Geschmack. Er hält ein Zimmer für Sie bereit, ich kann nur sagen… Ganz einfach: Es ist alles signiert, vom Teppich bis zu den Bildern. Sie werden Ihre Depressionen schnell vergessen… Hören Sie, Gina, wenn er Ihnen freiwillig das Angebot macht, dann stören Sie ihn auch nicht. Also, ich würde Ihnen raten, einfach ja zu sagen, statt sich mit überflüssigen Skrupeln zu plagen. Ihr Alter allein gebietet schon den nötigen Respekt und die Rücksicht – nicht zu reden von der Bewunderung, die Ihnen zusteht. Wenn sich überhaupt jemand in des anderen Schuld fühlen muß, dann ist es Monsieur Holtz… Ich rufe Sie dann später wieder an.»

Sie legte den Hörer auf. Endlich! Es war geschafft. Wie wird es weitergehen… Nun, wenn der Wurm erst im Holz ist, bahnt er sich unaufhaltsam seinen Weg.

Zuerst wusste niemand auf *La Thébaïde*, daß Gina Montano angekommen war. Man hatte nur gehört, daß eine Person in recht vorgerücktem Alter – wahrscheinlich eine Verwandte – zum Haus von Monsieur Holtz gefahren worden war. Der Pförtner und sein Bruder hatten dem Vernehmen nach den Elektrowagen mit drei Koffern beladen. ‹Superschönes Gepäck› hatte Roger vermerkt. Monsieur Holtz hatte für einen Monat die beiden spanischen Haushaltshilfen des Exkonsuls von Dänemark engagiert, der mit seiner Frau eine Kreuzfahrt unternahm. Kurzum, es gab nichts, über das man sich den Kopf zerbrechen mußte. Die Rezeption übte sich in Diskretion und Schweigen, und die Präsidentin verabscheute jeden Klatsch. Madame Bougros allerdings hatte im Vorbeigehen in einem Parterrezimmer der *Villa Tulpe* die ein wenig gebeugte Silhouette einer alten Dame entdeckt; sie war ganz vertieft in ein Gespräch mit Monsieur Holtz, und Madame Bougros hielt sie für dessen Großmutter. Diese Information wurde Gloria durch Madame Lavelasset überbracht, und das erforderte dann doch eine genauere Untersuchung. Er war doch ein richtiger Heimlichtuer, dieser ansonsten ja ganz charmante Nachbar. Wozu das mysteriöse Treiben, wenn es sich doch um eine ganz natürliche Sache handelte? Völlig unnötig, man war gerne bereit, die alte Dame einmal einzuladen.

«Außer wenn sie krank ist», meinte Gloria.

Madame Bougros wurde befragt und erklärte, die Person, die sie gesehen habe, habe sich weder auf einen Stock gestützt noch sonst irgendwie den Eindruck von Hinfälligkeit gemacht.

«Welches Alter könnte sie Ihrer Meinung nach haben?» bohrte Gloria weiter.

«Oh, nicht eben jung! Ich würde sagen – so um die neunzig.»

«Nun», fuhr Gloria fort, «da sie mit dem Boot gekommen ist, brauchen wir bloß unseren Matrosen zu fragen. Kate, bringen Sie das bitte in Erfahrung. Wohlgemerkt, das alles spielt natürlich gar keine Rolle, denn Monsieur Holtz kann selbstverständlich einladen, wen er will.»

Was Kate dann herausfand, war allerdings einigermaßen verblüffend für Gloria und ihre Freundinnen. Julie hatte sich zur gleichen Zeit mit Monsieur Holtz und der Unbekannten übersetzen lassen.

«Das ist typisch für meine Schwester», sagte Gloria. «Statt mir von dieser Begegnung zu erzählen... Kein Gedanke! Schweigt wie ein Grab. So ist sie in allem, man muß ihr jedes Wort einzeln aus der

Nase ziehen. Aber verlassen Sie sich auf mich, ich sorge dafür, daß sie alles bekennt.»

Ungeduldig wartete sie auf Julies Erscheinen. Als diese sich, wie üblich, abends einstellte, um ihr eine gute Nacht zu wünschen, kam Gloria ohne Umschweife zur Sache.

«Diese alte Dame, die augenblicklich bei Monsieur Holtz wohnt... Kennst du sie?»

«Nein», sagte Julie.

«Ich bitte dich, ihr werdet doch wohl ein paar Worte gewechselt haben auf dem Boot.»

«Nein. Und ich habe nicht einmal hingehört. Sie unterhielt sich mit Monsieur Holtz, und das ging mich nichts an.»

«Du bist wirklich höchst merkwürdig... Aber an ihrer Art, miteinander zu reden, hast du doch sicher erkennen können, ob sie verwandt sind?»

«Nein. Ich glaube nicht. Ich habe nur bemerkt, daß sie einen Akzent hat.»

«Ah, siehst du! Was für ein Akzent?»

«Nun, ich würde sagen, einen spanischen, vielleicht auch einen italienischen.»

«Versuch, dich genau zu erinnern.»

«Also, eher italienisch.»

«Demnach kann es nicht seine Großmutter sein, denn Hubert Holtz kommt aus dem Elsaß. Pamela Bougros hat sie übrigens gesehen und schätzt sie ungefähr achtzig. Was denkst du?»

«Mir doch egal. Achtzig oder neunzig – wo liegt da der Unterschied?»

«Es wäre mir nicht recht, basta. Wir haben hier kein Altersheim. Für mich gilt das natürlich auch, aber bei mir ist das trotzdem etwas anderes. Und du, was hattest du schon wieder in der Stadt zu suchen? Nun gut, behalt deine Geheimnisse ruhig für dich... Niemals siehst du irgendwas, nie hörst du was, und nie sagst du was. Arme Kleine! Man glaubt es kaum – du bist Gefängnis, Gefangene und Wärter in einer Person. Und wenn...»

«Gute Nacht, Gloria.»

«Ja, gute Nacht. Welch ein Gemüt!»

Julie war recht zufrieden mit dem Gang der Dinge. Gloria hatte jetzt die Spur aufgenommen und würde sie nicht mehr loslassen. Es war an der Zeit, ihr einen zusätzlichen Köder zu liefern. Nun mußte

Raoul ins Spiel gebracht werden. Sie ging zu ihm, um den leichten Verband wechseln zu lassen, den sie zum Schutz ihrer Finger unter den Handschuhen trug.

«Kann es sein, daß Sie Ihre Übungen ein wenig vernachlässigen?» fragte er. «Das ist alles steif... Für den Anfang werden wir es mit etwas Ultraschall versuchen. Verkrampfen Sie sich nicht. Setzen Sie sich ganz entspannt in den Sessel... Ja... Ganz tief.»

«Ich habe von einem Besuch gehört, der sicher noch Aufsehen erregen wird», sagte sie. «Zuerst habe ich gar nicht darauf geachtet. Sie wissen, wie das ist, wenn man zufällig einen Namen aufschnappt... Unser Nachbar William Lummet unterhielt sich gerade mit Monsieur Mestral, und plötzlich fiel der Name Gina Montano. Aber vielleicht habe ich mich auch getäuscht. Fest steht nur, daß Monsieur Lummet sagte: ‹Ich versichere Ihnen, daß sie hier ist›, und seitdem geht mir die Sache nicht mehr aus dem Kopf. Gina auf *La Thébaïde* – stellen Sie sich das einmal vor!»

«Oh!» machte Raoul. «Ich werde mir gleich Gewißheit verschaffen. Morgen bin ich mit Madame Bougros verabredet, und wenn es jemanden gibt, der über das Kommen und Gehen hier informiert ist, dann ist sie das!»

«Sprechen Sie bloß nicht von mir», protestierte Julie. «Ich hasse diesen Tratsch! Außerdem, was sollte Gina Montano hier verloren haben? Mein armer, alter Kopf wird mir wohl einen Streich gespielt haben.»

Nun brauchte sie nur noch abzuwarten. Der nächste Tag verging recht langsam, und Julie hatte leichte Bauchschmerzen. Offenbar hatte ihre Ungeduld das Übel wieder geweckt. Clarisse, die wandelnde Chronik der Residenz, hatte nur kümmerliche Neuigkeiten zu berichten.

«Und was ist mit Gloria?»

«Sie ist nicht besonders glänzender Laune. Immer noch übel zu sprechen auf Monsieur Holtz, wegen seines Klaviers. Wenn er sich die Mühe gemacht hat, das Ding mit hierher zu nehmen, dann doch wohl, um darauf zu spielen. Also, warum tut er es nicht? Das wäre doch redlicher. Er ist ein wenig durchtrieben, der gute Mann. Man weiß nie, was er im Schilde führt.»

Clarisse war unschlagbar im Imitieren von Glorias Wortwahl und Tonfall. Und sie kannte ihre beiden Herrinnen, als hätte sie sie selbst zur Welt gebracht. Sie belauschte Gloria nicht, um zu spionieren, sondern um Julie zu unterhalten, deren heimliches Leiden sie unter großem Kummer erahnte. Sie wußte sehr wohl von Ginas Anwesenheit bei Monsieur Holtz, aber aus einer Art Schamgefühl hatte ihr Julie nichts von ihren Hintergedanken verraten. Clarisse hatte nur eine Ahnung, daß Monsieur Holtz und dessen Pläne für Julie einen gewissen Unterhaltungswert hatten, und alles, was zu ihrem Amüsement beitrug, verdiente, in Umlauf gebracht zu werden.

Julie erfuhr nie genau, wann das Gerücht Gestalt annahm, aber es verbreitete sich mit der Schnelligkeit eines Buschfeuers. Binnen weniger Stunden waren alle alarmiert, und nie hatten sich die Telefonate derart überschlagen.

«Hallo? Haben Sie gehört? Ah, Sie wissen schon Bescheid? Aber wer ist das eigentlich, diese Montano? Der Name kommt mir irgendwie bekannt vor. Scheint Schauspielerin gewesen zu sein, in der Stummfilmzeit... Hallo?»

Es gab auch besorgte Stimmen:

«Das ist doch ein wenig lästig, finden sie nicht? Gloria, das geht gerade noch. Aber es ist doch nicht nötig, daß *La Thébaïde* zu einer Fluchtburg für Hundertjährige wird... Mir kann es ja egal sein, verstehen Sie mich recht, aber das fällt doch auf uns alle zurück. Es wird heißen: *La Thébaïde*? Ist das nicht dieses Altenasyl... Das ist doch sehr unangenehm.»

Die Optimisten meinten:

«Was soll's, sie wird ein paar Tage bleiben und dann wieder verschwinden.»

Und die Pessimisten:

«Wer weiß, ob man es nicht aus persönlichen Gründen auf sie abgesehen hatte? Und wer garantiert uns, daß ihr nicht noch weiteres Gesindel auflauert? Und das uns, wo wir nur unseren Frieden wollten! Das hat uns gerade noch gefehlt!»

Allmählich etablierte sich ein Fan-Club:

«Zugegeben, Gina Montano ist nicht mehr die Jüngste, aber schließlich hat sie immer noch einen berühmten Namen – genauso berühmt wie der von Gloria –, und deshalb können wir nicht die eine verhätscheln und die andere vor den Kopf stoßen.»

Worauf andere Stimmen meinten:

«Und wenn uns dann ständig das Fernsehen, die Journalisten und die Fotografen auf den Pelz rücken? Was machen wir dann mit den Blitzlichtern und dem ganzen Medienrummel?»

Gloria täuschte unerschütterlichen Gleichmut vor:

«Ich kannte Gina früher sehr gut, und inzwischen macht uns das Alter zu Freundinnen. Ich bin die Ältere, demnach ist es an mir, diesen nicht immer liebenswürdigen Kommentaren ein Ende zu setzen. Gina hat offenbar aus Diskretion ihr Inkognito bewahrt, was ich bedaure. Deshalb beabsichtige ich, sie – zusammen mit ein paar vertrauten Freunden – zu mir einzuladen.»

Einige Nachbarinnen reagierten sehr skeptisch und befragten Julie:

«Glauben Sie wirklich, daß Ihre Schwester mit der Gegenwart dieser Frau einverstanden ist? Nachdem Sie selbst schon nicht gerade einfach im Umgang ist, würde es uns nicht überraschen, wenn das alles mit einem großen Knall endet.»

«Ein Knall?» entrüstete sich Julie. «Im Gegenteil, sie werden sich viel zu erzählen haben! Merken Sie sich gut, was ich Ihnen jetzt sagen werde: Gloria wird die erste sein, die darauf besteht, daß Gina die *Villa Sonne* kauft.»

Diese Überlegung führte zu weiteren Klatschereien, bis Gloria ihre Schwester barsch aufforderte, sich um ihre eigenen Angelegenheiten zu kümmern.

«Schließlich kann nicht jeder Beliebige hier ein Haus kaufen», sagte sie. «Die anderen Bewohner müssen damit einverstanden sein, und es würde mich wundern, wenn man eine so auffallende Frau wie Gina akzeptieren würde.»

«Und du?» fragte Julie. «Hättest du denn auch etwas dagegen?»

«Ich?» explodierte Gloria. «Was sollte mir das schon ausmachen? Glaubt etwa irgend jemand, ich hätte etwas von ihr zu befürchten? Soll sie doch die Villa kaufen, wenn's ihr Spaß macht! Ich werde sogar einen Schritt weitergehen und dafür sorgen, daß niemand sie daran hindert. Falls sie genügend Geld hat, was durchaus nicht sicher ist... Sie hat zwar immer viel Wind gemacht, aber im Grunde hatte sie nie die Mittel, die man bei einer bekannten Persönlichkeit erwartet. Der Beweis ist doch, daß sie immer noch gezwungen ist, zu arbeiten. Aber von mir aus... Soll sie doch die Villa kaufen, ich verspreche dir, sie wird es bereuen. Einstweilen werde ich sie zu mir einladen. Am nächsten Montag. Du kannst die Meldung offiziell bekanntgeben.»

«Das geht mich doch nichts an.»

«O doch! Du tust immer ganz harmlos und dann streust du hier

«Falls sie genügend Geld hat…

... was durchaus nicht sicher ist. Der Beweis ist doch, daß sie immer noch gezwungen ist, zu arbeiten», heißt es über die alte Schauspielerin.

Und wie jeder weiß, ist das gerade unter Künstlern kein Einzelfall. Finanziellen Sorgen im Alter begegnet man am besten mit langfristiger Vorsorge in den guten Jahren.

und da deine Bemerkungen aus. Ich bin über alles im Bilde, mußt du wissen. Sag ihnen alles, meine Kleine, genier dich nicht. Und leg mir die Sonate von Franck auf, bevor du gehst.»

Julie hütete sich geflissentlich, in dem drohenden Konflikt Partei zu ergreifen. Ginas Verhalten war einigermaßen seltsam, aber Clarisse – die sich bestens als Schnüfflerin eignete – erfuhr durch eines der Dienstmädchen von Monsieur Holtz, daß sich die alte Dame für den Augenblick noch abseits halten wollte, da sie noch nicht wußte, ob sie sich auf *La Thébaïde* niederlassen würde. Unterdessen versuchten Julies engste Vertraute, Material über das Leben der Schauspielerin zu beschaffen. In der besten Bibliothek der Nachbarschaft besorgten sie sich verschiedene Werke zur Filmgeschichte, aber die Angaben über Gina waren eher dürftig. Hier und da ein paar Zeilen, stets voller Lob, und ein Foto von ihr als «Femme fatale» aus einem 1932 gedrehten Film. Wie alt mochte sie damals gewesen sein? Das Buch ging von Hand zu Hand, ausgiebig betrachtete man das wundervoll geschminkte Gesicht, das ein wahrer Künstler ausgeleuchtet haben mußte. Es war unmöglich, sich auf eine Zahl festzulegen. Dreißig Jahre ... fünfunddreißig?

«Ich würde sagen: vierzig», entschied Julie. «Habt ihr in einem Lexikon nachgesehen?»

Das tat man jetzt, jedoch ohne Erfolg.

«Warum sollte man sie eigentlich nicht direkt fragen?» meinte Pamela. «Warum behandeln wir sie nicht wie eine gute Freundin?»

Julie stimmte sofort zu.

«Pamela hat recht. Ich habe ohnehin die Absicht, sie für nächsten Montag einzuladen. Hat meine Schwester Ihnen das noch nicht gesagt? Wahrhaftig, sie wird allmählich vergeßlich.»

«Im übrigen ist diese Sache mit dem Alter eigentlich ja auch völlig unwichtig», bemerkte Pamela abschließend.

Wenn das ihre Überzeugung war, warum ging Pamela dann häufiger als früher im Park spazieren? Warum erlaubte sich Kate, Monsieur Holtz anzuhalten und ihn um Stecklinge seiner Rosen zu bitten? Und warum stand generell die ganze *Villa Tulpe* unter Bewachung? Julie und Gina hatten ihren Spaß daran, wenn sie – wie jeden Tag – miteinander telefonierten. Gina gefiel es immer besser auf *La Thébaïde*. Monsieur Holtz war ein perfekter Gastgeber, und sein Haus war bezaubernd.

«Und diese Ruhe!» seufzte Gina. «Ich fühle mich endlich sicher.»

«Ihre Anwesenheit hat viel Staub aufgewirbelt. Haben Sie schon die Einladung meiner Schwester erhalten?»

«Ja, gestern nachmittag. Sehr liebenswürdig, sehr freundschaftlich. Ich glaube, ich werde hingehen. Zumal ich fast sicher bin, die *Villa Sonne* zu kaufen.»

‹Endlich›, dachte Julie, ‹endlich ist sie soweit. Soll sie sich ruhig hier einkaufen. Alles weitere...› Beinahe hätte sie laut gesagt: ‹Ich wasche meine Hände in Unschuld›, statt dessen sprach sie achselzuckend:

«Ich werde mir das nicht entgehen lassen, denn Sie können sicher sein, daß alle Freundinnen meiner Schwester zu Ihrem Empfang erscheinen werden. Man wird Sie um Autogramme bitten, auf Ihre Gesundheit trinken und Sie endgültig in unseren Kreis aufnehmen. Ich muß mich korrigieren – wenn ich von ‹unserem Kreis› spreche, dann schließe ich mich selbst dabei aus, denn ich mag nicht zu irgendeiner Gruppe gehören. Machen Sie sich nichts daraus, liebe Freundin, und grüßen Sie mir Monsieur Holtz.»

Mehr und mehr wuchs die Spannung in der Residenz. Gloria zog jede ihrer Freundinnen einzeln beiseite, um sich zu vergewissern:

«Sie kommen doch auch, nicht wahr? Und bringen Sie auch Ihren Gatten mit. Ich bin sicher, daß Gina immer noch sehr empfänglich ist für Komplimente von Männern. Sie müßte sich sonst sehr geändert haben.»

Zu Julie sagte sie:

«Ich rechne fest mit dir. Führ dich nicht immer wie eine menschenscheue Wilde auf. Dein Platz ist jetzt an meiner Seite.»

«Warum?»

«Nun, weil man Vergleiche anstellen wird, zwischen mir und ihr. Man wird in den Ecken stehen und tuscheln ‹Gloria sieht viel jünger aus›, ‹Ja, aber die Montano wirkt viel lebhafter›, ‹Wie oft hat sie sich wohl liften lassen, um noch so präsentabel auszusehen?›... Na, du weißt schon, Julie, du kennst sie ja.»

«Eben. Sie mögen dich doch sehr.»

«Nein, sie mögen mich nicht. Ich bin so alt, daß ich Ihnen einen Schrecken einjage. Du mußt bedenken, ich könnte die Mutter sein, von jeder einzelnen. Von einigen sogar die Großmutter... Insofern finden sie mich faszinierend, aber das hat nichts mit ‹mögen› zu tun. Es würde genügen, daß ihnen Gina plötzlich besser gefällt als ich – und schon wäre ich erledigt.»

«Warum hast du sie dann überhaupt eingeladen?»

«Weil ich so schnell wie möglich Klarheit will. Sie oder ich – darum geht es. Und ich zähle auf dich, damit du mir sagst, was alles geredet wurde.»

Julie spielte weiterhin die Ahnungslose.

«Ich versichere dir, daß du dich irrst. Es wird doch für alle sehr rührend sein, zu sehen, wie sich zwei regelrechte Ahnfrauen nach langer Zeit wiederfinden. Meinst du nicht?»

«Nicht zwei Ahnfrauen», sagte Gloria beunruhigt. «Zwei Künstlerinnen! Oder zwei verdammte Ungeheuer, wenn dir das lieber ist. Und deshalb läuft das Ganze auch unweigerlich auf eine Konfrontation hinaus. Sie wird sich zweifellos zu meinen Gunsten wenden, denn ich bin die Ältere, und sie wird einsehen müssen, daß hier kein Platz für sie ist. Aber ich wünschte, es wäre schon Montag!»

Der Sonntag diente einer Art Waffeninspektion. Glora zögerte lange, für welche Perücke sie sich entscheiden sollte. Ihr lag sehr an einer frischen und anziehenden Erscheinung, die aber nicht zu jugendlich sein durfte, weil das lächerlich gewirkt hätte. Kate und Simone, ihre beiden Busenfreundinnen, standen ihr zur Seite und berieten sie auch bei der Wahl der Schminke. Nur ein leichtes flüssiges Make-up, um ein wenig die Falten zu ebnen, ohne sie jedoch zu verdecken. Das Problem bestand darin, ein Gesicht vorzuweisen, das trotz seiner hundert Jahre noch zum Küssen einlud. Die Proben nahmen einen Gutteil des Tages in Anspruch, denn auch die Wahl der Kleidung bereitete Schwierigkeiten. Auf jeden Fall nichts Sommerliches – trotz des warmen Wetters –, denn die Arme waren zu mager und der Hals zu faltig. Das beste war, einfach ein schlichtes Hauskleid anzulegen, das die Figur umfloß und nur verschwommen ihre Konturen erkennen ließ. Die allgemeine Aufmerksamkeit sollte sich lediglich auf die Juwelen richten. Die Frage der Ohrringe führte zu einer langen Diskussion. Nein, keine Ohrgehänge, besser ein Paar Brillantsticker, die dem Gesicht einen jugendlichen Glanz verleihen würden, etwas Heiteres und Ätherisches. Dann das Kollier. Das mußte sein, daran gab es keinen Zweifel. Gloria war schließlich eine reiche Frau, daran durfte getrost erinnert werden. Sie ließ Kate und Simone in ihre Schatullen schauen, und die beiden waren geblendet.

«Darf ich?» fragte Simone schüchtern.

Mit äußerster Vorsicht nahm sie eine Kette heraus, die wie eine

Funkengarbe leuchtete und legte sie um ihren Hals. Dann betrachtete sie sich im Spiegel, unbeweglich wie in Trance. Schließlich legte sie das Halsband zurück auf sein Samtpolster, mit besonderer Behutsamkeit, als handle es sich um ein schlafendes Reptil. Gloria hatte sie nicht aus den Augen gelassen, freudig erregt von befriedigter Eitelkeit.

«Gefällt es Ihnen?»

«Ich habe nicht gedacht, daß...» stammelte Simone. Vom Fieber der Besitzgier befallen, erwog sie offenbar bereits ihre Chancen... Gloria hatte keine Kinder und sprach nie von irgendwelchen Erben. Sicher würde sie ihren nahen Freundinnen ein paar Andenken hinterlassen. Kate streichelte bereits versonnen ein Diamantkollier, dessen mutmaßlicher Wert ihr die Sinne schwinden ließ.

«Und einen solchen Schatz lassen Sie einfach hier im Hause?» sagte sie. «Welch ein Leichtsinn!»

«Aber ganz und gar nicht. Ich brauche das. Von Zeit zu Zeit macht es mir Freude, das alles zu berühren und zu streicheln. Ich wärme mich an den Steinen, aber ich brauche sie nicht unbedingt zu tragen. Zu welchem Schmuck würden Sie mir raten?»

«Zu diesem Brustschmuck hier», beschloß Kate. «Das wird die Montano vor Neid vergehen lassen.»

«Die Geige sollten wir übrigens besser auf dem Regal in der Garderobe unterbringen», sagte Gloria. «Sie sollte sie lieber nicht vor Augen haben, das ist taktvoller. Wir werden das kostbare Stück sofort wieder an seinen Platz legen, sobald Gina gegangen ist. Übrigens – ich darf doch annehmen, daß sie Tee trinkt?»

«Ja», antwortete Simone. «Ich weiß es von der Kleinen, dem Hausmädchen des Konsuls. Bei Monsieur Holtz nimmt sie immer Ceylontee. Sehr stark.»

«Nun denn, meine Lieben, wir sind bereit.»

Clarisse hatte an diesen Vorbereitungen mitgewirkt und erstattete Julie einen ausführlichen Bericht.

«Und wissen Sie, was sie mir zu guter Letzt noch aufgetragen hat?» sagte sie. «Das muß aber unter uns bleiben... Ich soll eine Kerze aufstellen in der Kapelle! Wenn man bedenkt, daß sie nicht gerade fromm ist...»

«Ihr Leben ist so leer und eintönig», sagte Julie leise, «daß die kleinste Änderung ihrer Gewohnheiten für sie eine Qual bedeutet. Sie ist die unumschränkte Herrscherin hier und repräsentiert von morgens bis abends. Sie braucht einfach das Gefühl, ihr Publikum in der Hand zu haben, und jetzt hat sie ganz einfach Lampenfieber, wie früher. Weißt du was, Clarisse? Ich beneide sie darum. Lampenfieber ist etwas ganz Unvergleichliches, ein Übermaß von Angst, von Panik und von Willenskraft. Es ist das Leben und der Tod zugleich. Es ist... Ach, man muß es selbst erlebt haben. Ich würde alles geben für nur eine Sekunde dieses Gefühls, denn mir vergeht jede Stunde wie die andere, ein graues Einerlei. Aber ich verspreche mir einiges von dieser Begegnung. Ich werde mich in einem Eckchen verkriechen und mir nichts entgehen lassen.»

Pünktlich ab vier Uhr nachmittags kamen nach und nach die Gäste. Die Männer waren deutlich in der Minderheit und ohne besonderen Aufwand gekleidet, während ihre Ehefrauen den Eindruck erweckten, als wollten sie zu einer mondänen Abendveranstaltung. Im Auditorium war ein Büffet aufgebaut worden, aber Gloria empfing die Gäste an der Schwelle ihres Schlafzimmers, in leicht erhöhter Sitzposition auf einem Sessel. Julie stand im Hintergrund der Halle und betrachtete aufmerksam den Ablauf, den sie inszeniert und bis in alle Einzelheiten geplant hatte. Niemand ahnte etwas von ihrer Regie, und auch für sie selbst war das Ende offen. Genau das machte die Sache so spannend, nicht genug, um ein Gefühl in ihr auszulösen, aber doch immerhin ein recht angenehmes Prickeln von Neugier und Erwartung. Dann kündigte sich die Ankunft der Montano an; das Stimmengewirr verebbte und verstummte schließlich ganz, während sich die Köpfe der versammelten Gäste dem Eingang zuwandten. Endlich trat Gina auf, am Arm von Monsieur Holtz. Eine tiefe Stille breitete sich aus. Das war Gina Montano – ganz in Schwarz, ohne jeden Schmuck, kaum geschminkt, kerzengerade trotz ihrer leicht eingefallenen Schultern, in der stolzen Haltung der Patrizierin, die sie so oft in ihren Kolossalfilmen verkörpert hatte. Sie schritt langsam auf die juwelenbehangene Gloria zu, mit der Majestät einer Kaiserin. Einer plötzlichen Eingebung folgend, rief Julie: «Bravo!» und alle applaudierten. Gloria erhob sich mit Kates Unterstützung und streckte ihre Arme aus, während sie Kate zuzischelte:

«Welcher Idiot hat da ‹Bravo› gerufen?»

«Es kam von dahinten», antwortete Kate.

Inzwischen waren die beiden Frauen bereits aufeinandergetroffen und hatten sich unter Vortäuschung größter Rührung umarmt. Dann nahm Gloria ihren Gast bei der Hand und wandte sich an das Publikum.

«Ich bin sehr glücklich», sagte sie, «eine weltweit berühmte Schauspielerin in *La Thébaïde* willkommen heißen zu dürfen, und ich möchte sagen, daß dies für uns eine große Freude und große Ehre bedeutet. Wir würden es alle begrüßen, wenn sich Gina Montano – die noch vor kurzem das Opfer einer schändlichen Gewalttat wurde – dazu entschließen könnte, sich hier zu etablieren und mit uns diesen Frieden und dieses angenehme Leben zu genießen. Ich heiße unsere berühmte Freundin in unser aller Namen willkommen.»

Wieder eine Umarmung und langanhaltender Beifall. Völlig erschöpft mußte Gloria sich wieder setzen, während Gina stehenblieb und sich bei ihr bedankte.

«Wenn du mich fragst», tuschelte eine Frau, die in der *Villa Gardenie* wohnte, ihrem Gatten zu, «ist sie erheblich jünger als Gloria. Mag ja sein, daß sie sich ein- oder zweimal hat liften lassen, aber diese Augen, dieses funkelnde Schwarz einer echten Neapolitanerin – das schafft kein Schönheitschirurg. Schau dir dieses Strahlen an! Dagegen wirken die blauen Augen der armen Gloria wie erloschen.»

«Pst!... Was treiben sie denn jetzt?»

«Ich glaube, sie tauschen gerade Geschenke aus.»

Alle drängten sich jetzt um die beiden Frauen. Julie verließ unbemerkt den Raum und ging zurück in das, was sie ihre ‹Höhle› zu nennen pflegte. Kurz darauf erschien Clarisse, um ihr von den weiteren Ereignissen zu berichten. Gina hatte Gloria eine Schallplatte überreicht, die *Fantasie Brilliante* von Paganini (Standardkitsch für Hochzeiten umd Festbankette, wie Julie sagte), und Gloria hatte Gina einen Bildband aus ihren Beständen übergeben. Der Titel lautete: *Die Stars des Stummfilms* und verwies Ginas größte Triumphe mit grausamer Deutlichkeit in entlegene Zeiten. Jede hatte sich bei der anderen überschwenglich bedankt, und danach hatte sich Gina zu der Pflichtzeremonie des Autogrammschreibens herbeigelassen, umschwirrt von Fragen wie «Haben Sie die Absicht, sich hier niederzulassen?», «Was sind Ihre nächsten Pläne?», «Ist es richtig, daß Sie demnächst Theater spielen werden?»

«Nicht totzukriegen», kommentierte Clarisse. «Sie hat das alles durchgestanden wie ein junger Hüpfer.»

«Und Gloria?»

«Es war zuviel für sie. Sie sollten einmal nach ihr schauen. Ich habe sie zu Bett gebracht, und sie will nicht zu Abend essen.»

Julie fand ihre Schwester in völlig ermüdetem Zustand vor, die Augen in den Höhlen versunken und mit mattem Blick, durch den jedoch immer noch das Glühen ihres Zorns durchschimmerte.

«So etwas findet nicht mehr statt!» sagte sie. «Dieser Lärm, diese Leute – das ist zuviel für mich. Und für sie auch. Sie hat sich nur noch mühsam hinausgeschleppt. Wenn ihr Monsieur Holtz sie nicht gestützt hätte!... Sei's drum, jetzt sind wir endlich wieder beide in unseren eigenen vier Wänden. Ich werde zwei Tabletten schlucken. Ohne kann ich heute nicht schlafen.»

Julie zog sich diskret zurück. Die Angelegenheit schien sich günstig zu entwickeln, aber man mußte sie doch im Auge behalten. Gottlob fehlte es Julie nicht an Ideen. Sie rauchte noch eine Zigarette, bevor sie sich für die Nacht rüstete. In ihrem Sessel versunken, kamen ihr unerklärlicherweise plötzlich träumerische Gedanken an Fernand Lambot. Er war in Le Chemin des Dames gefallen, im Jahre 1917, als sie noch die vielbewunderten Hände einer berühmten Pianistin gehabt hatte. Warum hatte sie ihm nur diesen Brief geschrieben, der die Ursache seines Todes geworden war?

MIT DER FLAMMENDEN Farbenpracht des Sonnenuntergangs brach die Nacht herein. Draußen, auf der See, tuckerte ein Dieselmotor sein langsames Tam-tam. Es war ein Abend, um Abschied zu nehmen, einfach so, ohne Bedauern und ohne Haß. Eine Stimmung, die nur durch Musik auszudrücken war, vielleicht durch das Andante aus dem *Trio à l'Archiduc*. Eine Welle von Wehmut jenseits aller Trauer stieg in ihr auf. ‹Mein armes Leben›, dachte Julie. ‹Mein schlimmes Leben.› Sie stand auf und öffnete die Fenster weit. Ja, Gloria war 31 gewesen im Jahre 1917, und dieser unglückliche Fernand zweiundzwanzig oder dreiundzwanzig. Wenn Gloria sich als eine Art Ziehmutter für ihn gesehen hätte – das wäre noch angegangen. Aber seine Geliebte zu sein! Denn genau das war sie geworden, ohne Umschweife, gleich beim ersten Fronturlaub dieses Jungen, der – völlig betört – direkt aus Glorias Bett wieder in den Krieg zog mit der festen Überzeugung, sie eines Tages zu heiraten. Warum also dieser Brief? Und warum kam ihr das alles, wie eine Art Brechreiz der Erinnerung, ausgerechnet heute abend in den Sinn? Woher hatte sie die Überzeugung genommen, daß sie ihn warnen und ihm sagen mußte, daß Gloria nur sich selbst liebte und immer lieben würde, daß für sie nur ihre Geige zählte, ihr Ruf und ihr beginnender Ruhm. Es war kein anonymer Brief gewesen, denn sie hatte ihn unterschrieben, in der Gewißheit, nur ihre Pflicht zu tun. War es also ihre Schuld, daß er kurz darauf starb? Wer konnte wissen, ob er sich vielleicht absichtlich in Gefahr begeben hatte, im Bewußtsein, nichts mehr verlieren zu können? Gloria hatte ein paar Tränen vergossen und sich bereit erklärt, ein Konzert für Kriegsverletzte zu geben.

Man hatte Fernand Lambot postum einen Orden verliehen und ihn auf einem Soldatenfriedhof bestattet, der heute ein beliebtes Touristenziel war. Julie sah hinaus auf die im Schatten der Nacht immer undeutlicher werdenden Alleen. Warum kam aus dem Dunkel dieses Abends die Vergangenheit zu ihr herein? Hatte der Schock der Begegnung zwischen Gloria und Gina sie aus der Fassung gebracht? Nein, diese Wendung der Ereignisse war ohne Bedeutung. Gloria zu demütigen, zu erniedrigen, sie zu einer Besiegten zu machen – das war nur legitim. Vielleicht nicht sehr fein, aber legitim. Und in gewissem Sinne war es auch legitim gewesen, diesen kleinen hirnlosen Leutnant in aller Redlichkeit vorzuwarnen. Womit sie nur nicht gerechnet hatte, dachte Julie mit einem Blick in den schimmernden Himmel dieser Sommernacht, das war, erst verstümmelt werden zu müssen, bevor sie sich rächen konnte. Rächen wofür? Was hatte ihr die Schwester denn genommen, bevor sie ihr die Hände geraubt hatte? Julie wußte es nicht; sie wußte nur, daß diese Abrechnung nicht erst im Jahre 1923 auf der Straße nach Florenz begonnen hatte, sondern schon viel früher. Aus welchen dunklen Gründen nur? Und wie würde die Abrechnung ausgehen? Eines war sicher: Sie hatte das alles nicht wirklich gewollt, sie spielte nur nach einer geheimnisvollen Partitur. Und wenn sie die Tasten berührte, vernahm sie Töne, die sie nicht erwartet hatte. Es waren keine Dissonanzen, es war eine unheimliche Musik.

Ihre Augen wurden feucht, und sie drückte den Rücken ihrer Hand gegen die Lider. Armer kleiner Unteroffizier, so blond, so charmant, so blind, daß er nicht einen Blick für sie übrig gehabt hatte. Er hatte nur die Geige geliebt, die Dinge mit dem sentimentalen und schmeichlerischen Vibrato.

Sie schloß das Fenster, um die Mücken nicht einzulassen, und versuchte, sich im Dunkeln zu entkleiden. Schließlich gab sie den Kampf mit einigen unerreichbaren Knöpfen auf und legte sich auf ihr Bett. Schlafen war nicht weiter wichtig, die Hauptsache war nur, die widerspenstige Meute der Erinnerungen zurückzuhalten und wegzuschließen in die Stille, in die Leere. Nichts mehr zu sehen, nichts mehr zu hören, nichts mehr zu sein. Es konnte doch nicht so schwierig sein, das zu tun, was den Gurus, den Mönchen und den Einsiedlern ohne weiteres gelang... Jetzt ist Gina am Zug. Soll sie alleine weitermachen. Ich verschwinde.

Die Dinge nahmen zügig ihren Lauf. Schon am nächsten Morgen traf Gina ihre Vorbereitungen zum Kauf der *Villa Sonne,* und *La Thébaïde* geriet in helle Aufregung. Die Eigentümerversammlung tagte unter Vorsitz von Madame Genson-Blèche in der Bibliothek der Residenz. Gloria ließ sich zum Sitzungsort tragen. Monsieur Holtz machte sich die Mühe, Julie telefonisch auf dem laufenden zu halten, da sie als Untermieterin ihrer Schwester nicht zu der Versammlung gebeten worden war. Die Partie war noch nicht entschieden. Wenn man Ginas Kandidatur ablehnte, würde Gloria weiterregieren. Wenn aber... Voller Nervosität pendelte Julie zwischen Telefon und Wohnzimmercouch, auf der sie sich von Zeit zu Zeit ausruhen mußte, weil ihr stechende Schmerzen in der Seite zu schaffen machten. Gloria hatte es nicht gewagt, offen gegen Gina Stimmung zu machen, sondern sich mit dem Einwand begnügt, daß die Anwesenheit einer so berühmten Schauspielerin wie der Montano unweigerlich Scharen von Journalisten, Fotografen, Biographen und sonstigen Künstlern anziehen würde, vor allem zu Zeiten der Festspiele in Cannes, Nizza und Monaco. Das Argument hatte seine Wirkung nicht verfehlt, aber Monsieur Holtz hatte sehr geschickt gekontert:

«Gina Montano erfreut sich keiner größeren Bekanntheit als Sie selbst, und dennoch empfangen Sie nicht mehr Besuche als wir übrigen. Außerdem glaube ich zu wissen, daß Gina genau wie wir Wert darauf legt, ein ruhiges Leben zu führen. Wir dürfen schließlich ihr Alter nicht vergessen.»

Zwischenruf von Madame Lavelasset:

«Apropos – wie alt ist sie eigentlich?»

Allgemeines Durcheinander und vereinzelte Rufe. Monsieur Holtz gelang es erneut, Ruhe zu schaffen.

«Zufällig», sprach er, «bin ich der glücklichen Lage, Ihnen antworten zu können. Wir hatten reichlich Zeit, Gina und ich, miteinander zu plaudern, und dabei habe ich erfahren, daß ihre Tante seinerzeit als Garderobiere arbeitete in der Mailänder Scala, und soweit sich diese Tante erinnert, wurde Gina an dem Abend geboren, als Verdi seinen ‹Othello› zum erstenmal aufführte. Allerdings ist sie dessen nicht ganz sicher, denn im selben Monat brach mehrmals der Vesuv aus, und Neapel wurde von Erdbeben heimgesucht. Ginas Mutter verließ für eine Weile die Stadt, um sich zu ihrer Schwester zu flüchten und vergaß dabei, das Baby taufen zu lassen. Aus diesem Grunde konnte das Dunkel um Ginas Geburt nie ganz aufgeklärt werden. Fest steht nur, daß es sich um das Jahr 1887 handeln muß.»

«Genau wie ich!» rief Gloria alarmiert.

«Ja», sagte Holtz, «aber meiner Meinung nach war die Geschichte mit der Uraufführung des ‹Othello› so sehr nach Ginas Geschmack, daß sie sich für dieses Datum als Zeitpunkt ihrer Geburt entschieden hat – aus einer Art Koketterie. Nun, daß es sich um 1887 handelt, das ist sicher. An welchem Tag? Das ist ohne Bedeutung. Sie werden doch schließlich nicht in Neapel nachforschen wollen, oder? Ich persönlich bin davon überzeugt, daß sie gerne als älter gelten möchte, weil es sich gut macht, eine Hundertjährige zu sein. Was meinen Sie, Madame Gloria?»

«Ich meine, die einzige Hundertjährige, die wir haben – die bin ich», antwortete Gloria spitz.

Alles lachte herzlich, weil jeder dachte, Gloria habe einen Witz machen wollen. Selbstverständlich war das ein Irrtum. Als Julie am Abend ihre Schwester aufsuchte, fand sie sie in finsterster Laune vor.

«Geht es dir schlecht?»

«Aber nein.»

Ganz mechanisch streckte Julie die Hand aus, um Glorias Puls zu fühlen.

«Faß mich bloß nicht an! Ich will, daß man mich in Ruhe läßt! Nein, ich habe kein Fieber. Ich bin nur außer mir wegen dieser Intrigantin.»

Dann setzte sie sich in ihrem Bett auf und faßte ihrerseits nach Julies Handgelenk.

«Ihren Hubert, den hat sie total umgepolt. Und er hat es geschafft, mit seiner treuherzigen Art, die Versammlung auf seine Seite zu ziehen. Die Mehrheit hat sich für Gina entschieden. Um die Wahrheit zu sagen: Alle haben dafür gestimmt – bis auf mich. Du siehst also, ich bin jetzt in einer unmöglichen Situation, weil es so aussieht, als hätte ich etwas gegen dieses Wrack, als wäre ich eifersüchtig auf sie. Ich und eifersüchtig!»

«Beruhige dich doch, bitte», sagte Julie.

Gloria hörte ihr gar nicht zu. Sie hatte sich wieder aufgesetzt und sprach weiter:

«Weiß man überhaupt, aus welchem Stall sie kommt? Sogar Holtz mußte zugeben, als diese Sache zur Sprache kam, daß sich Gina eine ziemlich romantische Version ihrer Kindheit zurechtgelegt hat, denn sie hat wohl schnell begriffen, daß man mit einer mitleiderregenden Legende schneller Karriere macht. Und man stelle sich vor: Sogar Kate und Simone sind darauf reingefallen.»

«Aber, ich bitte dich», sagte Julie, «was kann dir das schon ausmachen, daß man über Ginas Herkunft nichts Genaues weiß?»

«Ach, laß mich doch in Ruhe! Du hast noch nie etwas begriffen.»

«Was gibt es denn zu begreifen?»

«Ganz einfach, daß... Überleg doch mal... Nun, daß ich eben nicht von dieser geheimnisvollen Aura umgeben bin! Wenn dieses Weibsstück es geschickt anstellt, fressen sie ihr bald alle aus der Hand. Sie werden sie alle umgurren wie hungrige Tauben, denen man das Futter vorwirft. Und was nützt es mir dann, hundert Jahre alt zu sein, wenn ich niemanden mehr beeindrucke?»

Das kam aus tiefstem Herzen und hätte Julie beinahe gerührt.

«Aber soweit ist es doch noch gar nicht», widersprach sie. «Warten wir's erst einmal ab, bis sie endgültig hier ist. Dann hast du immer noch Zeit genug für weitere Schritte. Zumal ihre Gesundheit vielleicht gar nicht so robust ist, wie es scheint. Wie man hört, nimmt sie nur sehr wenig Nahrung zu sich und schläft fast überhaupt nicht mehr.»

«Ist das auch wahr?» fragte Gloria hoffnungsvoll mit herzerweichend dünner Stimme.

«Ich werde mich umhören», fuhr Julie fort. «Ganz unauffällig... Und ich werde die Hausangestellten aushorchen.»

«Danke, ich danke dir. Nun geht es mir schon besser. Laß mich jetzt allein. Und du, ruh dich auch ein bißchen aus.»

Einige Tage vergingen nach außen hin völlig friedlich, aber unter der Oberfläche gärte es, und es taten sich beunruhigende Dinge. Monsieur Virelemont de Greuze, ein ehemaliger Bankdirektor, schrieb Madame Genson einen ziemlich unfreundlichen Brief, in dem er mitteilte, daß er seinen Sitz im Eigentümerbeirat niederlegen wolle, weil sich dort seiner Meinung nach ein widerwärtiger Hang zu Klatsch und Tratsch breitmache. Madame Genson schickte ihm eine heftige Antwort. Derweil fanden bei Gloria geheime Zusammenkünfte statt, in denen es hoch herging und in deren Rahmen sich wieder der harte Kern der Getreuen herauskristallisierte, der beinahe auseinandergebrochen wäre. Gloria hatte wieder Appetit und einen frischen Teint. Julie stattete Gina einen Besuch ab, die fröhlich die leeren Zimmer ihrer Villa durchstreifte und in Gedanken bereits die Möbel verteilte, die demnächst eintreffen würden. Gina war entzückt von dem Gedanken, in Julie eine Vertraute zu haben, die über sämtliche sich in der Residenz anbahnenden Intrigen im Bilde war. Und während sie Julie den künftigen Standort ihrer Bibliothek, ihrer Souvenir-Schreine und ihres Schaukelstuhls zeigte («Ich brauche das, ich muß einfach wippen können, wenn ich fernsehe...»), erkundigte sie sich über Gloria.

«Ist sie immer noch wütend auf mich?»

«Wütend nicht», korrigierte Julie, «aber irritiert. Im Grunde hat sie einfach Angst vor Ihnen. Die Leute hier sind dermaßen abgestumpft, daß zwei Hundertjährige gleichzeitig zuviel sind für ihre schlichten Gemüter.»

«Ach, *cara mia*, du bist unbezahlbar! Aber, weißt du, ich rechne gar nicht damit, daß man mich liebt. Sag Gloria, sag ihr... Ich bin keine Diebin. Ich werde mir eine Kino-Ecke einrichten und noch ein paar Filme kaufen; ich hab eine ganze Menge Kassetten. Ich werd mir doch wohl meine eigenen Filme ansehen dürfen, oder? Schließlich hört sie doch auch ihre eigenen Platten... Wenn's dir Spaß macht, kannst du jederzeit kommen und dir etwas ansehen.»

Julie gab die Information weiter an Clarisse.

«Du wirst meiner Schwester berichten, daß Gina einen Filmprojektor hat und ihren Nachbarinnen Filme vorführen will. Aber du mußt keine große Sache daraus machen, laß es ganz beiläufig einfließen, verstehst du?»

Am nämlichen Abend mußte Julie noch einen Moment bei ihrer Schwester verweilen.

«Setz dich», sagte Gloria. «Du verschwindest immer so blitzschnell.»

Plötzlich war sie ganz sanft und beinahe liebevoll. Sie hatte ein bißchen mehr Make-up als gewöhnlich aufgelegt, aber trotz der Schminke sah man, daß die Falten, wie hauchfeine Risse im Lack, die zarte Prozellanhaut ihrer Wangen durchzogen. Das Licht der Wandlampen zu beiden Seiten des Bettes dämpfte das Blau ihrer Augen, tauchte es in mattes Grau, und die Augenhöhlen erschienen dunkler und wirkten seltsam ungesund.

«Hat dich Clarisse schon informiert?» fragte Gloria.

«Worüber? Ihre Klatschgeschichten interessieren mich nicht.»

«Schade! Sonst wüßtest du nämlich, daß sich die Montano vorgenommen hat, Kinoabende zu veranstalten, ihre Dias zu zeigen und überhaupt schamlos die Werbetrommel zu rühren. Möglicherweise noch gegen Eintritt! Ein Segen, daß uns die Vertragsbedingungen davor schützen! Es ist eindeutig verboten, hier in der Residenz irgendwelche Räume gewerblich zu nutzen.»

«Nun mal sachte», meinte Julie. «Du läßt dich wirklich hinreißen. Es ist überhaupt nicht gesagt, daß...»

«Na schön, du wirst ja sehen. Diese Montano ist die Pest! Ich frage mich nur, was sie mit euch angestellt hat, daß ihr alle immer ihre Partei ergreift? Ach, da fällt mir etwas ein. Du wirst mir dabei helfen, Julie, denn du solltest dein Alter nicht vergessen. Dich wird man eines Tages genauso behandeln wie mich.»

«Ich bin ja bereit, dir zu helfen. Aber wie?»

«Du stehst doch auf gutem Fuß mit Monsieur Holtz... Doch, doch, ich weiß bestens Bescheid... Also, sprich mit ihm, stell ihm Fragen über Gina, ohne daß er etwas merkt. Wenn man nachweisen könnte, daß sie ein falsches Spiel treibt... Du hast doch gesehen, wie sie geht, wie sie spricht und lacht. Ich lege meine Hand dafür ins Feuer, daß sie nicht so alt ist, wie sie behauptet. Außerdem ist sie schließlich eine Ausländerin. Sie kann uns Gott weiß was erzählen.»

«Nun gut, nehmen wir an, es wäre so», sagte Julie. «Und wie dann weiter?»

Gloria fuhr sich mit der Hand über die Augen und antwortete mit matter Stimme:

«Ich weiß, ich mache mich nur lächerlich. Warum denke ich nur pausenlos über Gina nach?»

«Du solltest mit unserem Doktor sprechen. Man merkt, daß du dich zusammennimmst, aber daß dich irgend etwas quält.»

«Willst du damit sagen, daß man es mir ansieht?... Reich mir meinen Spiegel, und paß auf! Du läßt ja immer alles fallen.»

Sie nahm den Spiegel, studierte ausgiebig ihr Gesicht, von vorn und von den Seiten, und zupfte da und dort an ihrer Haut.

«Der Applaus, die Zugaben... die vielen Blumen», flüsterte sie, «...und jetzt das!»

Sie senkte den Arm, ließ ihren Kopf auf die Kissen fallen und schloß die Lider.

«Schau mich nicht an», sagte sie. «Gute Nacht, Julie.»

Dann stützte sie sich auf den Ellenbogen und richtete sich unvermittelt noch einmal auf:

«Ich pfeife auf sie, hörst du?... Soll sie doch zum Teufel gehen!»

Lautlos zog Julie die Tür zu. Dahinter hörte sie ihre Schwester fluchen wie ein Fuhrknecht. Das hatte es noch nie gegeben. Es war wie bei Olivier, der sich beim geringsten Anlaß in Verwünschungen, Beleidigungen und schlimmste Schmähungen hineingesteigert hatte. Olivier Bernstein, der unendlich viel zu Glorias Ruhm beigetragen hatte. Die Stradivari war von ihm, und auch das Auto, das damals von der Straße abgekommen war, bei Florenz... Julie erinnerte sich noch daran, wie der Notarzt sie gerade versorgte, wie sie bewußtlos und gleichzeitig hellwach wahrnahm, daß Olivier Gloria schüttelte und sie anschrie: «Um Himmels willen, hast du ihre Hände gesehen? Verdammt, du hast ganze Arbeit geleistet!» Warum kamen ihr jetzt diese Erinnerungen? Warum stiegen diese Blasen in ihr auf wie die giftigen Gase, die der Sumpf nach oben trieb und dort zerplatzen ließ?

Sie ging hinüber zu dem Hügel mit dem Aussichtspunkt, wo sie sich in letzter Zeit immer häufiger bei einbrechender Dunkelheit aufhielt. In der Handtasche fand sie eine leicht zerdrückte Camel. Sie hatte sich inzwischen den schwarzen Tabak abgewöhnt, weil sie den beißenden Geruch nicht mochte, den er in ihrer Kleidung hinterließ. Gloria hatte geschnuppert und gesagt:

«Weißt du auch, was du tust?»

Sie hatte auf eine Antwort verzichtet, obwohl sie ohne weiteres auch hätte sagen können: «Ist mir völlig schnuppe!» Für den hellen Tabak hatte sie sich wegen seines leichten Honiggeschmacks entschieden und weil er schädlicher war für die Atemwege.

Sie setzte sich auf die Böschung und blickte über das Meer, dessen sanfte, ferne Brandung zu ihr herüberdrang.

‹Debussy hatte keine Ahnung vom Mittelmeer›, beschloß sie im stillen und wandte dann ihre Gedanken wieder Olivier Bernstein zu.

So, wie es jetzt um sie stand, brauchte sie sich nicht mehr zu bemühen, ihre Erinnerungen zu überlisten. Im Gegenteil, es war sogar besser, sie einfach herauszulassen, denn dies war ohnehin die Stunde, wo die Larven aus ihren Verstecken krochen.

Armer Olivier! Vom ersten Augenblick an hatte er in Glorias Bann gestanden. Sie hatten sich wenige Jahre nach Kriegsende, 1922 oder 1923, in Berlin kennengelernt. Gloria war damals schon sehr bekannt, bekannter noch als ihre Schwester, die allerdings gerade auf einer Tournee durch Amerika Triumphe gefeiert hatte. Glorias Pianist war erkrankt und mußte im letzten Moment darauf verzichten, sie zu begleiten, so daß Julie nach einigem Zögern schließlich für ihn einsprang. Das Programm war selbstverständlich so gewählt, daß das Spiel der Geige im Vordergrund stand: eine Sonate von Tartini, die Kreutzersonate und... An den Rest konnte sich Julie nicht mehr deutlich erinnern, und es war auch nicht wichtig. Die Hauptsache war, daß es Gloria darum ging, das Klavier zu überspielen, die Szene allein zu beherrschen, mit wiegender Brust, gebogenem Arm und der entrückten Miene einer hingebungsvollen Priesterin, kurzum: mit allem, was geeignet war, die Musik zu verhöhnen. In eisiger Verachtung hatte sich Julie damit begnügt, korrekt die Einsätze zu spielen, und als die Beifallsstürme aufbrausten, hielt sie sich steif im Hintergrund, um zu demonstrieren, daß sie nur den ihr angemessenen Teil der Huldigungen beanspruchte. Olivier Bernstein war außer sich vor Begeisterung, hingerissen von Glorias Schönheit und wartete auf sie, um ihr seine Bewunderung auszudrücken. Schwer zu sagen, ob er die Pianistin überhaupt bemerkt hatte, denn Gloria belegte ihn sofort mit Beschlag. Er stammelte Komplimente, Entschuldigungen, Einladungen und die ersten Versprechen, die Gloria mit einem leicht blasierten Lächeln entgegennahm, als ob ihr das alles völlig gleichgültig sei. Aber das war keineswegs der Fall, denn das Gefühl ihrer Macht über andere war für sie eine Droge und ihr ganzes Glück. Und diese Macht ging aus von der Magie ihres Geigenspiels, was für Julie immer unerklärlich blieb. Es war ganz egal, was sie spielte – es hätte ein banales Volkslied sein können, und dieses Wunder hätte sich wieder ereignet, mit der gleichen wollüstigen Intensität. Alle waren außer Rand und Band, alle gehörten ihr. Julie nicht – aber all die anderen, für die Musik nichts weiter bedeutete als ein wohltuendes Prickeln, ein angenehmes Schaudern. Gloria liebte es, wenn sie ihr zu Füßen lagen, die Ekstatischen, die Überschwenglichen, die Kopflosen und die Hingerissenen – sie verachtete sie alle. In ihren Augen war das alles nur niederes Fußvolk, aber zugleich ein Spiegel, der ihr tausendfach das Bild ihrer wunderbaren Begabung zurückwarf. Und selbstverständlich war auch Bernstein nur ein Teil dieser amorphen Masse von Fanatikern – trotz seines Industrie-Imperiums, trotz seines Reichtums und seines anziehenden Äußeren.

Julie muß sich auf ihren Ellenbogen stützen. Sie wird allmählich müde, und die Piniennadeln drücken sich schmerzvoll in ihr Fleisch. Was nützte es, diesen ganzen Bodensatz wieder aufzurühren? Immerhin, sie fühlt, daß sie die Wahrheit fast in der Hand hat, daß sie greifbarer ist denn je. Was Gloria stets von ihr gefordert hatte – und bis heute verlangte – war Hochachtung. Jedes Publikum hatte ihr Können als Violinistin anerkannt und akzeptiert. Nur eine einzige Person hatte sich geweigert, ihr die hohe Bedeutung zuzugestehen … Vielleicht war sie eine außergewöhnliche Violinistin, das mochte sein – aber sie war keine echte Musikerin. Viel zu hochmütig, um sich als Dienerin der großen Meister zu verstehen, diese kleine Schwester, die es wagte, den Genies ins Handwerk zu pfuschen.

Und dann kam die Heirat mit Olivier Bernstein …

Julie wühlt in ihrer Handtasche und stellt fest, daß ihre Zigarettenpackung leer ist. Sie zieht ihre Handschuhe aus, die an den Spitzen vom Tabak verfärbt sind. Genau wie die anderen Paare, die jetzt frisch gewaschen an einer Kordel in ihrem Badezimmer trocknen. Sie muß Roger bitten, ihr eine neue Stange Zigaretten zu besorgen. Zwei Päckchen pro Tag! Nach achtundvierzig Stunden ist ihr rechter Handschuh unweigerlich voller gelber Flecken, und Clarisse schmollt mit ihr.

Eine leichte Meeresbrise kommt auf und weht ihr vom Boden die Gerüche von Reisig und Harz zu. Das ist der Augenblick, wo Julie ihren Fingern erlaubt, herauszukommen, Luft zu schnappen und sich aneinander zu reiben. Sie schaut sich vorsichtig um, als bestünde die Gefahr, ihre Finger könnten sich davonmachen. Aber die Residenz liegt in tiefem Schlaf, man geht früh zu Bett in *La Thébaïde*. Weiter unten, in der *Villa Glyzinie* sieht sie noch Licht. Dort feiert man den Geburtstag des ehemaligen Architekten Gaetan Heurtebois. Er ist siebzig Jahre alt und hinkt, nach einer Verletzung, die er sich in einem Supermarkt zugezogen hat. Ein Irrläufer aus einer Pistole, bei einem bewaffneten Überfall. Heurtebois geht kaum noch vor die Tür, aber seine Frau ist eine dicke Freundin von Gloria und erledigt deren Einkäufe, wenn sie in die Stadt fährt.

Julie hat immer noch nicht das Bedürfnis, zu Bett zu gehen. Vor dem Hintergrund der Nacht läßt sie ihre Erinnerungen vorbeiziehen. Er war nicht besonders schön, der gute Olivier – aber irrsinnig reich! Und daran gewöhnt, sich alle Wünsche zu erfüllen. In aller Unschuld gab er Frauen etwa den gleichen Stellenwert wie Rennpferden. Auch Gloria machte da keine Ausnahme, und sicher hätte er ihr nach einem triumphalen Konzert gerne den Hals geklopft wie einem tüchtigen Galopper. Er schenkte ihr die schönste Geige, die berühmtesten Juwelen und die luxuriösesten Autos, um damit zu prahlen. Julie verabscheute diese Großtuerei, nicht aus Eifersucht, sondern aus einem instinktiven Gefühl für Anstand und Mäßigung, das sie von ihren protestantischen Vorfahren ererbt hatte. Sie gab die Mitarbeit an Glorias Konzerten auf und empfahl ihr einen ehemaligen Mitschüler vom Konservatorium, der sich glücklich schätzte, als Begleiter engagiert zu werden. Heftig umworben von den Japanern, verließ sie Frankreich und verbrachte das ganze Jahr 1923 im Ausland. Alle bewunderten sie, aber aus unerfindlichen Gründen machte ihr niemand den Hof. Vielleicht lag es an ihrer Art, sich zu kleiden oder abweisend auf Einladungen zu Empfängen und auf platte Komplimente zu reagieren. Wie auch immer – sie genügte sich selbst. Sie hatte ihr Klavier, ihre Arbeit und ihre Avantgarde-Komponisten Ravel, Dukas, Florent Schmitt – der gerade *Le Petit Elfe* geschrieben hatte –, Roussel und Satie, der von allen der umstrittenste war. Ohne besonderen Erfolg versuchte sie, einige dieser Avantgarde-Werke einem Publikum vorzusetzen, das an Klassiker gewöhnt war. Gelegentlich wurde sie ausgepfiffen, dennoch ging sie unbeirrt ihren Weg, im Vertrauen darauf, langfristig recht und den besseren Geschmack auf ihrer Seite zu haben. Im Jahre 1924 bat man sie dann nach Italien zu einer Konzertreise, die mehr oder weniger von ihrem Schwager initiiert worden war. Sie erfuhr dann auch bald von seiner Absicht, das Duo Gloria-Julie wieder zusammenzuführen, weil er diese Verbindung für einträglicher hielt. Wie dachte Gloria darüber? Und warum steckte Olivier seine Nase in

Angelegenheiten, die ihn nichts angingen? Julie bestieg ein Schiff nach Marseille und fuhr von dort nach Cannes, um sich ein paar Tage zu erholen. Olivier besuchte sie und schwor heilige Eide, die Idee mit dem Duo stamme von Gloria. Julie war bereit zu einem Versuch, aber schon nach den ersten Proben zeigte sich, daß eine Verständigung zwischen den beiden Schwestern unmöglich war. Zwar spielten beide die richtigen Noten, allerdings auf so nüchtern-beflissene Weise, daß der Gesamteindruck grau und eintönig war. Und ausgerechnet Olivier, der eben erst einen Blick aus seinen Laboratorien hinausgeworfen hatte und gerade imstande war, eine Operettenmelodie zu pfeifen – ausgerechnet er erlaubte sich ein Urteil...

Julie schaut auf ihre Hände, die brav nebeneinander auf ihren Knien ruhen. Sie hatte damals keine Ahnung gehabt, daß diese Hände nur noch ein paar Tage zu leben hatten. Aufgrund einer Verkettung unglückseliger Umstände. Igor Slansky, der berühmte polnische Pianist, war erkrankt, eine Woche vor seinem Konzert in Rom, dem alle Musikliebhaber ungeduldig entgegenfieberten. Große Aufregung und Verwirrung machten sich breit, bis Olivier die Angelegenheit in die Hand nahm und auf seine zupackende Art regelte, ohne Julie vorher zu fragen. Es kam zu einem heftigen Streit mit dem Schwager, aber letztlich war es unmöglich, Olivier zu widerstehen. Die Konzertveranstalter flehten, und da Eile geboten war, akzeptierten sie auch Julies Programmvorschlag. Vier Tage vor der Abreise nach Rom sah Julie beim Verlassen des *Hotel Carlton* einen weißen *Hispano Suiza,* der sie vor dem Portal erwartete.

«Der ist für Sie, meine liebe Julie», sprach Olivier. «Sie müssen da unten doch ein bißchen Aufsehen erregen. Gefällt er Ihnen?»

Wie hätte sie nein sagen können? Der Hausdiener lud bereits die Koffer ein.

«Gloria wird uns fahren», sagte er. «Ich will ihr demnächst ein *Panhard-Cabrio* schenken, aber sie ist so verrückt auf jedes neue Auto, daß sie unbedingt ans Steuer muß.»

Julie wundert sich, mit welcher Präzision das Schicksal seine Fallen aufstellt. Wie bei einer Patience... An einem strahlenden, sonnigen Morgen fuhren sie ab. Gloria und Julie saßen vorn, Olivier im Wagenfond, umgeben von Mappen, Ordnern und Papieren. Er konnte überall arbeiten, und üblicherweise war sein Sekretär Georges, ein unermüdlicher Roboter, immer in Reichweite. Aber an jenem Morgen war Georges schon vorausgefahren, um in

Rom die Vorbereitungen zu treffen für das, was er immer scherzhaft als «Einquartierung» bezeichnete.

«Fahr nicht zu schnell», sagte Olivier von Zeit zu Zeit zu Gloria. «Man fühlt sonst nicht, daß man rollt, und das kann heimtückisch sein.»

Die Reise verlief recht fröhlich. Julie erinnert sich, daß sie entschlossen war, dieses protzige und absurde Geschenk wieder zurückzugeben. Sie hatte keine Verwendung für eine Limousine, ihr wäre ein guter Lastwagen lieber gewesen, in dem sie ihren Flügel hätte mitnehmen können. Aber wie sollte sie jemandem vom Typ Oliviers klarmachen, daß ein Konzertflügel nicht irgendein Möbel war? Nach diesem Konzert in Rom wollte sie mit Glorias Hilfe versuchen, ihn davon zu überzeugen. Unterdessen rollte der Wagen über Genua und Pisa weich und leise auf die Katastrophe zu. Warum hatten sie nur diesen Umweg über Florenz eingeschlagen? Der böse Geist des Schicksals hatte vorsorglich nicht nur einen Hinterhalt gelegt, um dann schließlich die Lösung mit dem Unwetter zu wählen. Ein kurzes Hitzegewitter, das die Straße in eine Rutschbahn verwandelte. Und zur Rechtfertigung des Abstechers nach Florenz, einen wichtigen Termin mit einem Mailänder Geschäftsmann, eine Sache von «höchstens zwei Stunden».

Wieder sieht Julie die Straße vor sich, und ihre Hände drücken sich gegen ihren Bauch, als ob es nicht längst zu spät wäre, irgendwo Schutz zu suchen. Der Tritt auf die Bremse und dann der Lichtmast, der auf sie zurast. Gleich darauf diese Stimme, die von jenseits des Lebens zu einer armen Seele zu dringen scheint, die jäh zu den Vorposten des Himmels geschleudert wurde... Diese Stimme, die so vertraut ist und die man doch nicht erkennt: «Um Himmels willen, hast du ihre Hände gesehen? Du hast wirklich ganze Arbeit geleistet!» Das Hupen der Autos, die Rufe, jemand sagt: «Das muß amputiert werden», und dann meldet sich der Schmerz. Über Monate hinweg sitzt er fast ununterbrochen in ihren Stummeln, mal unerträglich kribbelnd wie von tausend Ameisen, mal pochend mit dumpfen Schlägen, mal mit Krämpfen und mal... Aber der wütendste Schmerz saß in ihrem Kopf, seit der Chirurg ihr die Wahrheit gesagt hatte: «Mit dem Klavierspielen ist es vorbei.» Er hatte es weniger brutal ausgedrückt, und das war noch schlimmer gewesen.

Julie steht auf, legt ihre nach kaltem Rauch riechenden Handschuhe an und streicht ihren Rock glatt. Es ist kurz vor 11 Uhr nachts, und die Sterne funkeln fast ein wenig böse. Sie hebt die Schultern, wie um die Vergangenheit abzuschütteln. Wozu das alles, und schließlich ist Olivier... Ach, die Toten soll man ruhen lassen, sie sind bereits gerichtet. Und dieser Platz hier, das ist der stille Abgrund ihrer Erinnerung, das ist eine blühende Allee zwischen Gräbern.

Mit langsamen, kurzen Schritten geht sie heim. Morgen... Ja, es gibt jetzt ein Morgen für sie, und heute nacht wird sie ohne Medikamente schlafen können.

DR. MOYNE NIMMT wieder an seinem Schreibtisch Platz. Er schiebt sich die Brille in die Stirn und lächelt.

«Wir haben wirklich allen Grund, zufrieden zu sein», sagte er. «Es hat sich nichts verändert. Wenn man davon absieht, daß Sie inzwischen besser aussehen. Wie erklären Sie sich das? Ist es die Ruhe? Oder hat das ewige Nachdenken aufgehört? Schlafen Sie gut? Befolgen Sie genau meine Anweisungen? Was ist passiert? Ich weiß zwar, daß in Fällen wie dem Ihren ein zeitweiliges Nachlassen nicht selten vorkommt, aber bei Ihnen ist die Besserung trotzdem ein wenig überraschend.»

Erneut schaut er auf den Lichtkasten mit den Röntgenbildern, in die Laborberichte und dann auf Julie.

«Es gibt etwas, das ich Sie bisher noch nicht gefragt habe... Sie haben gelegentlich erwähnt, daß sie mehrmals in einer Nervenklinik waren. Wie oft genau?»

«Viermal», antwortet Julie. «Ich hatte eine schwere Depression mit drei Rückfällen.»

«Ist das lange her?»

«Der erste Zusammenbruch ereignete sich 1925.»

«Ich darf wohl annehmen, daß ihr Unfallschaden die Ursache war?»

«Ja.»

«Und wann trat es wieder auf?»

«Im Jahre 1932. Ich lebte damals mit meiner Schwester in New York. Das nächste Mal dann 1945, einen Tag nach Kriegsende.»

«Hielten Sie sich immer noch im Ausland auf?»

«Nein, da war ich schon wieder in Paris. Meine Schwester war zu mir gezogen, nach dem Tod ihres Mannes. Ihres dritten Mannes... Sie sehen, die Sache ist ziemlich kompliziert. Er war Jude und starb in Dachau. Mein Aufenthalt im Sanatorium erstreckte sich über mehrere Monate. Danach heiratete meine Schwester einen schwerreichen Kolonisten, und ich lebte mit ihnen in Algier bis zum Zeitpunkt der Ihnen schon bekannten Ereignisse. Er gehörte zur O.A.S. und wurde ermordet unter bis heute ungeklärten Umständen.»

«Wenn ich Sie also richtig verstehe, waren Sie seelisch dermaßen erschüttert, daß...»

«Ja», unterbricht Julie.

Der Arzt greift nach seinem Krankenblatt.

«Einen Moment. Ich mache mir ein paar Notizen, weil das alles sehr wichtig ist. Also, 1925... die erste Nervenkrise. Was war mit dem ersten Mann Ihrer Schwester?»

«Er hat sich scheiden lassen. Im Jahr 1925.»

«Gut. Dann, 1932, der zweite Anfall. Hatte Ihre Schwester wieder geheiratet?»

«Ja. Einen Mann aus der Werbebranche. 1932 beging er Selbstmord.»

«Sehr merkwürdig. Wir kommen jetzt zum Jahr 1945, als ihr dritter Schwager starb. Was den vierten Mann Ihrer Schwester betrifft – ich wette, er verschwand 1957 oder 1958.»

«Richtig. Das war 1958.»

«Und im selben Jahr mußten Sie wieder in Behandlung wegen Ihrer Depression...»

«Diese ganzen Vorfälle nahmen mich ungeheuer mit, Herr Doktor. Sie müssen wissen, ich hatte keinerlei Beschäftigung mehr, und ich lebte im Haus von Gloria. Alles, was ihr widerfuhr, verletzte auch mich zutiefst. Sie wurde allerdings besser damit fertig, weil sie ihren Beruf hatte.»

«Verzeihen Sie, aber das geht mir zu schnell. Um auf 1945 zurückzukommen – wie alt war Ihre Schwester damals?»

«Neunundfünfzig.»

«Und sie machte immer noch Tourneen?»

«Ja, aber nicht mit Soloauftritten. Sie hatte ein Streichquartett gegründet, das einige Jahre großen Erfolg hatte. Und als sie dann ihren fünften Mann heiratete, zog sie sich in den Ruhestand zurück.»

«Und woran ist dieser Mann gestorben?»

«An einem Herzversagen.»

«Was war mit Ihnen? Wie haben Sie diesen neuen Trauerfall überstanden?»

«Ziemlich gut, um ehrlich zu sein. Ich mochte ihn nicht besonders, den armen Oskar.»

«Die anderen hingegen hatten Sie wohl recht gern?»

Julie macht den Versuch zu einem schwachen Lächeln.

«Nein, Sie mißverstehen das. Sie haben die Vorstellung, daß ich in die Ehemänner meiner Schwester verliebt war. Das ist ein lächerlicher Gedanke. Nebenbei gesagt, hat man mich in Glorias Haus nie beachtet. Ich war einfach nur da, in irgendeinem Winkel, und völlig unnütz, weil ich alles zerbrach, was ich anfaßte.»

Der Arzt klappt das Krankenblatt zu.

«Ich will nicht weiter in Sie dringen. Ich stelle nur fest, daß Sie ziemlich labil sind, und daß Sie sich ohne erkennbaren Grund besser fühlen. So ist es doch, oder? Ich freue mich darüber, aber Sie sollten vielleicht trotzdem einen Neurologen aufsuchen. Das meine ich ganz ernst. Er könnte sicher verstehen, warum Sie beschlossen haben, sich nicht operieren zu lassen. Sie müssen wissen – es ist noch immer nicht zu spät.»

Er überlegt, zieht seine Brille wieder herunter und verschränkt die Finger.

«Weiß Ihre Schwester eigentlich von Ihren Besuchen bei mir?»

«Nein, das geht sie nichts an.»

«Wie steht es denn mit ihrer Gesundheit?»

«Seit zwei Tagen nicht besonders gut. Sie scheint sich irgendwelche Sorgen zu machen.»

«Verstehen Sie sich gut miteinander?»

«Das hängt von den Umständen ab. Doktor, Sie können sich nicht vorstellen, was das ist, so ein steinalter Mensch. Es ist schlimmer als bei einem Kind. Die kleinste Kleinigkeit ist plötzlich von höchster Bedeutung. Und für uns Alte besteht nun mal das Leben nur noch aus solchen Kleinigkeiten... Ich sollte jetzt besser gehen.»

«In dem, was Sie da sagen, ist trotz allem ein gewisser Schwung, der mir gut gefällt. Nun gut, vor Ablauf von zwei Wochen brauchen Sie nicht wieder zu erscheinen. Bei Bedarf haben Sie ja auf *La Thé-*

baïde Dr. Prieur, dem Sie sich anvertrauen können. Seien Sie also guten Mutes.»

Ohne besondere Eile geht Julie zurück zum Hafen. Dieser Dr. Moyne hat ganz recht mit dem «gewissen» Schwung aber was sie tatsächlich empfindet, hat weniger mit Schwung als mit einem immer stärkeren Schwinden ihrer Gewissensbisse zu tun. Wenn er noch ein wenig weiter gebohrt hätte, hätte sie ihm erzählt, wie sie Olivier seiner gerechten Strafe zugeführt hat. Sie hätte ihm erklärt, wie der Unfall dazu führte, daß sich Gloria und ihr Mann entzweiten… Wie immer in solchen Fällen kursierten die unerfreulichsten Gerüchte: Trunkenheit am Steuer, überhöhte Geschwindigkeit und Reden wie «Die meinen, sie könnten sich alles erlauben, weil sie sich einbilden, wegen ihrer Begabung und ihres Reichtums etwas Besseres zu sein». Man vermutete mehr hinter diesem Unfall und sah den Beweis darin, daß die Verletzte unter strengster Geheimhaltung in einer Klinik bei Florenz behandelt wurde. Kein Journalist konnte an sie herankommen, und auch das Pflegepersonal gab keine Interviews. Und wem gehörte diese Klinik? Einem Mann mit bekanntermaßen engen Beziehungen zu dem Abgeordneten Gennaro Bertone, der wiederum Vizepräsident der französisch-italienischen Gesellschaft für Pharmazie war, deren Hauptaktionär – rein zufällig – Olivier Bernstein hieß. Die kleinen und großen Skandalblätter konnten sich gar nicht genug darüber auslassen. War es tatsächlich ein Unfall gewesen? Oder vielleicht Sabotage? Hatte der mächtige Industrielle nicht ein Verhältnis gehabt mit seiner Schwägerin? War es Rivalität zwischen den beiden Künstlerinnen? Um diesen skandalträchtigen Spekulationen zu entkommen, ging Gloria auf Tournee, während Olivier nach Paris zurückkehrte, um einige geschäftliche Angelegenheiten zu regeln.

‹Und ich›, denkt Julie, ‹ich blieb allein, umgeben von Pflegediensten und Aufmerksamkeiten, von Lächeln und von Bequemlichkeiten, für die ich keine Verwendung mehr hatte. Ich hatte nicht einmal mehr die Möglichkeit, zu leiden. Beim kleinsten Schmerz die Morphiumspritze. So hat alles angefangen.›

Sie ist an der Quaimauer angelangt, wo das Boot sie bereits erwartet. Marcel ist noch beim Aufladen von Körben und Kisten.

«Das ist alles für die Neue», sagt er.

«Welche Neue?»

«Nun, Madame Montano. Morgen kommen die Möbel. Die werden von Spezialisten aus Toulon rübergeschafft. Wird 'ne hübsche Baustelle werden. Steigen Sie ein. Es geht los.»

Sie setzt sich nach vorn. Von Zeit zu Zeit spuckt die Gischt ein paar schäumende Tropfen auf ihre Füße. Sie verliert sich wieder in ihren Erinnerungen... Depression, das sagt sich so leicht dahin. In Wirklichkeit stand sie ganz dicht am Rande des Wahnsinns. Später hatte Gloria versucht, ihr klarzumachen, daß man sie zu ihrem eigenen Besten in Florenz allein gelassen habe, weil sie sich von Verfolgern umzingelt glaubte. Nun, an der Spitze dieser Verfolger stand ihr Schwager, und Gloria war seine Komplizin. Wie und wann wurde dieser Verdacht geboren? Wie war sie zu der Überzeugung gekommen, daß sie ihnen tatsächlich zuviel war und sie störte? Und daß man sie im Auftrag von Olivier mit Morphium stumm und willenlos machte? Wurde das Morphium nicht in seinen Labors hergestellt? War er nicht geradezu der Herr dieser Droge? Manchmal kann aus einer einfachen Überlegung wie dieser eine wahnhafte und doch alles erhellende Vorstellung werden, die ein blendendes Licht auf den Plan der Zerstörung wirft... Zuerst die Hände, dann der Kopf, der Verstand, und danach gibt es keine Rivalin mehr. Niemand kann mehr sagen: «Zugegeben, Gloria hat sehr viel Charme – aber ihre Schwester ist sensibler und musikalischer.»

Sie schämt sich. Nur nicht zu einem Neurologen! Er wäre vielleicht imstande, einige dieser schlafenden Wahnvorstellungen der Vergangenheit wiederzubeleben. Selbstverständlich war das alles völlig irrsinnig gewesen. So irrsinnig wie der Brief, den sie gegen Zahlung eines dicken Bündels Lire einer Nachtschwester diktierte. Und doch hatte sie trotz ihrer Geistesverwirrung ins Schwarze getroffen. Man leitete eine Untersuchung ein, in deren Verlauf ein Rauschgifthandel aufgedeckt wurde, von dem niemand etwas geahnt hatte. Das alles nur, weil sich das Wort Morphium – mehr noch als das Gift selbst – in ihrem Kopf breitgemacht hatte wie eine parasitäre Pflanze. Bernstein konnte sich aus der Affäre ziehen, aber er ließ sich scheiden.

Die Insel ist schon ganz nah. Julie spürt eine leichte Übelkeit. Das Schaukeln des Bootes vielleicht? Nein, es ist doch wohl eher dieses Hin und Her von Bildern in ihrem Kopf. Man hält das Vergangene für tot und vergessen, und das ist es wohl auch. Bis auf das Echo, der anhaltende Ton eines traurigen Liedes, das man vielleicht nicht einmal selbst geschrieben hat. Hat es diesen Brief denn wirklich gegeben? Das ist alles so lange her. Die Scheidung, die hat sie nicht geträumt. Aber alles übrige?...

Das Boot legt an. Julie kommt wieder zu sich. Es ist jetzt fünf Uhr nachmittags, und das Haus wird wie üblich voller Gäste sein. Gloria wollte ihnen heute das *Capriccio Espagnol* von Rimski-Korsakow vorspielen und danach von Gabriel Pierné erzählen, einem Dirigenten, den sie gut gekannt hatte. Angesichts dieser Umstände nimmt Julie lieber den Hintereingang, aber sie hört keinen Laut, als sie das Haus betritt. Es scheint niemand dazusein. Sie öffnet die Tür zur Empfangshalle und horcht. Was ist passiert? Sie geht zu Glorias Zimmer und fragt:

«Gloria? Darf ich hereinkommen?»

Statt einer Antwort hört sie eine Art Stöhnen und macht die Tür auf. Gloria ist allein. Im düsteren Licht ihrer Nachttischlampe sieht sie plötzlich sehr alt aus. Ihre Perücke ist ein wenig verrutscht und entblößt eine kalkweiße Stirn.

«Bist du krank?»

«Ich habe mein Mittagessen wieder von mir gegeben.»

«Hat Clarisse den Doktor gerufen?»

«Ja. Er behauptet, es handle sich um eine kleine Magenverstimmung. Eine höchst erschöpfende Auskunft.»

Während sie spricht, wird ihre Stimme zunehmend fester, bis sie schließlich wieder in gewohnt gebieterischem Ton sagt:

«Er ist ein alter Esel. Ich weiß es besser, was mit mir los ist. Ich weiß, was mir den Magen zuschnürt. Sie ist es, diese verdammte Person! Sie will meinen Platz einnehmen!»

«Ich bitte dich, Gloria, welchen Platz?»

«Ah, wenn ich den erwische, der ihr von unserer Residenz erzählt hat! Ihr Hubert natürlich.»

«Beruhige dich», sagt Julie. «Du bleibst die von allen geachtete Rangälteste.»

Gloria stößt ein kurzes, trockenes Lachen aus.

«Die Rangälteste! Was für ein Wort...»

Ihre Hand stürzt sich wie eine Vogelklaue auf Julies Handgelenk.

«Du mußt mir helfen. Sie lügt, die Montano, ich bin ganz sicher. Ich wette, sie ist nicht älter als sechs- oder siebenundneunzig. Sie erfindet das einfach, verstehst du? Ich kenne doch diese intriganten Weiber. Die Stars, die sich endgültig aus dem Metier zurückgezogen haben wie die Dietrich und die Garbo, brauchen auch aus ihrem

Alter kein Geheimnis mehr zu machen. Aber die Montano bekommt noch Aufträge. Wenn man für einen Fernsehfilm eine sehr, sehr alte Dame sucht, denkt man natürlich an sie, und dann heißt es: ‹Holt die Hundertjährige›. Das hab ich in irgendeiner Zeitschrift gelesen. Die Hundertjährige – darunter kann sich jeder etwas vorstellen, das prägt sich ein, und man macht sich keine Gedanken darüber, daß das verdient sein muß. Und sie profitiert davon! Ich könnte darauf schwören, daß sie sich ihre Kindheit aus den Zeitungsartikeln zusammengebastelt hat. Und so etwas bringt man mir hierher! Die nette Omi, die so munter ist und so quirlig!»

«Du übertreibst.»

«Ach, wirklich? Ich übertreibe also! Nun, du weißt sicher noch nicht, daß man sie hat singen hören! Heute morgen erst, und ihr Kavalier hat sie begleitet auf dem Klavier. Und was hat sie gesungen?... Ein idiotisches Lied aus ihrem Land! Irgendwas mit ‹Funi›...»

«Funiculi-Funicula...»

«Genau! Kate hat es gehört und sich halb totgelacht. Mich macht das eher krank. Meine kleine Julie, ich will, daß du Erkundigungen einziehst. Da du ja so oft an Land gehst, kannst du versuchen, mir ein Buch zur Filmgeschichte zu besorgen. Sicher wird sie darin genannt sein, zusammen mit einer kurzen Biographie.»

Sie läßt sich auf ihre Kissen fallen.

«Versprichst du mir das?»

«Ja», sagt Julie.

«Danke.»

«Brauchst du noch irgendwas?»

«Nein, nichts. Nur, daß man mich in Ruhe läßt.»

Noch ein letzter Blick. Kein Zweifel, Gloria ist tief getroffen, aber sie wird weiter kämpfen. Das Spiel ist noch lange nicht gewonnen. Eigentlich macht sich Julie Vorwürfe über solche Gedanken, aber gleichzeitig muß sie sich eingestehen, daß sie gespannt ist, wie die Dinge sich entwickeln werden, denn zum erstenmal in ihrem Leben ist Gloria gezwungen, sich zu wehren.

Während Julie mechanisch die abendliche Routine abwickelt – sie ißt ihre Suppe und ein paar in Butter geschwenkte Muscheln, sie macht sich fertig für die Nacht, schminkt sich ab, wäscht sich Gesicht und Hände, putzt ihre Zähne (sehr vorsichtig, wegen ihrer Brücken), zieht sich aus und kämpft wie üblich mit den Tücken ihres Nachthemds, das doch immerhin bequemer ist als ein Pyjama. Während all dieser gewohnten Verrichtungen läuft in ihrem Kopf wie im Zeitraffer der Film dieses so glücklichen und verwöhnten Daseins ab, das Gloria stets geführt und in dem sie, wie auch ihre Freundinnen mit Recht bemerkten, nie etwas anderes kennengelernt hat als dauerhaftes, unverschämtes und fast zu grelles Glück. Sie war nicht nur schön – auf jene leuchtende Art, wie man sie bei manchen Blumen findet –, sie war auch begabt, wenngleich ihr Talent nicht durch Arbeit erworben war, sondern eher in einer gewissen Grazie, einer angeborenen Leichtigkeit und einem ihren Fingern entströmenden Zauber bestand. Zudem verfügte sie über einen ausgeprägten Egoismus, der sie immer vor schweren inneren Anfechtungen bewahrt hatte. Aber selbst dieser Egoismus hatte nichts Kleinkariertes, es war nicht die übliche mehr oder minder verwerfliche Ichbezogenheit, sondern ganz im Gegenteil eine Art innerer Festigkeit, eine unangreifbare und lächelnd einherkommende Härte.

Julie streckt sich auf ihrem Bett aus, eine Zigarette zwischen den Lippen. Sie pflegt ihre Zigaretten nicht nur zu rauchen, sondern auch zu kauen, denn sie mag den süßlichen Geschmack von Tabaksud. Wieder wendet sie sich dem Thema Gloria zu, mit der Trägheit einer Katze, die noch einmal den längst geleerten, aber immer noch nach ihrem Lieblingsfressen duftenden Futternapf untersucht... Die Episode Bernstein hinterließ bei Gloria keine nennenswerten Spuren, abgesehen davon, daß sie seinen Namen beibehielt und einen beträchtlichen Teil seines Vermögens. Dann reiste sie ins Ausland, und Julie blieb selbstverständlich, wo sie war. Angeblich aus finanziellen Gründen, denn es war notwendig, genügend Geld zu verdienen, um der armen Kleinen, die nicht mehr ganz richtig im Kopf war, ein bequemes Leben zu ermöglichen. Gloria tat nur ihre Pflicht, weil sie zu denen gehörte, die sich mit der Erfüllung ihrer Pflicht freikaufen. Zweifellos hätte sie viel darum gegeben, wenn sie aus ihrer Schwester eine Kranke und nicht eine Behinderte hätte machen können, denn eine Krankheit war etwas, das entweder zum Tode führte oder zur Heilung, das man jedenfalls nicht ewig herumschleppte. Nichts war lästiger als eine Behinderung, bei der es nur ein Mittel gab: zu zahlen. Zu zahlen für den schützenden Kokon, der Julie in den Sanatorien umgab, und dann für angemessen komfortable Wohnungen mit dem dazugehörigen dienstfertigen Personal. Glücklicherweise waren Glorias Ehemänner sehr reich – eine Selbstverständlichkeit – und nahmen die arme Aussätzige freundlich auf (Aussatz oder Lepra zerfraß bekanntlich die Finger; es war also eine ganz passende Bezeichnung). Besonders nett war Jean-Paul Galland, der von sich aus zu Gloria sagte: «Wir sollten deine Schwester zu uns nehmen.» Und so ließen sie sich zu dritt in New York nieder, nahe des Central Park, damit Julie es nicht weit hatte ins Grüne und vom Fenster aus die Bäume sehen konnte.

Nicht anders war es, als Clément Dardel in Paris diese schöne Villa am Park Monceau kaufte. Einer nach dem anderen, versuchten alle diese Ehemänner sie vergessen zu lassen, daß sie keine vollwertige Frau mehr war. Sie hatten Mitleid mit ihr, und sie haßte Mitleid. Den Kolonisten Armand Pradines hatte sie noch am ehesten ertragen, denn es gefiel ihr gut in Algier, wo sie vom Hause aus das Meer sehen konnte. In Algier hatte sie sich auch zum erstenmal nach Jahren freigewählter klösterlicher Zurückgezogenheit wieder alleine vor die Tür gewagt. Gloria befand sich damals meistens auf Tourneen, von denen sie sich gelegentlich telefonisch meldete, weil sich das für eine liebende und aufopfernde Schwester so gehörte. Julie hatte allerdings meistens keine Lust, mit ihr zu sprechen, dafür gab es die Gesellschaftsdame oder ein entsprechend geschultes Dienstmädchen. Seit Algier kannte sie auch Clarisse, die ihrer Herrin schon nach Paris gefolgt war, als Gloria den Diamantenhändler Oscar van Lamm heiratete. Clarisse wurde Julies einzige Freundin. Sie stellte niemals Fragen, sie brauchte nur einen Blick, um die Dinge zu verstehen. Das mit Armand hatte sie schon in Algier erraten, und wahrscheinlich hatte sie nach und nach, mit Hilfe von Julies seltenen und vagen Andeutungen, auch über Clément Dardel Bescheid gewußt. Und über Jean-Paul Galland... All diese dramatischen und unerklärlichen Todesfälle... Jean-Paul hatte sich umgebracht. Aber warum? Die Sache mit Clément konnte man sich immerhin erklären. Er war Jude, und seine Festnahme im Jahre 1944 war in etwa vorhersehbar. Auch die Ermordung eines Kolonisten wie Pradines hatte zum Zeitpunkt des Algerienkrieges nichts Überraschendes. Clarisse reimte sich die Zusammenhänge aus Gesprächsfetzen zusammen, und manchmal hatte sie eine seltsame Art, Julie anzusehen... Welchen Verdacht hegte sie? Während Gloria durch die Welt zog, von einem Konzert zum anderen, immer bezaubernd, elegant und umschmeichelt, hütete Julie das Haus, wie eine Witwe mit ihren schwarzen Kleidern und den schwarzen Handschuhen. Mit van Lamm war es schnell vorbei gewesen. Er starb an einem Hirnschlag, ohne noch ein Wort gesprochen zu haben. Clarisse hatte also keinen Grund, sich zu wundern. Aber inzwischen hatte sie erlebt, wie ihre Herrin Gina umgarnt hatte. Sie hatte sie bei einigen Anrufen überrascht und dadurch notwendigerweise den Plan im wesentlichen durchschaut. Wenn Julie also – dank der grenzenlosen Freizeit, über die sie mangels Beschäftigung verfügte – imstande war, einen solchen Plan zu entwickeln, warum sollte sie sich dann nicht auch schon früher einiges gegen die Ehemänner ihrer Schwester ausgedacht haben?

An Clarisses Stelle wären das Julies Überlegungen gewesen. Aber hätte sie diese Gedanken auch weiter verfolgt? Hätte sie die Zusammenhänge begriffen, die nicht einmal sie selbst nach so langer Zeit entwirren konnte? Aus welchem Grund hatte sie sich an Männern vergriffen, die ihr immer nur die größte Freundlichkeit entgegenbrachten? Clarisse konnte eben nicht wissen, daß sie stets Angst vor ihrer Schwester gehabt hatte – vor allem seit diesem fatalen Lenkmanöver, das den Wagen gegen das Hindernis geworfen hatte. Gloria war unerreichbar, unberührbar. Und selbst wenn man versuchte, ihr auf indirektem Weg einen Schlag zu versetzen, ließ sich doch ihr Glück nicht erschüttern. Außer vielleicht mit viel Zeit und geduldigem Warten auf eine günstige Gelegenheit. Aber diese Rachegedanken sind wie Kleider, die sich mit den Jahren mehr und mehr abtragen. Clarisse hatte festgestellt, daß sich die beiden Schwestern nach dem Tod von Glorias letztem Ehemann näherkamen und sich miteinander arrangierten, da nun neben dem Klavier auch die Geige für immer verstummt war. Dann verschlug es die beiden auf diese Insel. Ein Spiel des Zufalls, der auch Gina nach *La Thébaïde* geführt hatte. So sah es jedenfalls Julie, wenn sie reinsten Gewissens behauptete: «Ich habe nichts von alledem gewollt – auch wenn die Idee dazu von mir stammt. Aber das war nur Neugier, wie bei einem Chemiker, der das Zusammenwirken verschiedener Substanzen studiert.»

Während sie aufsteht und ein großes Glas Mineralwasser trinkt, wird ihr bewußt, daß eben diese Neugier, die sie jetzt wachhält, es auch geschafft hat, diese Kruste von Gleichgültigkeit zu lösen, in der sie wie in einer Schutzhülle gesessen hatte. Und nun machte Gloria endlich Bekanntschaft mit ihren ersten Zweifeln. Jetzt erst – drei

Monate nur vor ihrem Sieg über die Zeit – beginnt sie, sich Fragen zu stellen, sie, die nie an irgendwas oder irgendwem hat leiden müssen. Mit einemmal sieht Julie die einzelnen Phasen und die Folgen dieser Operation ganz klar vor sich, als habe man ihr plötzlich die Gabe des zweiten Gesichts verliehen. Ihr ist nach Weinen zumute, von etwas Unbekanntem, einer bitteren Süße, die bald den vertrauten, dumpfen Schmerz da unten in ihrem Leib wiedererwecken wird. Es ist keine Zeit zu verlieren. Sie nimmt eine Schlaftablette, von der sie sich eine Freifahrt in den nächsten Morgen erhofft, und schläft friedlich ein.

Um halb neun wird sie von den Schreien der Mauersegler wach. Nichts drängt sie, sie könnte ohne weiteres die nächsten Stunden im Bett oder in der Badewanne vertrödeln, aber sie will unbedingt erfahren, wie Gloria die Nacht verbracht hat und ruft nach Clarisse.

«Wie geht es Gloria?»

«Sie hat nur ein bißchen Tee zu sich genommen, ohne das Bett zu verlassen», sagt Clarisse.

«Wie hat sie dich empfangen?»

«Nicht sehr freundlich. Sie ist übellaunig und hat mich gefragt, ob Madame Montanos Möbel schon angekommen sind.»

«Und was hast du geantwortet?»

«Daß es heute morgen losgehen soll mit dem Transport.»

«Aber was ist daran für sie so interessant?»

«Sie möchte, daß ich mir etwas einfallen lasse, um das Haus ein bißchen beobachten zu können. Ihre engsten Freundinnen hat sie ebenfalls darum gebeten.»

«Sie ist total besessen, meinst du nicht auch?» sagt Julie. «Und ihre Freundinnen? Haben die etwa wirklich die Absicht, vor der *Villa Sonne* Wache zu stehen? Das ist doch lächerlich.»

«Oh, sie wird Sie auch darum bitten!»

«Ich gehe schon. Das will ich genau wissen.»

Gloria saß auf ihrem Bett und wirkte plötzlich so geschrumpft und ausgezehrt, daß sie Ähnlichkeit mit den aus großen leeren Augen schauenden Überlebenden der Konzentrationslager hatte. Allerdings hatte sie sich doch die Mühe gemacht, gleich nach dem Wachwerden ihre Ringe und Armreifen anzulegen.

«Setz dich», sagte sie leise. «Es ist nett, daß du dich um mich kümmerst. Bald wirst du die letzte sein, die das tut.»

«Die letzte? Wieso denn das?»

«Weil sie mich alle fallenlassen werden, eine nach der anderen. Gestern abend hatte ich einen kleinen Wortwechsel mit Pamela und Marie-Paule. Ich finde es nämlich ein starkes Stück, hier aufzukreuzen und vor meiner Nase die Verdienste dieser Montano zu bereden. Die arme Marie-Paule ist wirklich ungeheuer dumm... Gina hinten und Gina vorn – in einer Tour. Allem Anschein nach besitzt sie eine ganze Kollektion mexikanischer Kunstgegenstände... Jedenfalls hab ich sie daraufhin zum Teufel geschickt mit den Worten: ‹Wenn euch das so am Herzen liegt, könnt ihr ja gleich den Umzug überwachen. Steckt ruhig eure Nase in ihr Haus. Ich bin sicher, daß eine Frau, die sich so viel herumgetrieben hat wie sie, nie die Zeit gehabt hat, sich ein richtiges Heim zu schaffen.› Ich dachte, die beiden würden daraufhin böse werden, aber sie fanden es schließlich ganz witzig, einfach hinzugehen und sich die Sache anzusehen. Ich kann mir denken, was sie vorhaben... Als nächstes werden sie sich einladen lassen, um alles ganz ausgiebig zu begutachten. Und mich lassen sie dann verhungern in meinem Eckchen.»

«Nicht doch», sagte Julie matt. «Du wirst dich doch nicht verrückt machen, nur weil Gina Montano möglicherweise ein paar Wertgegenstände besitzt.»

«Hör zu, Julie... Mag sein, daß ich mir falsche Hoffnungen mache... aber könntest du nicht vielleicht hingehen und dir selbst ein Bild machen? Dann würde ich mich besser fühlen.»

Julie, die sich recht genau an die Dinge erinnerte, die sie in Ginas Wohnung gesehen hatte, ließ sich noch ein wenig bitten, um den Schein zu wahren. Schließlich erklärte sie sich bereit und nahm sich vor, mit den Lügen nicht zu übertreiben. Sie setzte eine geheimnisvolle Miene auf und flüsterte:

«Ich weiß, daß sie ein richtiges kleines Museum hat, mit Fotos von berühmten Schauspielern und Geschenken aus Hollywood... na, und allem übrigen, was dazugehört, du weißt schon.»

«Von wem hast du das?» keuchte Gloria.

«Oh, das hab ich irgendwann in einer Zeitschrift gelesen. Aber ich werde mich genau informieren. Heute nachmittag gehe ich in die Stadt und besorge dir das Buch zur Filmgeschichte. Damit kannst du dich dann wenigstens wehren, obwohl... Ich kann dir nur noch einmal sagen, Gloria: Niemand denkt daran, dir etwas zu tun.»

Die Stadt hatte nur zwei größere Buchhandlungen zu bieten, und die Werke über die Geschichte des Films drängten sich nicht gerade auf den Regalen. Aber Julie hatte sich vorgenommen, nur dann einen Band mitzubringen, egal welchen, wenn der Name Gina Montano im Personenverzeichnis vertreten war. Sie entdeckte ihn auch in einem Werk jüngeren Datums und fand den gesuchten Artikel erwartungsgemäß mit einigen Fotos illustriert. Drei davon waren schon sehr alt; das eine stammte aus einem 1925 entstandenen Film nach einer Erzählung von W. Somerset Maugham, das zweite aus dem Jahre 1930 (aus «Die Verdammte», nach einem Drehbuch von John Meredith) und das dritte, das sehr schön war, zeigte Gina in der Rolle der Dorothy Mansion, der Heldin in der berühmten Affäre Holden (1947). Insgesamt hatte sie in etwa vierzig Filmen mitgewirkt, die überwiegend von geachteten oder gar berühmten Regisseuren inszeniert worden waren. In der Hauptsache hatte sich die Montano allerdings durch ihre Liebesaffären eingeprägt. Beispielsweise hatte ihre Liaison mit Ray Mollison – der sich mit zweiundzwanzig Jahren vor Ginas Tür eine Kugel durch den Kopf gejagt hatte – einen riesigen Skandal bewirkt, der immer noch Gesprächsthema war. Demgegenüber waren die Angaben über Ginas Vorgeschichte dünn. Geboren 1887 in Neapel und dann nichts bis zum Jahre 1923, wo sie erstmals in einer bedeutenden Rolle erschien (in «Die zehn Gebote» von Cecil B. de Mille).

Julie kaufte das Buch und nahm sich vor, öfter in dieses Geschäft zu gehen, in dem die erfrischende Atmosphäre einer Bibliothek herrschte, die von einem Stammpublikum rücksichtsvoll stiller Leser besucht wird. Ihre Behinderung erlaubte ihr leider nicht, nach Belieben in Werken von etwas dickerem Umfang zu blättern, weil sie ihr aus der Hand rutschten. Sie war gezwungen, sich eine Unterlage zu suchen und ihre Handschuhe abzustreifen, um dann die Seiten zwischen Daumen und Zeigefinger zu packen und umzuwenden. Doch der Kontakt mit dem satinierten Papier war für sie ein weiterer Grund zur Freude. Aus reinem Übermut kaufte sie noch einen Bildband mit dem Titel «Die Denkmäler von Paris» und bummelte zurück zum Hafen. Sie spürte keine Schmerzen, sie ertrug ihr Leiden, indem sie sich zwang, nur noch ein Blick zu sein, ein Blick ohne Gedanken, der die Eindrücke vom Hin und Her der Welt ungehindert in sich einfließen läßt wie die Farben auf der Leinwand eines Impressionisten. Das war ihre Art von Meditation. Dazu brauchte sie dieses Flimmern des Sommers, dieses ununterbrochene Wogen von Körpern, das Ineinanderfließen wechselnder Formen, damit alles zum Schluß zusammenklang wie diese atonale Musik, die ihre Schwester so inständig verachtete. Doch auf diese Weise konnte sie, Julie, endlich in ihrem Kopf etwas löschen… Ja, darum ging es: Gloria auszulöschen! Sie dazu zu bringen, ohne Zuckungen, ohne ein letztes Aufbäumen des Herzens zu sterben. Ganz leise.

Am Quai lag das Boot, beladen mit Ginas Kisten und Kartons. In *La Thébaïde* lag man jetzt wohl auf der Lauer. Julie zündete sich eine Zigarette an mit dem Feuerzeug, das sie eben erst gekauft hatte. Es funktionierte noch mit einem Zünddocht und war ein ganz gewöhnlicher «Flammenwerfer», den kein Windstoß ausblasen konnte.

Immer näher führte sie der sanft ansteigende Privatweg an ihr Haus, und immer klarer wurde ihr Entschluß. Das Buch, das sie mitbrachte, verzeichnete nur die Daten der Filme oder solche Details wie das Geburtsjahr, damit man mit Hilfe dieser Anhaltspunkte die Künstler leicht ihrer Zeit zuordnen konnte. Vermutlich wiesen die meisten anderen Bücher dieser Art dieselben lückenhaften Informationen auf, abgesehen davon, daß sie vielleicht andere Filme als die wichtigsten aufführten. Aber welcher Bewohner der Residenz würde sich überhaupt um andere Bücher bemühen? Das tat wohl niemand, denn die allgemeine Neugier richtete sich schließlich vor allem auf den heimlichen Kampf, den sich die beiden Alten liefern würden. Der versprach interessant zu werden wie ein Duell zwischen Insekten. Wie ein Gefecht zwischen Skorpionen, jenen mit Klauen, Fühlern, Beißzangen und Stacheln bewaffneten Tieren, die einander langsam und schwerfällig betasten, um den tödlichen Stoß zu plazieren. Ohne ihr Wissen standen die beiden Gegnerinnen schon in der Arena. Jetzt war es zu spät, noch einzugreifen.

Inzwischen war Julie zu Hause angelangt. In der Halle traf sie auf Dr. Prieur, der eben aus Glorias Zimmern kam.

«Ist meine Schwester krank?»

«Nein, seien Sie beruhigt. Eine leichte Erschöpfung, allerdings mit einem sehr hohen Blutdruck. Macht ihr irgend etwas zu schaffen? Wissen Sie, in diesem Alter ist man weder krank noch gesund, man ist bestenfalls im Gleichgewicht. Dann genügen ein paar Sorgen, und schon neigt sich die Waagschale.»

Nach langem Wühlen in ihrer Tasche findet Julie endlich ihren Schlüssel und öffnet die Tür zu ihrer Wohnung. Während dieser Prozedur sagt sie mühsam scherzend zu dem Arzt:

«Entschuldigen Sie, aber meine Hände sind blind. Sie brauchen einfach ihre Zeit, um die Dinge zu erkennen. Kommen Sie doch einen Moment zu mir herein. Was darf ich Ihnen anbieten?»

«Nichts, gar nichts. Außerdem bin ich in Eile, denn ich werde in der *Villa Sonne* erwartet. Madame Montano hat sich einen Finger leicht verletzt, beim Öffnen einer Truhe. Nichts Ernstes. Aber sagen Sie… Während ich sie untersuchte, hat ihre Schwester mich unentwegt über diese Person verhört. Dabei hatte ich zuerst gedacht, die beiden wären verwandt.»

«O nein, Doktor! Wir haben keine oder vielmehr fast keine Familie mehr. Wir sind zu alt. Die Eltern, die Vettern, die Verwandten überhaupt – wir haben sie uns alle unterwegs vom Halse geschafft. Wir sind die reinsten Friedhöfe.»

«Wollen Sie wohl still sein!» erregte sich der Arzt. «Wissen Sie, ich frage mich, ob das sehr sinnvoll war, diese beiden Hundertjährigen hier zusammenzubringen. Ich möchte wetten, daß es diese Nachbarschaft ist, die Ihrer Schwester an die Nerven geht, und daß das der Grund ist für ihre Unruhe.»

«Und was ist dagegen zu tun?»

«Nun, zunächst einmal muß dieser Blutdruck normalisiert werden. Und dann…»

Er dachte einen Augenblick nach und fuhrt dann fort:

«Und dann sollte man ihr vielleicht ein leichtes Beruhigungsmittel geben – aber nur unter Beobachtung. Mit ihr ist das wie mit einem Gasbrenner… Wenn er zu niedrig eingestellt ist, geht er aus – aber wenn er zuviel Gas bekommt, kann er explodieren. Halten Sie mich also auf dem laufenden. Wie geht es Ihnen übrigens?»

«Mir? Ich zähle nicht mehr», meinte Julie. «Gloria macht mir Sorgen.»

«Dazu gibt es nun doch keinen Anlaß, nein. Aber sie muß sich schonen und soll nicht zuviel Besuch empfangen. Das habe ich ihr im übrigen schon gesagt. Morgen werde ich wieder hereinschauen.»

Julie begleitete den Arzt hinaus und hielt ihm zum Abschied ihr Handgelenk hin.

«Ich verspreche Ihnen, daß ich auf sie aufpassen werde», sagte sie.

Wenn sie solche Dinge aussprach, hatte sie das Gefühl, sich in zwei Personen zu teilen und die Stimme der Lüge wie das Echo der Aufrichtigkeit zu hören.

Bevor sie zu ihrer Schwester ging, zog sie ein dunkleres Kleid an und wechselte die Handschuhe. Ihren Gehstock in Reichweite, saß Gloria in ihrem Sessel und starrte finster vor sich hin. Sobald sie Julie erblickte, setzte sie ihre kläglichste Miene auf.

«Mir geht es gar nicht gut», sagte sie. «Eben war der Doktor da. Er behauptet, daß ich mir irgend etwas einbilde, aber ich fühle ganz genau, daß ich wirklich krank bin. Und du, was hast du mir mitgebracht?»

Julie machte sich so ungeschickt an dem Päckchen zu schaffen, daß Gloria es ihr aus der Hand nahm.

«Gib das her, mein armes Mädchen, ich mach das schon. Also, hast du etwas gefunden?»

«Nicht sehr viel», sagte Julie. «Ginas große Zeit war gleich nach dem Krieg: ‹Die Affäre Holden›. Sie war gerade fünfzig, aber...»

«Wieso denn fünfzig?» unterbrach Gloria.

«Nun, weil das eben so war.»

«Willst du damit sagen, daß sie Jahrgang 87 ist, wie ich?»

«Zumindest steht das so in dem Buch.»

«Zeig her!»

Julie schlug die gesuchte Seite auf, und Gloria las halblaut die Notiz.

«Ich erinnere mich an den kleinen Ray Mollison», sagte sie. «1951 hatte ich gerade das Bernstein-Quartett gegründet. Demnach muß sie vierundsechzig gewesen sein, als sich dieser Verrückte ihretwegen umbrachte?... Unfaßbar! Doch, ja, ich spielte damals gerade in London, und der kleine Kogan, der Violinist, bekam den Preis der Königin Elisabeth. Ich bin bei dem Empfang gewesen. Mein Gott, und das war tatsächlich 1951!»

Sie ließ das Buch auf ihre Knie sinken und schloß die Augen.

«Ist dir klar, Julie, was passieren wird, wenn sie das herumerzählt? Denn – du kannst ganz sicher sein – sobald sie eingerichtet ist, wird sie versuchen, mir mit ihren Geschichten meine Freundinnen wegzunehmen. Du wirst schon sehen, sobald die Montano verlauten läßt, daß sie aus ihrem Nähkästchen plaudern möchte, werden diese dummen Weiber, die mit sich selbst nichts anfangen können, ihr die Tür einrennen.»

Julie betrachtete ihre Schwester, mit dem gleichen prüfenden Blick, mit dem Dr. Moyne sie selbst nach dem Studium ihrer Röntgenbilder gemustert hatte. Mehrmals hintereinander schüttelte Gloria den Kopf, den Mund leicht verzerrt wie in einem kurzen Anfall von Schmerz. Dann sagte sie, ohne dabei die Augen wieder zu öffnen:

«Julie, ich habe viel nachgedacht. Ich kann es nicht ertragen, diese Hure so dicht in meiner Nähe zu wissen. Da will ich lieber von hier weggehen, egal wohin. Es wird doch wohl noch woanders ein zweites *La Thébaïde* zu finden sein.»

Das traf Julie mitten ins Herz, und ihr wurde blitzartig klar, wieviel ihr die Verwirklichung ihres Plans bedeutete. Wenn sich Gloria an einen anderen Ort flüchtete, würde sie bald wieder bei bester Gesundheit sein... Julie sah ihren Traum dahinschwinden. Natürlich war das in gewisser Weise völlig unerheblich, aber gleichzeitig war es auch einfach entsetzlich: Sie klopfte Gloria aufmunternd auf die Schulter und sagte:

«Na, hör mal, das ist doch Unsinn, nimm dich zusammen. Erstens gibt es keine anderen Plätze wie diesen hier in der Region. Und zweitens... Gesetzt den Fall, wir gehen weg – oder besser: du gehst, denn ich hätte nicht die Kraft dazu...»

Gloria sprang auf und sah ihre Schwester völlig verstört an.

«Du kommst mit mir!» schrie sie. «Du weißt genau, daß ich nicht ohne dich auskomme.»

«Nun gut», gab Julie nach. «Wir verlassen also *La Thébaïde,* und wer wird dann wohl hier die Fahne hissen? Wer wird sich die Hände reiben? Na? Gina natürlich! Und wenn du nicht mehr da bist, um ihr das Maul zu stopfen, wird sie nach Herzenslust über dich herziehen. Daß sich ihretwegen ein Jüngling umgebracht hat, das ist doch eher schmeichelhaft, aber du, meine arme Gloria... Eine Scheidung, der zweite Mann vergiftet sich, weil er wegen Homosexualität angeklagt ist... Der dritte Mann deportiert wegen Schwarzhandel, der vierte...»

«Ach, halt den Mund!» stöhnte Gloria.

«Sie wird so richtig auspacken und den anderen einreden, es sei ein Segen, daß du den Platz geräumt hast. Und niemand wird mehr dasein, um für dich einzutreten.»

«Das gehört alles der Vergangenheit an, und ich behalte diese Sachen für mich.»

«Aber wenn sie erfährt, daß du dich für ihre Vergangenheit interessierst, wird sie auch in deiner wühlen. Wenn du anfängst, alle Welt nach ihrer Kindheit und Jugend auszufragen, steigt sie dir sofort aufs Dach. Was im Grunde verständlich ist, denn es ist ihr gutes Recht, niemandem etwas zu sagen von ihrer Geburt und ihren ersten Lebensjahren in Neapel.»

«Sie sind mir völlig schnuppe, ihre ersten Jahre!» widersprach Gloria heftig. «Ich finde es nur unerträglich, daß sie vorgibt, zur gleichen Zeit geboren zu sein wie ich.»

«Ob das zur gleichen Zeit war, wird sich noch herausstellen... Außerdem, was wirklich zählt, das sind doch die Karrieren, die ihr beide gemacht habt. Und da ist deine allemal so gut wie ihre. Du bist der Paradefall eines erfüllten Lebens, du repräsentierst das, was alle deine Freundinnen gern erreicht hätten. Also, hör auf zu jammern, und fang damit an, daß du dich erst einmal wieder gründlich in Form bringst. Ich werde dir ein Stärkungsmittel besorgen, und du solltest etwas Musik hören, die Türen aufmachen, wieder lächeln – und überhaupt so sein wie früher.»

Gloria streichelte den Arm ihrer Schwester.

«Danke, du bist lieb. Ich weiß nicht, was in mich gefahren ist. Das heißt, ich weiß es nur zu gut. Irgendwie habe ich mir plötzlich eingeblidet, daß der Orden nicht für die Künstlerin, sondern für die Hundertjährige gedacht war. In diesem Fall hätte man auch die Montano dekorieren müssen – und das, nein, das wäre unerträglich.»

Diesen Aspekt der Frage hatte Julie bisher nicht in Betracht gezogen. Sie durfte jetzt nichts überstürzen und antwortete erst nach einigem Zögern.

«Ich werde mich in dieser Sache erkundigen, aber schließlich hat man dich zuerst vorgeschlagen. Das ist sicher eine Frage der Rangfolge, und ich glaube nicht, daß du dir da Sorgen machen mußt.»

Um ihre Verwirrung zu verbergen, ging sie zum Plattenspieler und drehte die Schallplatte um.

«Ein bißchen Mozart», sagte sie. «Erinnerst du dich?»

«Ach, das habe ich so oft gespielt...» sagte Gloria verträumt und faltete die Hände wie zu einem Gebet. ‹Nicht zu fassen, daß sie inzwischen so verkalkt ist›, dachte Julie.

«Komm zu mir», flüsterte Gloria. «Ich habe inzwischen nachgerechnet. Es sind nur noch drei Monate bis zu meinem Geburtstag. Die muß ich durchhalten, danach kann ich ruhig sterben. Aber vorher brauche ich diesen Orden... Das ist vielleicht dumm oder was immer du willst, aber ich denke an nichts anderes mehr. Was meinst du, ist es eigentlich statthaft, eine Ausländerin in die Ehrenlegion aufzunehmen? Sie ist schließlich Italienerin. Ich habe mich um Frankreich verdient gemacht, aber sie doch nicht. Da fällt mir ein... Gib mir doch einmal meine Pressemappe.»

«Welche?»

«Den sechsten Band.»

Sie kannte den Inhalt der jeweiligen Mappen fast auswendig. Die Zeitungsausschnitte waren chronologisch geordnet und umfaßten Presseberichte, Artikel renommierter Kritiker, begeisterte Lobreden, Interviews und Fotos, auf denen sie sich durch das Gedränge der Schaulustigen in die Konzertsäle kämpfte. Vierzig Jahre Berühmtheit und Schlagzeilen in allen Sprachen: ‹*Wonder Woman of French Music... An enchanted Violin... She dazzles New York Audience...*›

Der sechste Band war zugleich der letzte der Serie. Gloria öffnete ihn auf Julies Knien, legte der Schwester den Arm um die Schultern, und so lasen sie Kopf an Kopf.

«Da, das ist in Madrid», sagte Julie. «Ich habe auch dort gespielt. In demselben Saal, auf derselben Bühne. Aber der Dirigent war Igor Merkin.»

«Und hier», sagte Gloria, «Boston. Das war ein Riesenerfolg... Kritiken, wie ich sie selten bekommen habe... *A Unique Genius... Leaves Menuhin simply nowhere*... Du hast wirklich recht – da kann sich die Montano eine Scheibe von abschneiden!»

Einen Augenblick lang waren sie Bundesgenossen, die sich miteinander freuten. Dann zerstörte Gloria unbedacht die Stimmung.

«Hast du deine Pressemappe aufgehoben?» fragte sie.

«Ich habe das alles schon vor langer Zeit weggeworfen», antwortete Julie.

Sie löste sich von ihrer Schwester, stand auf und stellte den Plattenspieler ab. Dann sagte sie mit scheinbarer Munterkeit:

«Ich laß dich jetzt allein. Ruf mich an, wenn du etwas brauchst.»

An diesem Abend verzehrte Julie ihr Essen mit gutem Appetit, denn ihre Schmerzen waren ganz verschwunden. Leicht erstaunt und beunruhigt, schaute ihr Clarisse beim Essen zu. Im Gegensatz zu den sprunghaften Launen, die sie an Gloria gewöhnt war, sah sie Julie immer in der gleichen verschlossenen Stimmung, wie in einer

Art Trotz versteift. Clarisse hütete sich, irgendwelche Fragen zu stellen, um aber das Schweigen zu brechen, sprach sie von Monsieur Holtz. Das war ein unerschöpfliches Thema, denn Holtz pendelte ständig zwischen Ginas und seinem Haus, um «ein wenig Hand anzulegen», wie er zu sagen pflegte, wenn ihm jemand begegnete. Und das geschah oft, denn in der Residenz wurden die Geschehnisse eifrig ausgespäht, entweder mit Hilfe des Personals oder durch die Nachbarn, die in nächster Nähe wohnten. So hatte sich auch Pamela hinter einem halbgeöffneten Fensterladen versteckt und beobachtete mit dem Feldstecher, welche Kisten man in die *Villa Sonne* schleppte. Sie hatte bereits wertvolles Geschirr ausmachen können, verschiedene Möbel, die zu einer Bibliothek gehören mußten, und eine Stehlampe, deren Stil schwer zu bestimmen, aber möglicherweise mexikanisch angehaucht war. Gloria saß neben ihrem unablässig klingelnden Telefon und nahm die Informationen entgegen.

«Es sieht alles ein bißchen nach Flohmarkt aus», erklärte Kate. «Wissen Sie, woran es mich erinnert? An diese Salons ehemaliger Sportgrößen... Vollgestopft mit Pokalen, Vasen und Trophäen aus vergoldetem Silber. Vor der Haustür steht Holtz, fischt das ganze Zeug aus den Strohhülsen und trägt es andächtig hinein. Ich fresse einen Besen, wenn er nicht total in sie verschossen ist. Dabei könnte sie seine Mutter sein!»

Gloria wurde immer süchtiger nach solchen Auskünften und befragte nacheinander ihre verläßlichsten Freundinnen, die es sich ihrerseits nicht nehmen ließen, ausgiebig spazierenzugehen, um häufiger nahe der *Villa Sonne* verweilen zu können.

«Nein, sie selbst sieht man nie», meldete die kleine Heurtebois. «Sie bleibt im Haus und dirigiert ihren ergebenen Diener von dort aus. Ich habe ein paar Gemälde gesichtet, mit denen äußerst vorsichtig umgegangen wurde. Das muß etwas sehr Kostbares sein.»

Simone zeigte sich besonders verblüfft von dem umfangreichen Kücheninventar.

«Es ist nicht zu fassen», ereiferte sie sich, «das reicht für eine Familienpension! Wenn man das sieht, diese Herde, diese Rührapparate, diese ganze Ausrüstung! Und dieser Kühlschrank, in dem man mühelos wohnen könnte... Was muß diese Frau essen!»

«Aber es gibt einen Gegenstand», sagte Clarisse, «von dem niemand weiß, wozu er dient. Einen Behälter oder eher ein Trog aus Glas, der bestimmt über einen Meter lang ist und sehr tief aussieht.

Das Ding hat eine gewisse Ähnlichkeit mit einer Badewanne. Ihre Schwester und deren Freundinnen stellen bereits die wildesten Vermutungen an. Mit der Wäsche kann es jedenfalls nichts zu tun haben, denn dafür hat sie eine Maschine.»

«Hat es einen Deckel?»

«Nein, keinen.»

«Vielleicht ist es ein Aktenschrank oder ein Möbel, um darin Kassetten und Filmrollen unterzubringen? Wegen der durchsichtigen Wände wäre das ein sehr praktischer Platz, weil man mit einem Blick die Etiketten erkennt.»

«Nein, dafür ist es zu tief.»

Alle Welt zerbrach sich den Kopf über dieses Rätsel, bis der Pförtner Roger den Schlüssel zur Lösung lieferte. Mit der Schnelligkeit eines Buschfeuers breitete sich die Kunde aus, wurde weiter und weiter gesponnen und mit neuen Einzelheiten bekräftigt.

«Madame Genson hat das gesagt...»

«Und was ist es?»

«Es scheint ein Aquarium zu sein. Roger hat dabei geholfen, es im Salon zu installieren.»

«Ein Aquarium? Aber normalerweise ist das doch für ganz kleine Fische... Da braucht man doch jede Menge Rohre und Schläuche, und ein Sockel muß vorsichtshalber auch gebaut werden...»

«Sie muß restlos übergeschnappt sein», meinte Gaby Le Clech abschließend.

Gloria rief ihre Schwester an.

«Weißt du schon Bescheid?»

«Ja, man sprach davon bei Raoul. Ein Aquarium, das ist doch eigenartig. Aber bei Gina ist eben alles ein bißchen sonderbar.»

«Verstehst du denn nicht, was das bedeutet? Das geht gegen mich! Überleg mal, das springt doch ins Auge: Alle werden es sehen wollen, dieses Aquarium! Und wenn man es nett ausstattet – eine hübsche Beleuchtung, Fische, Korallen und die exotischsten Wasserpflanzen –, dann werden die Leute vor ihr im Staube kriechen, nur um eingeladen zu werden. Ein Aquarium, etwas Besseres hätte sie sich gar nicht einfallen lassen können, um mir meine Freundinnen abspenstig zu machen!»

«Hör zu, Gloria, ich werde auch hingehen...»

«Ah, siehst du? Du also auch!»

Ihre Stimme brach, und sie war den Tränen nahe.

«Nun laß mich doch erst zu Ende sprechen, ja?» sagte Julie mit Nachdruck. «Ich werde nur hingehen, um mich für dich umzusehen und umzuhören, und dann werde ich dir alles haarklein berichten. Aber das hat noch keine Eile. Es dauert, bis so ein Aquarium eingerichtet ist und bis die Fische beschafft sind. Also, fang nicht schon wieder an, dir den Kopf zu zerbrechen.»

Damit legte Julie den Hörer wieder auf und sagte zu Clarisse, die gerade den Staubsauger betätigte:

«Ach, die Alten, es ist wirklich traurig anzusehen... Die arme Gloria, wenn ich noch an Paris denke, die Feste, die Empfänge, und an die Zeit ihrer ersten Ehen... Sie war die Königin auf jedem Ball. Und was fängt sie jetzt an mit ihrer Zeit? Sie grübelt über irgendwelchen Albernheiten und fällt in tiefe Depression wegen eines Aquariums. Merk dir das gut, Clarisse: Das wird noch krankhaft werden bei ihr.»

Zunächst ging Gloria allerdings zum Gegenangriff über und lud zu einem Plauderstündchen mit dem verheißungsvollen Titel: «Meine Dirigenten». Nie zuvor hatte sie sich besser frisiert, geschminkt und geschmückt, nur Julie kannte sie gut genug, um ihr die leichte Erschlaffung der Wangen anzumerken und das Hervortreten des Augenbeins, das an einen Totenschädel gemahnte. Doch bei Lampenlicht konnte sie sich immer noch sehen lassen, zumal sie sich wie niemand sonst darauf verstand, mit halbgeschlossenen Fensterläden und schwach glimmenden Wandlampen die richtige Beleuchtung zu inszenieren. Sie waren alle da, die Getreuen, und schnatterten nach Herzenslust. Alle – bis auf Nelly Blérot.

«Warum ist sie nicht gekommen?» fragte Gloria mit gedämpfter Stimme. «Ist sie krank?»

«Nein», sagte Julie, «sie wird sich wohl nur verspäten.»

Doch Nelly erschien nicht. Gloria gab sich so heiter und strahlend wie möglich. Sie hatte wohl hier und da eine kleine Gedächtnislücke – beispielsweise konnte sie sich unmöglich auf den Namen Paul Paray besinnen –, aber sie entschuldigte sich dafür mit der Koketterie eines kleinen Mädchens, das ein Geburtstagsgedicht verpatzt, und wieder einmal war ihr Publikum ganz entzückt. Dann lauschte man einer Passage aus Beethovens Violinkonzert. Julie wußte um die Schwierigkeiten dieses Stückes, und sie konnte sich einer gewissen Bewunderung nicht enthalten. Kein Zweifel, Gloria war eine bemerkenswerte Interpretin gewesen, und sie hätte sich besser mit einem ihrer triumphalen Abende von der Bühne verabschiedet, statt sich auf einen sinnlosen Kampf gegen das Altern einzulassen. Letztlich tat sie ihr also nur einen Gefallen, wenn sie... Julie wagte nicht, ihren Satz zu Ende zu denken, dennoch fühlte sie sich mehr und mehr auf der Seite der Gerechtigkeit und der Moral. Im Grund hatte sie immer dort gestanden, denn ihren Brief an den Leutnant Lambot beispielsweise hatte sie nicht aus niederen Beweggründen geschrieben. Und der Brief in New York, mit dem sie Jean-Paul Gallands Homosexualität aufgedeckt hatte, war nur entstanden, um ihre Schwester vor dem unvermeidlichen Skandal zu schützen. Sie hatte überhaupt immer rechtzeitig dafür gesorgt, daß es nicht zu Skandalen kam. Wie bei Dardel, der Schwarzmarktgeschäfte betrieb und dabei jederzeit erwischt werden konnte. War es da nicht vernünftig gewesen, dem vorzubeugen mit der Enthüllung, daß er Jude war?

Die Gäste applaudierten und beglückwünschten Gloria lautstark: «Welch wunderbares Talent!»... «Das ist eine Gabe Gottes.»... Diese Dummköpfe mit ihrem seichten Groschenromangeschwätz! Etwas abseits von den anderen setzte Julie unbemerkt ihre Gewissenserforschung fort, wie ein Herzkranker, der seinen Lebensmuskel belauert, und allmählich fand sie ihren Frieden wieder. Pradines hatte sich mit der O. A. S. oder vielleicht auch mit der F. L. N. kompromittiert, und sie, Julie, hatte sich auch in diesem Fall für die gerechte Sache eingesetzt. Eine Zeile auf einem Stück Papier wirkt manchmal schneller als eine Zündkapsel, und nun...

Inzwischen war Gloria zu ihr getreten.

«Kannst du mir vielleicht sagen, warum Nelly nicht gekommen ist?»

In diesem Augenblick erschien Clarisse und steckte Gloria diskret ein parfümiertes Kuvert zu, das sie sofort öffnete. Ihr Gesicht verzog sich zu einer scheußlichen Grimasse.

«Lies das!» forderte sie Julie auf.

«Du weißt doch, ohne meine Brille...»

«Nun gut, du wirst es sicher schon erraten haben... Er ist von der Montano.»

Meine Liebe,

ich wäre heute unendlich gerne mit dabeigewesen. Man hat mir erzählt, wie gut Sie es verstehen, die Erinnerung an alte Zeiten wieder wachzurufen. Aber leider fühle ich mich ein wenig erschöpft von meinem Umzug. Damit Sie mir vergeben, möchte ich Sie zu mir bitten zu einer – wie die Amerikaner so treffend sagen: House-warming-party. Sobald ich soweit bin, werde ich Sie als erste verständigen. Bis bald also

Ihre sehr ergebene Gina

«Was für eine Frechheit!» schrie Gloria. «Ich werd's ihr zeigen, von wegen ‹sehr ergeben›! Nein, also wirklich, was bildet sie sich ein! Sie kann sie sich an den Hut stecken, ihre House-warming-party!»

Sie war ganz bleich geworden. Julie faßte sie mit festem Druck an der Schulter.

«Mach keinen Unsinn! Du wirst doch jetzt nicht anfangen zu weinen! Nimm dich zusammen, bis sie alle gegangen sind.»

Gloria konnte kein Wort mehr sagen. Sie rang nach Luft.

«Geh und hol den Arzt», sagte Julie zu Clarisse.

«Nein, bloß nicht!» keuchte Gloria. «Das geht vorbei ... Ich hatte dich ja gewarnt. Heute ist es nur Nelly, die einfach wegbleibt, morgen werden es ein paar mehr sein. Das hab ich nicht verdient.»

DR. PRIEUR ZOG Julie beiseite.

«Es gibt keinen Anlaß zur Beunruhigung», sprach er mit gedämpfter Stimme, während Clarisse das Bett richtete, «aber man muß sie unter Beobachtung halten. Da ist etwas, das ihr zu schaffen macht – wir sprachen schon davon. Haben Sie keine Vorstellung, woher diese Angst kommen könnte? Sie hat sich doch nicht mit jemandem überworfen?»

«Aber, Herr Doktor», protestierte Julie, «sie hat doch nur Freunde hier!»

«Bekommt sie viel Post?»

«Nein. Sie erhält zwar regelmäßig Kontoauszüge und solche Sachen, aber das kann man nicht als Post bezeichnen.»

«Kümmert sie sich noch selbst um ihre Geschäfte, beispielsweise um irgendwelche Börsenpapiere?»

«Auch das nicht. Ihre Wertpapiere werden von einem Börsenmakler verwaltet, der sich um alles kümmert. In dieser Hinsicht können wir ganz ruhig sein.»

Der Arzt verstaute sorgfältig sein Stethoskop und schüttelte dabei den Kopf.

«Das ist nicht zu verstehen», fuhr er fort. «In familiärer Hinsicht – nichts. In punkto Geld oder Bequemlichkeit wieder nichts. Also nirgendwo der kleinste Grund zur Sorge – und doch wird sie offensichtlich von irgend etwas geplagt. Sie schläft immer schlechter, sie hat keinen Appetit mehr, und heute morgen hatte sie leichte Temperatur. 37,8. Wenn sie noch dreißig wäre, hätte das nicht viel zu bedeuten, aber in ihrem Alter muß man die kleinste Abweichung vom Normalen sehr ernst nehmen. Allerdings kann ich keinerlei organische Mängel ausmachen, möchte aber zur Sicherheit – wenn Sie erlauben – einen Kollegen zu Rate ziehen. Er ist ein ausgezeichneter Neurologe, ein Wort, das wir aber besser nicht erwähnen sollten. Wir wollen ja nichts dramatisieren.»

Er trat an Glorias Bett und sprach zu ihr mit jener aufgesetzten Munterkeit, mit der Leute seines Standes die Kranken hinters Licht führen:

«Ruhen Sie sich gut aus, Madame. Es ist weiter nichts. Wer hundert Jahre alt ist, der kann es getrost mit der Zeit aufnehmen. Ich habe übrigens einen guten Freund, den Professor Lambertin, der im Augenblick hier an der Côte Urlaub macht. Darf ich ihn vielleicht morgen oder übermorgen einmal mitbringen? Er würde Sie sehr gerne besuchen, denn er kennt Sie sehr gut. Er hat früher Violoncello gespielt, und er bewundert Sie sehr.»

«Nun, dann soll er sich beeilen», flüsterte Gloria. «Mir bleibt vielleicht nicht mehr viel Zeit.»

«Aber, aber, was für Gedanken!» entrüstete sich der Arzt.

Glorias Hand beschrieb eine fatalistische Geste.

«Alles, was ich mir noch wünsche», sprach sie mit bewundernswert gespielter Abgeklärtheit, «ist, bis Allerheiligen durchzuhalten. Danach...»

«Aber warum gerade Allerheiligen?»

«Weil meine Schwester an diesem Tag hundert Jahre alt werden wird», erklärte Julie.

Der Arzt tätschelte aufmunternd Glorias Schulter.

«Das ist versprochen! Sie werden es schaffen bis Allerheiligen... und weit darüber hinaus, glauben Sie mir.»

Er nahm seine Aktentasche, und Julie begleitete ihn hinaus.

«Sie wartet nicht deshalb auf Allerheiligen», sagte sie, «weil es sich um ein religiöses Fest oder um ihren Geburtstag handelt, sondern weil sich für sie an diesem Tag ein Traum erfüllen soll – die Aufnahme in die Ehrenlegion.»

«Ah, deshalb macht sie sich also ganz krank! Das bestätigt also meinen Verdacht. Allerdings verstehe ich eines nicht so ganz: Die Vorfreude müßte ihr doch eigentlich zusätzlich Energie geben, statt dessen hat sie aber Angst. Wie erklären Sie sich das?»

«Ich erkläre mir das damit, daß meine Schwester sich gerne bedauern läßt. Sie braucht Publikum, muß verhätschelt werden und immer im Mittelpunkt stehen.»

«Ja, diesen Eindruck hatte ich auch, aber ich bin trotzdem davon überzeugt, daß noch etwas anderes dahintersteckt.»

Später am Morgen ging Julie zu ihrem Platz unter den Pinien und rauchte ein paar Zigaretten, obwohl das wegen der möglichen Brandgefahr verboten war. Der Doktor konnte lange rätseln über die Ursache von Glorias Furcht – er würde nie dahinterkommen. Aber dieser Neurologe? Wenn er ein wenig nachbohrte? Wenn er nun begriff, daß die Nachbarschaft von Gina auf Gloria etwa dieselbe Wirkung hatte wie der drohende Schatten eines giftigen Manzinellenbaums? Wenn er nun Gloria dazu riet, sich einen anderen Ruhesitz zu suchen? Julie wußte genau, daß die Montano ihre einzige Waffe war, und wenn man ihr die wegnahm, würde sie doch noch vor Gloria sterben und wieder einmal das Opfer sein. So viele Mühen, um nicht ewig auf der Strecke zu bleiben, und nun im Angesicht eines Sieges, auf den sie seit dreißig, seit vierzig oder noch mehr Jahren hoffte... Nun bestand die Gefahr, daß ihr Gloria wieder einmal entkam. Das Herz konnte einem zerspringen vor der brutalen Wahrheit, daß man um alles im Leben von immer denselben Nutznießern betrogen wurde, daß Arglist und Falschheit die Welt regierten.

Nein, Gloria durfte unter keinen Umständen mehr *La Thébaïde* verlassen, und das beste Mittel, sie daran zu hindern, war... Die Entscheidung fiel ihr sehr schwer, aber sie mußte schnell handeln. Allerheiligen... Aus alter Gewohnheit zählte sie die Tage ab an ihren nicht mehr vorhandenen Fingern... Noch drei Monate also bis Allerheiligen. All die vielen Jahre, die grau in grau hinter ihr lagen, und nun diese drei Monate, die ihr erschienen wie eine Gratwanderung am Rande des Abgrunds. Sollte sie es sich leicht machen und dem Schwindel nachgeben? Ein Anruf beim Arzt würde genügen: Ich bin bereit, mich operieren zu lassen...

Reiflich erwog sie das Für und Wider. Wenn sie im Krankenhaus lag, saß Gloria auf der Insel fest und war damit verloren. Aber wenn der Eingriff mißlang – und in dieser Hinsicht mußte man immer mit dem Schlimmsten rechnen – dann würde sie zuerst sterben und hätte wieder einmal verloren.

Unter den Pinien wehte eine schwache Brise, und durch die grünen Zweige blitzten die Sonnenfunken auf dem blauen Grund der See. Aber Julie war so versunken in ihre Berechnungen um Tod und Leben, daß sie nichts wahrnahm und nur noch aus Angst und Unruhe bestand wie eine Spielerin, die ihren letzten Einsatz wagt. So oder so, das Spiel war aus. Sie waren zum Tode verdammt, alle beide – aber in welcher Reihenfolge? Mit dieser Nüchternheit auf den Punkt gebracht, verlor die Situation ihre Schärfe und gab keinen Anlaß mehr zu Gewissensbissen. Seit Florenz hatte sie sich darin geübt, ihre Gewissensbisse zu ersticken – wie eine ledige Kindsmutter, die ihr Neugeborenes tötet – mit dem Ziel, den Problemen furchtlos entgegenzutreten. Heute war sie so weit, keinen störenden Zweifel mehr zu empfinden. Sie hatte nur noch einmal – und glücklicherweise zum letztenmal – ein Problem zu lösen.

Sie stand auf, klopfte die Piniennadeln von ihrem Rock und gelangte zum Haus zurück, ohne jemandem begegnet zu sein. Die Leute von *La Thébaïde* waren Langschläfer, Rasenmähen und lautes Radiospielen waren vormittags unerwünscht. Der arme Monsieur Holtz mit seinem herrlichen Flügel!

Julie hatte ihre Gelassenheit wiedergefunden. Ihr Plan stand jetzt fest, Zug um Zug durchdacht. Sie besprach das Mittagessen mit Clarisse und bestellte für sich selbst nur einen Pudding und fragte:

«Was möchte Gloria?»

«Ein paar Seezungenfilets in Sahnesauce und ein Stück Aprikosenkuchen.»

«Ich muß schon sagen, dafür daß sie krank ist, entwickelt sie aber keinen schlechten Appetit.»

«Ach, ich glaube», sagte Clarisse, «ihr geht es vor allem darum, daß man sich Sorgen macht um sie.»

Das war also Glorias Gegenangriff: aus einem kleinen Unwohlsein Kapital zu schlagen, um die Busenfreundinnen in Aufregung zu versetzen und der Montano etwaige Anhänger zu entziehen. Alle gehörten ans Krankenlager der einzig legitimen Hundertjährigen... Aber Gina gehörte nicht zu denen, die sich leicht etwas vormachen ließen. Um drei Uhr nachmittags brachte das Boot ein halbes Dutzend Journalisten von der Lokalpresse zu einem Interviewtermin mit der berühmten Schauspielerin. Gina führte sie überall in ihrer Villa herum, ließ sich in ihrer mit Plakaten geschmückten Küche fotografieren und neben dem Aquarium, in dem malerische Fische – wie von der Hand eines Carzou oder eines Fernand Léger – in stolzem Gleichmut durch die Korallen und Schlinggewächse glitten. Im Garten tranken dann alle ein Glas auf Ginas Wohl und auf das der zweiten Hundertjährigen.

«Dieses Miststück!» empörte sich Gloria anderntags, als die Zeitungen erschienen. «Das ist der reine Hohn!»

Beim Anblick der Fotos von Ginas Aquarium wurde sie ganz still. Es waren Farbfotos, von denen einige in Großaufnahme und unter der korrekten wissenschaftlichen Bezeichnung einen Fisch in voller Kriegsbemalung darstellten, buntgescheckt, mit zebraartigen Streifen und einer schwarzen Maske.

«Wie entsetzlich», stieß Gloria endlich hervor, «nimm das bloß weg!»

«Ich habe mir die Sache genau überlegt», sagte Julie, «und ich meine, du solltest ihren Brief beantworten und an dem Fest teilnehmen, zu dem sie dich eingeladen hat.»

«Nie im Leben», protestierte Gloria so heftig, daß sie einen Hustenanfall bekam. «Du wirst mich noch krank machen.»

«Aber nein, ich sage nur, daß du nicht dein Gesicht verlieren darfst. Sie war sich von vornherein sicher, daß du ablehnen würdest, und du kannst dir leicht die Kommentare ausmalen: ‹Sie hat wohl nicht mehr die Kraft, das Haus zu verlassen...›, ‹Sie kann offenbar keinen Fuß mehr vor den andern setzen...›, ‹Das ist das Ende...› usw. Wenn du dir allerdings von uns bis zur *Villa Sonne* helfen läßt – es ist wirklich nicht sehr weit –, wird das selbst die bösesten Zungen zum Schweigen bringen. Selbstverständlich wirst du dann ganz nebenbei einen kurzen Blick auf diesen Fisch werfen, auf den sie so stolz ist, und dich abwenden mit den Worten: ‹Nein, was für ein häßliches Vieh!› Bei deinem Einfluß wird das eine enorme Wirkung haben auf die anderen Gäste, und Gina wird bedauern, dich eingeladen zu haben.»

Gloria hatte ihr bedrückt zugehört.

«Es ist weit gekommen mit uns, meine arme Alte», sagte sie düster.

«Ruh dich gut aus bis dahin», riet Julie, «denn das alles wird dich viel Kraft kosten. Nimm ein Stärkungsmittel. Diesen Neuro... diesen Lambertin, dem würde ich an deiner Stelle absagen.»

Der entsprechende Brief erreichte sein Ziel jedoch unglücklicherweise erst, als Dr. Prieur und sein Kollege sich bereits zu Gloria auf den Weg gemacht hatten. Dr. Lambertin hatte lange, behutsame Hände und eine sehr sanfte Art, seine Fragen zu stellen, mit dunkler Stimme und dem rollenden R seiner Landsleute aus der Bourgogne. Dicht am Bett sitzend, das Ohr geneigt wie ein Beichtvater, hörte er Gloria geduldig zu. Wenn sie stockte, ermunterte er sie weiterzusprechen, und von Zeit zu Zeit fuhr er ihr mit einem Zipfel von Julies Taschentuch über die Stirn, weil die Patientin bei ihrer Lebensbeichte mehr und mehr ins Schwitzen geriet. Weitab vom Bett auf einem Stuhl sitzend erfuhr die ganz ergriffene Julie, daß das Leben ihrer Schwester – dessen sie doch immerhin Zeuge gewesen war – in dieser Version auf die Geschichte einer immer verkannten und stets von den edelsten Absichten geleiteten Person hinauslief. Kein Wort über die Streitigkeiten und Handgreiflichkeiten mit Bernstein, auch Jean-Paul Galland wurde fast stillschweigend übergangen... Ein netter Junge, ein wenig schwach... Er brauchte Verständnis... Eine Künstlerseele...

Ein Künstler! dachte Julie in stiller Empörung. Ein Künstler, der mit seinem Chauffeur ein Verhältnis hatte und jedem kleinen Laufburschen nachstieg! Und Dardel, der mit allen möglichen zweifelhaften Gestalten seine krummen Geschäfte machte... Was sollte das alles? Die Wahrheit zu retuschieren, als wollte man die Falten glätten in einem verwüsteten Gesicht? Und Pradines, der im Schlamassel des Algerienkrieges mehr oder weniger jeden verraten hatte... Aber Gloria war eben eine Frau, die sich niemals irren konnte und sich deshalb selbstverständlich nur für Männer entschieden hatte, die über jeden Verdacht erhaben waren. Sie fabulierte über ihr Eheleben mit einer vermeintlichen Aufrichtigkeit, die Julie auf die Palme brachte. Am liebsten hätte sie herausgeschrien: «Alles gelogen! Sie hat sie nur geheiratet, weil sie reich waren und sie angebetet haben. Ganz genau! Sie lagen ihr zu Füßen, bis hin zu dem alten van Lamm, der ihre Liebschaften einfach nicht wahrhaben wollte. Meine liebe Schwester war nämlich keineswegs eine keusche Vestalin, die sich nur dem Kult der Geige hingab. Noch mit achtzig Jahren ließ sie keine Gelegenheit aus! Ich weiß Bescheid, weil ich immer alles durch die Tür gehört habe. Ich will gar nicht behaupten, daß das abstoßend war, aber jetzt zu versuchen, einen Arzt zu täuschen und ihm Sand in die Augen zu streuen – das ist denn doch ein starkes Stück!»

Schließlich verließ sie auf Zehenspitzen den Raum und rauchte in der Diele eine Zigarette, um ihren Ärger abzureagieren. Sie hatte leichte Schmerzen und rieb sich die Seite. Das Ding, das sie da wie einen Fötus im Leib trug, war auf geheimnisvolle Weise mit ihrer jeweiligen Stimmung verbunden. Sie las noch einmal den Brief, den sie Gloria vor einer Stunde überbracht hatte. Eine gedruckte Karte, wie zu einer offiziellen Einladung, mit einem freundlich-knappen Text, dazu von Hand geschrieben das Wort «herzlichst» und die reich verschnörkelte Unterschrift, um die sich wie ein Lasso das große G schwang. Es würde wohl einige Überredungskraft brauchen, um Gloria zu überzeugen...

Die beiden Ärzte traten aus Glorias Schlafzimmer.

«Wirklich, eine wundervolle Geige», sagte Lambertin zu seinem Kollegen. Wahrscheinlich interessierte er sich mehr für die Stradivari als für die Patientin, aber als er sich an Julie wandte, hatte er wieder eine ganz dienstliche Miene aufgesetzt.

«Eine außergewöhnliche Frau! Und was für eine Vitalität! Sehen Sie...»

«Aber was fehlt ihr denn nun eigentlich?» unterbrach ihn Julie. «Sie hat sich binnen kurzer Zeit sehr verändert und macht einen ziemlich depressiven Eindruck.»

«Das ist sie auch, Sie haben ganz recht. Es wird Sie sicher überraschen zu hören, daß sich Madame Bernstein noch nicht ganz klargemacht hat, daß sie wirklich hundert wird. Ich meine damit, daß sie das bisher eher amüsant und originell gefunden und sich nicht bewußt gemacht hat, daß man mit hundert Jahren schließlich am Ziel ist und daß danach… nun, daß es eben kein Danach mehr gibt. Es sieht ganz so aus, als hätte sie eben erst die Augen geöffnet und sich, völlig verlassen, am Rande des Grabes stehen sehen. Ihre Schwester war wohl ihr ganzes Leben lang ständig von anderen Menschen umgeben, nicht wahr? Sie selbst waren ja auch immer an ihrer Seite, und ich denke, daß sie nie erfahren hat, was Einsamkeit bedeutet, ganz auf sich selbst geworfen zu sein und alles, was man besessen hat, der Ruhm, die Lieben… nun, daß das alles vorbei ist! Daß der Saal sich geleert hat.»

«Ich weiß», sagte Julie leise. «Ich weiß es schon seit mehr als einmal hundert Jahren.»

«Verzeihen Sie mir. Sind Sie religiös?»

«Nicht einmal das.»

«Und sie?»

«Sie hatte keine Zeit dazu.»

Sie gingen zu dritt hinaus in den Garten, während Lambertin seine Betrachtungen fortsetzte:

«Jetzt bleibt ihr also nur noch eins: Rebellion – und zwar zuallererst gegen ihre unmittelbare Umgebung. Ihr Zustand ist mit dem eines Tieres vergleichbar, das immer in Freiheit gelebt hat und sich jetzt erbittert gegen das Netz wehrt, mit dem man es seiner Bewegungsfreiheit beraubt. Auf dieses Stadium wird bald das der Mutlosigkeit und der Resignation folgen. Und dann…»

Mit deutlicher Ehrerbietung stellte Dr. Prieur eine Zwischenfrage:

«Glauben Sie nicht auch, daß die Gegenwart einer anderen Hundertjährigen…»

«Das ist ganz offensichtlich», bestätigte Lambertin lebhaft. «Die Person, die auf die Idee zu dieser Gegenüberstellung verfallen ist, hat – ohne es zu wissen – ein echtes Verbrechen begangen. Sie kennen sicher den berühmten Satz: ‹Zwei Alligatoren können nicht im selben Tümpel leben›. Die beiden alten Frauen werden sich gegenseitig zerfleischen, weil es für sie die einzige Möglichkeit ist, ihre erschöpften Herzen noch einmal in Schwung zu bringen. Wer wird dabei gewinnen? Ja, darum geht es leider. Beiden hat die Welt zu Füßen gelegen, und jetzt fehlt ihnen nur noch eins: ein letzter Sieg. Die Genugtuung, die andere zu Fall gebracht zu haben.»

«Sie würden unserer Patientin also nicht nahelegen wollen, sich einen anderen Ruhesitz zu suchen und von hier wegzugehen?»

«Ganz gewiß nicht, es würde sie zu sehr reuen, den Kampf aufgegeben zu haben. Womit ich nicht sagen will, daß sie nicht vielleicht an Rückzug denken kann, sobald sie fühlt, daß sie verlieren wird. Aber das sollte mich doch wundern.»

Julie konnte nicht umhin, eine Bemerkung zu machen:

«Das ist ja entsetzlich, Herr Doktor!»

Lambertin hob vielsagend die Schultern, um dann nach Julies behandschuhter Rechten zu greifen und zu sagen:

«Und das? Ist das nicht entsetzlicher als alles andere? Dieses Leben ersinnt unaufhörlich Qualen, denen wir vergeblich zu entrinnen suchen.»

«Sie werden also meine Schwester behandeln, damit sie weitermachen kann...»

Ihre Stimme zitterte vor Scham, und sie brach unvermittelt ab.

«Übernehmen Sie meinen Platz», sagte Lambertin.

‹Das habe ich längst›, durchfuhr es Julie wie ein feuriger Ruck.

«Nun gut», beschloß Dr. Prieur mit seiner üblichen Milde, «dann werden wir also dafür sorgen, daß sie besser schläft, vernünftiger ißt und sich nicht zu sehr verausgabt. Alles Weitere...»

Er zog mit einem Arm seinen Kollegen und mit dem anderen Julie verschwörerisch zu sich heran.

«Mir ist da eine Idee gekommen», flüsterte er. «Man hat doch beschlossen, Madame Bernstein in die Ehrenlegion aufzunehmen... Ich werde versuchen, die Verleihung ein wenig zu beschleunigen. Ihr Name wird sicher schon am 14. Juli mit der offiziellen Liste bekanntgegeben werden, aber die eigentliche Zeremonie sollte erst an Allerheiligen, zu ihrem Geburtstag, stattfinden. Wenn man das ein bißchen vorverlegen könnte!...»

«Ausgezeichnet», stimmte Lambertin bei.

«Es wird nicht leicht sein», fuhr Dr. Prieur fort, «denn im Moment ist Ferienzeit. Wenn alle Welt unterwegs ist, wird es kaum klappen. Aber im Moment können wir ja noch damit warten. Ein paar Wochen oder sagen wir – zwei Monate.»

Zwei Monate, überlegte Julie sofort, zwei Monate ... Das wäre auch für sie besser, denn zwei Monate konnte sie sicher noch durchstehen... Allerdings mußte auch sie dann die Dinge schneller vorantreiben... Sie gingen weiter durch den Garten. Von den Rasensprengern des Nachbarn flogen ein paar schimmernde Tropfen zu ihnen herüber.

«Halten Sie mich auf dem laufenden», kam es höflich von Dr. Lambertin, der den Fall Gloria sicher schon vergessen haben würde, bevor er noch das Motorboot bestiegen hatte. Schließlich hatte diese Alte doch allen Grund, glücklich zu sein. Wenn man dagegen an all das wirkliche Elend dachte auf dieser Welt... An die Vietnam-Flüchtlinge oder an die hungernden Kinder mit ihren aufgetriebenen Bäuchen...

Julie verabschiedete sich und ging zurück zu ihrer Schwester.

«Ein reizender Mann», sprach Gloria. «Er nimmt sich wenigstens Zeit, einem zuzuhören. Allerdings glaube ich, daß er sich irrt, wenn er mich für neurasthenisch hält.»

«Unsinn», meinte Julie. «Erstens redet kein Mensch mehr von Neurasthenie, und außerdem hält er dich nur für ein wenig nervös und überreizt, aber das wird sich alles wieder normalisieren, in dem Maße, wie du dich an die bewußte Nachbarschaft gewöhnst. Der Doktor hat Kenntnis von dieser Einladung, und er ist der Meinung, daß du hingehen solltest. Es ist einfach eine Frage der Würde, allen zu beweisen, daß du über diesem Gerede stehst. Verstehst du, es genügt nicht, hundert Jahre alt zu sein, um ‹die Hundertjährige› zu repräsentieren. Es ist eine Ehre und ein Geschenk der Natur, eine alte Dame wie dich zu sehen, so jugendlich im Wesen, so voller Schwung und so gut erhalten in jeder Hinsicht. Ich wiederhole nur, was er selbst gesagt hat, bevor er ging. Zugegeben, Gina ist auch nicht übel, aber... Sie kann sich noch so sehr anstrengen, sie wird doch immer etwas von der Vulgarität einer Kokotte haben. Erinnerst du dich noch, wie Papa das immer nannte? Er hätte gesagt: Sie ist ein wenig abgetakelt, ein wenig Tingeltangel.»

Gloria hatte wieder Farbe bekommen und lächelte gedankenverloren.

«Ich werde mein Komplet aus weißem Flanell anziehen», sprach sie träumerisch. Plötzlich schlug sie die Hände vors Gesicht in einem Anfall von Panik.

«Nein, Julie, ich kann nicht, ich habe nicht die Kraft! Hier bin ich in meiner gewohnten Umgebung, hier bin ich in Sicherheit. Aber dort...»

«Aber Kate wird doch da sein, und Simone... und ich auch... Es kann dir gar nichts passieren.»

«Glaubst du wirklich?»

«Du wirst ihr irgendeine kleine Aufmerksamkeit mitbringen.

Zum Beispiel ein Schmuckstück, das du dir übergesehen hast, das aber Eindruck macht... Vergiß nicht, irgend etwas Aufgedonnertes, ein bißchen in der Richtung Flitter. Sie ist darin sicher noch eine echte Neapolitanerin... Und schon werden wir dich wieder ganz schnell nach Hause bringen.»

«Gut», stimmte Gloria zu. «Machen wir's auf jeden Fall so kurz wie möglich. Nur so lange, bis es alle gemerkt haben.»

Am nächsten Tag durchsuchte Gloria bereits ihre Bestände an Schmuck. Neben ihren Schaustücken besaß sie noch eine Unmenge von Clips, Ringen, Ohrgehängen und anderem Zierat, den sie auf ihren vielen Reisen aus reinem Zeitvertreib zusammengetragen hatte. Da Julie bei der Auswahl helfen sollte, hatten sich die beiden Schwestern – nicht ohne Mühe – auf dem Teppichboden niedergelassen und amüsierten sich wie die Teenager mit den Edelsteinen, die sie wie einen Haufen Kiesel vor sich ausgebreitet hatten.

«Kannst du sie dir vorstellen mit diesen langen Ohrringen?» kreischte Gloria. «Damit sieht sie aus wie die Kartenlegerin vom Wanderzirkus!»

Julie platzte laut heraus und zog einen Ring mit einem riesigen violetten Stein aus dem Haufen.

«Und damit kann sie die Schwester Oberin spielen!»

Gloria schüttete sich aus vor Lachen. Dann fischte sie ein in blauen Farben changierendes Stück heraus und flüsterte melancholisch:

«Sevilla... José Ribeira war sein Name, und er war sehr schön.»

Gleich darauf war sie wieder fröhlich und schlug vor:

«Es müßte etwas Rotes sein. Such mal bei den Ringen. Ja, der da, der kleine Rubin.»

«Nein, der ist zu wertvoll», protestierte Julie.

«Egal, sie hat mich doch unbedingt einladen wollen. Dann kann ich sie auch ruhig ein bißchen beschämen, diese Montano.»

Als sich Julie ermüdet zum Mittagessen zurückzog, hatte Gloria ihre Ängste vergessen und widmete sich den ganzen Nachmittag über der Auswahl einer Garderobe, die geeignet war, Gina auszustechen. Julie hatte ihr dabei Clarisse zur Seite gestellt, weil sie selbst sehr beschäftigt war mit der Frage, die der naive Dr. Prieur unglücklicherweise aufgeworfen hatte. Sie wandte sich an Madame Genson-Blèche mit ihrem Problem. Sicher, man konnte die Ordensverleihung verzögern bis Allerheiligen, aber die Liste der neu ernannten

Mitglieder würde in den Zeitungen veröffentlicht werden, und das würde Gloria doch zwangsläufig zu Ohren kommen – es sei denn, man gab allen die Anweisung, strengstes Stillschweigen zu bewahren. Schließlich hatten die Bewohner von *La Thébaïde* ja nicht nur Augen für Gloria, sie war bestenfalls ein Gesprächsthema unter vielen (die Leute sind ja so oberflächlich!...), und sobald das Fest auf einen späteren Zeitpunkt verschoben wäre, würde auch das ständige Gerede ausbleiben. In Ordnung also, kein Wort darüber.

Gloria zählte inzwischen schon die Stunden. Alles war bereit, die Kleider, die Accessoires, das Geschenk... Julie ließ ihre Schwester nicht aus den Augen und sah, daß die Aufregung sie verjüngt hatte. Von ihnen beiden war sie diejenige, die kurz vor dem Zusammenbruch stand, und sie mußte ein Aufputschmittel nehmen, um die Kraft zu haben, den Weg zur *Villa Sonne* anzutreten. Sie wollte erst mit einer kleinen Verspätung dort eintreffen, um bewußt Glorias feierlichen Auftritt zu verpassen, denn sie fürchtete, den Widerwillen nicht ganz verbergen zu können, den sie angesichts der lärmenden Bewunderung empfinden würde, mit der die Gesellschaft diesen Gast wohl begrüßte. Einen Gast, auf dessen Erscheinen Gina zweifellos nicht vorbereitet war, weil sie damit rechnete, daß Gloria kneifen würde.

Das ganze Haus war voll von Menschen. Im Salon drängte man sich unter Beifallsrufen um das Aquarium – das Gloria im Vorbeigehen als etwas klein bezeichnet hatte, in einem mehr beiläufigen und keineswegs verletzend gemeinten Ton – und im Büro vor den Tapeten aus Plakaten und gewidmeten Fotos berühmter Filmschauspieler und -schauspielerinnen.

«Haben Sie wirklich Errol Flynn gekannt?»

«Aber ja, sehr gut sogar! Ein fabelhafter Mann – nur nicht wenn er getrunken hatte.»

«Und die Marx Brothers kannten Sie auch?»

«Selbstverständlich. Aber privat waren sie überhaupt nicht komisch.»

Langsam schritten die einzelnen Gruppen aneinander vorbei, während die Mietkellner bei dem prachtvollen Büffet standen und Getränke und Eisbecher anboten. Gloria reichte Gina ihren Arm und fühlte sich zutiefst gedemütigt. Was waren ihre Freundschaften und Beziehungen von ehedem gegen diese illustren Bekannten? Das London Symphony Orchestra, die Concerts Colonne, der große Gabriel Pierné, selbst Furtwängler – sie waren so gut wie unbekannt für diese Idioten, die ganz hingerissen waren von der finsteren Maske eines von Stroheim oder dem sorgenvollen Gesicht eines Gary Cooper! Trotzdem blieb Gloria nach außen völlig gelassen und gab zu jedem Bild und jeder Unterschrift einen Kommentar:

«Sehr interessant... Wirklich, sehr originell...»

Hellwach wie ein ausgebuffter Pokerspieler, spürte die Montano, wie das Blut der Rivalin unter ihrer Hand pulsierte, aber auf die plötzliche heftige Gemütserregung, die ihr verraten würde, daß sie die Partie gewonnen hatte, wartete sie vergebens. Schließlich wurde sie von einem Bediensteten abberufen.

«Sie müssen mich entschuldigen, meine liebe Gloria.»

Mit diesen Worten übergab sie Monsieur Holtz ihre Rivalin, die die Gelegenheit nutzte, leise, aber vernehmlich zu sagen:

«Wissen Sie, das erinnert mich hier sehr an diese Bistros, wo immer irgendwelche Fotos von Boxern in den Spiegeln klemmen. Mit Widmungen von einem Tony oder einem Paul.»

Ihre blauen Augen blitzten härter noch als in den Zeiten vergangener Triumphe. Sie nahm huldvoll ein Glas Champagner entgegen und ließ sich in den Salon zurückbringen, um sich zu verabschieden. Aber vorher überreichte sie Gina noch ein kleines Kästchen, bei dessen Anblick sich die Schauspielerin verfärbte. Ein Schmuckstück! Gloria hielt sich wohl für eine Königin, die einen ihrer Untertanen belohnt! Mit gutgespielter Entrüstung sagte sie:

«Aber, liebe Gloria, das war doch nicht nötig.»

Sie öffnete das Kästchen. Es enthielt einen kleinen Rubin an einer zarten, goldenen Kette. Völlig verblüfft und inmitten einer Stille, in der man nur das Geräusch der Rasensprenger in den benachbarten Gärten hörte, hob Gina den Schmuck aus der Schatulle. Alle sahen den rotfunkelnden Stein, und alles war vergessen – die Plakate, das Aquarium, die kostbaren Möbel und die ganze dick aufgetragene Luxus-Atmosphäre. Alles klatschte wie im Theater, sogar die Gäste, die Gloria noch nie bei sich zu Hause gesehen hatte und die zum Hofstaat der Montano gehören mußten. Gloria hatte ihre alte Anziehungskraft wieder. Sie lächelte, und Julie fühlte von ihrem fernen Beobachtungsposten aus, daß sie in Gedanken ihre Gegnerin am Boden und sich selbst über sie hinwegsteigen sah. Aber Gina hielt sich gut – Lächeln gegen Lächeln, die schwarzen Augen herausfordernd auf die blauen gerichtet und die Stimme ganz klar, um sich zu bedanken. Liebevoll tauschten die Damen einen Judaskuß, dann begleitete Gina ihren Gast durch das Spalier der übrigen Besucher zur Tür. Es war ein großer Augenblick gewesen, von dem man noch lange sprechen würde auf *La Thébaïde*.

«WAS FÜR EINE Unvorsichtigkeit!» sagte Dr. Prieur. «Wir hätten nicht auf meinen Kollegen hören sollen. Madame Bernstein hätte keinesfalls dorthin gehen sollen! Helfen Sie mir, sie aufzurichten.»

Mit vereinten Kräften gelang es Julie und dem Arzt, die Kranke in eine Sitzpostion zu bringen und ihren Rücken mit den Kopfkissen abzustützen. Obwohl Gloria Mühe hatte zu atmen, schüttelte sie eigensinnig den Kopf, um klarzustellen, daß sie nichts habe und daß es ihr gleich besser gehen werde.

«In Ihrem Alter», fuhr Dr. Prieur fort, «kann man überhaupt nicht mehr von sich sagen, daß es einem gutgeht. Man hält sich höchstens noch – das ist auch schon alles. Wie bei einer Kerze, die ganz normal abbrennt, solange man keinen Durchzug macht. Aber Sie wollen ja nicht auf mich hören. Wenn das Herz jetzt nicht mehr mitmacht, dann haben Sie alle beide die Quittung. Ich wiederhole noch mal: keine Aufregung! Sie strotzen nicht gerade vor Gesundheit, verstehen Sie? Ich werde Sie gleich untersuchen.»

Er begann, Glorias Brustkorb mit dem Stethoskop abzuhorchen. Atmen... Nicht atmen... Ohne den Kopf zu heben, die Hörrohre in den Ohren, runzelte er die Brauen und brummte vor sich hin:

«Was ist denn nun eigentlich passiert? Sie hat sich doch nicht etwa mit ihr geschlagen?»

‹Doch, genau das›, dachte Julie, ‹sie hat sich geschlagen.›

«Dabei kann man sich einen Herzinfarkt holen. Ah, das ist nicht gut, was ich da höre!»

Er setzte sich auf den Rand des Bettes und fühlte Glorias Puls, ohne dabei seine Rede zu unterbrechen.

«Sie sind also zusammen nach Hause gekommen. Gut. Wie war das? Erschien Sie Ihnen zu diesem Zeitpunkt noch in normaler Verfassung?»

«Ja, ganz bestimmt.»

«Und dann kam also der erste Erstickungsanfall, hier in diesem Zimmer, als sie sich auszog... Der Mund weit aufgerissen, die Hände vor der Brust, die Augen übergroß... Der klassische Fall einer ersten Angina pectoris.»

«Ja, deshalb hatte ich ja so große Angst.»

«Sobald sie sich wieder rühren kann, werden wir ein EKG machen. Ihr Puls ist noch ein wenig beschleunigt, aber im Augenblick ist sie außer Gefahr. Also, Kopf hoch, meine liebe Madame Bernstein, es ist noch einmal gutgegangen. Und nun viel Ruhe, keine Gesellschaften mehr und vor allem keine Aufregungen! Das ist alles nicht zum Lachen. Nein, seien Sie still, Sie brauchen Ruhe.»

Er stand auf, faltete sein Stethoskop zusammen und wandte sich an Julie.

«Kommen Sie mit nach nebenan. Wir müssen miteinander reden.»

Er ging vor ihr her in die Halle und bat sie, neben ihm Platz zu nehmen.

«Seien Sie mir nicht böse, Madame, aber ich sehe doch, daß Sie auch krank sind. Es steht mir nicht zu...»

Rasch unterbrach sie ihn:

«Bitte, bedrängen Sie mich nicht. Ich bin verloren, und ich weiß es seit einigen Wochen. Dr. Moyne ist mein behandelnder Arzt. Er wollte mich operieren, aber ich habe mich geweigert. Sie verstehen sicher, weshalb.»

«Meine arme Freundin», sagte er leise nach einer langen Pause. «Ich habe so etwas geahnt, wie Sie sich denken können. Es tut mir so leid.»

«Ich wünsche mir nur, meine Schwester nicht damit zu beunruhigen», sagte Julie. «Sie kennen sie ja. Sie hat nicht einmal bemerkt, daß ich immer dünner werde. Ich lebe schon so lange in ihrem Schatten, daß ich manchmal den Eindruck habe, für sie gar nicht mehr sichtbar zu sein. Wenn ich verschwinde, wird sie außer sich sein und meinen Tod als eine Art Versteckspiel ansehen.»

«Oh, Madame, das klingt sehr verbittert!»

«Nein, überhaupt nicht. Ich weiß, daß die Dinge so sind, das ist alles. Ich weiß zum Beispiel auch, daß Gloria nicht vor Gina weichen wird. Ich weiß, daß sie im Moment rasend ist vor Zorn auf ihr Herz, das sie im Stich läßt. Sie dürfen nicht vergessen, Doktor, daß wir alle – Gloria, die Montano und ich auch – vor allem Komödianten sind, *La Thébaïde* ist gewissermaßen unsere Bühne, und wir schulden unserem Publikum einiges. Sogar ein Krüppel wie ich. Und ich will Ihnen was sagen: Unsere Gesundheit – um mit Gloria zu sprechen – ist uns egal, solange der Schlagabtausch gelungen ist.»

Sie lachte, mit einer verzweifelten Melancholie.

«Schlagabtausch – das Wort ist eher erheiternd, wenn ich dabei an mich denke, nicht wahr? Und doch ist es zutreffend, denn es gibt viele Arten, Schläge zu verpassen.»

Freundschaftlich legte sie ihre behandschuhte Rechte auf das Knie des Arztes und sagte:

«Machen Sie sich keine Gedanken. Diese Bosheiten befallen mich wie eine Art Nesselfieber, das bekanntlich nicht lange anhält. Ich wäre untröstlich, Ihnen Kummer zu machen. Selbstverständlich wird sich Gloria jetzt pflegen, ich werde darauf achten. Und was mich betrifft, ich werde auch meine Behandlungsvorschriften befolgen. Aber was die Aufregungen angeht... Wie heißt es doch in diesem Lied?... Que sera, sera!»

Bis zum Abend hatte sich die Nachricht von Glorias Erkrankung bereits verbreitet. Auf mysteriöse Weise schienen alle geheimen Dinge durch die Wände zu sickern, allerdings mit der handfesten Unterstützung von Clarisse, während Julie dafür sorgte, daß die Gegendarstellungen in Umlauf kamen: Es handle sich nur um eine leichte Magenverstimmung – vielleicht wegen des Champagners auf Ginas Fest –, aber das kleine Unwohlsein habe nichts Ernstes; trotzdem wolle man vorsichtshalber davon abraten, Gloria anzurufen, in etwa fünf Tagen könne diese Klausur sicher wieder aufgehoben werden.

In fünf Tagen war der 14. Juli, und Julie konnte es kaum erwarten, Glorias Reaktion zu sehen, wenn sie von ihrer Nominierung für die Ehrenlegion erfuhr. Daß sie davon erfuhr, war unvermeidlich, denn die Presse veröffentlichte die Liste der ernannten Personen. Allerdings – so ganz unvermeidlich war es wieder nicht, da die Einwohner von *La Thébaïde* fast ausschließlich regionale Zeitungen lasen, in denen diese Nachricht zweifellos nur als Fußnote erscheinen würde. Es sei denn...

Julie hatte inzwischen Mühe, noch weiter durchzuhalten. Sie schlief nicht mehr, trotz der vielen Schlaf- und Beruhigungspillen, die sie nur zum Gähnen veranlaßten und sie so benommen machten, daß sie nach Worten suchte, wenn sie mit ihrer Schwester sprach. Der Arzt hatte gesagt: «Vor allem keine Aufregung!» Wenn nun aber eine wohlmeinende Nachbarin einen kleinen Brief schicken würde («Herzlichen Glückwunsch zu Ihrer Ernennung! Ich habe es in der Zeitung gelesen...»), dann wäre Glorias Freude sicher so groß, daß das zu einer erheblichen Aufregung führen würde. Allerdings hatte der Arzt nicht ausdrücklich gesagt, daß der Herzstillstand mit der gleichen Wahrscheinlichkeit von einer heftigen Freude ausgelöst werden könnte wie etwa von einer tiefen Enttäuschung oder einer Demütigung. Die Stunden verstrichen, und Julie begann, mehr und mehr auf die gewünschte Indiskretion zu hoffen, die diesem kraftraubenden Duell, das sie inszeniert hatte und als dessen nächstes Opfer sie sich bereits sah, ein Ende bereiten würde. Sie hatte überall Schmerzen, sie aß fast nichts mehr und versank allmählich in ihren Kleidern. Die Medikamente, die man ihr verordnet hatte, konnten den dumpfen Schmerz, der mehr und mehr die Oberhand gewann, nur noch mit Mühe in Schach halten, aber Julie hatte sich geschworen, die Partie nicht als erste aufzugeben, und dafür setzte sie ihre ganze Willenskraft ein. Dr. Prieur, der sie gewöhnlich bei Gloria antraf, pflegte mitleidig den Kopf zu schütteln, und einmal sagte er zu ihr, als sie an der Tür zur Halle standen: «Sie bringen sich um!» Sie gab ihm eine seltsame Antwort, auf die er sich keinen Reim machen konnte: «Ich habe nicht damit angefangen.»

Der 14. Juli stand vor der Tür. Ein Feiertag. Ohne Zeitungen. Rund um *La Thébaïde* tobten die Lustbarkeiten, und wieder einmal beglückwünschte sich jeder zu diesem gut gesicherten Ruhesitz. Julie traf beim Spaziergehen Monsieur Holtz, der sie auf eine Tasse Kaffee zu sich einlud. «Madame Montano wird sich freuen über Ihren Besuch. Sie hatte schon den Eindruck, daß Sie ihr aus dem Weg gehen.» Und Gina zeigte sich von ihrer liebenswürdigsten Seite.

«Ich habe verschiedentlich versucht, mich nach Gloria zu erkundigen», sagte sie, «aber Sie haben in Ihrem Haus eine Art Zerberus...»

«Ach, das ist Clarisse. Sie befolgt nur ihre Anweisungen.»

«Das ist ärgerlich, denn man denkt gleich an das Schlimmste. Ich hoffe doch, daß es nicht ihr Besuch bei mir war, der...»

«Aber nein, im Gegenteil, davon war sie ganz begeistert.»

Plötzlich und unbewußt sprach sie zu ihrer eigenen Verblüffung weiter:

«Meine Schwester erwartet eine ganz großartige Nachricht, denn wahrscheinlich ist sie eben in diesem Augenblick dekoriert worden.»

Sie hatte dieses Wort einfach fallenlassen, ohne seine Wirkung voraus zu planen. Oder es hatte sich in irgendeiner unzugänglichen Windung ihres Hirns ein Etwas versteckt, das an ihrer Stelle dachte und plante.

«Das ist nicht möglich!» schrie Gina, und ihre schwarzen Augen wurden noch eine Spur finsterer. «Man hat ihr wirklich die Goldene Palme verliehen?»

«Nein, das Kreuz der Ehrenlegion... Wegen ihres Alters... und auch wegen ihrer Verdienste.»

«Das ist aber seltsam! Und ich, könnte ich das auch bekommen?»

«Warum nicht?»

«Ich werde sie auf der Stelle beglückwünschen», sprach Gina und streckte bereits die Hand nach dem Telefon aus.

«Nein, warten Sie», sagte Julie, «es ist doch noch gar nicht offiziell. Ach, und eine Bitte – von mir haben Sie die Information selbstverständlich nicht! Ich habe mich ein wenig gehenlassen, weil Sie doch mit Gloria befreundet sind... Aber überlassen Sie die Bekanntmachung doch den anderen.»

Eine Stunde später brodelte bereits die Neugier in allen Ecken der Residenz. Julie saß gerade bei Gloria und plauderte mit ihr über die Zeiten der Erfolge, die sie sich jeweils beide von Zeit zu Zeit in Erinnerung riefen. Gloria hatte sich in ihrem Lehnstuhl ausgestreckt und polierte ihre Fingernägel. Sie war ganz still, und das plötzliche Läuten des Telefons ließ sie hochschrecken. Dann griff sie nach dem kleinen tragbaren Apparat.

‹Na also›, dachte Julie, ‹jetzt ist es endlich soweit.›

Sie stand auf und wollte hinausgehen, aber Gloria hielt sie zurück.

«Nein, bleib doch. Das ist nur wieder eine dieser Nervensägen... Hallo?... Ach, Sie sind es, Kate. Sie klingen ja ganz aufgeregt... Was?... Warten Sie bitte einen Moment.»

Sie drückte den Hörer gegen ihre Brust und rang nach Atem.

«Julie, weißt du, was sie eben gesagt hat?... Daß ich es habe... Es ist soweit, ganz offiziell.»

«Ich bitte dich, Gloria, reg dich doch nicht so auf! Gib mir den Hörer, ich werde mit ihr sprechen.»

Aber Gloria hörte ihr schon nicht mehr zu. Ihre Augen blickten starr, ihre Hände zitterten.

«Hallo?... Entschuldigen Sie... Die Aufregung, Sie verstehen? Wer hat Sie benachrichtigt? Pamela? Sie behauptet also, es hätte im *Figaro* gestanden? Nun, das mag ja sein, aber hat sie den Artikel auch richtig gelesen?... Nein?... Also, woher weiß ich dann sicher, daß... Ach, Simones Mann? Nun, dann stimmt es... Mein Gott, ich dachte einen Moment lang, diese Tratschtante spielt mir einen Streich... Danke.»

Ihre Stimme stockte einen Augenblick.

«Danke. Es ist wirklich lächerlich, daß ich so gerührt bin... Hallo? Sie sind so schlecht zu verstehen. Ich weiß nicht, ob das am Apparat liegt oder ob mir die Ohren summen. Was? Ach, Sie glauben, daß man mich wegen meines Ranges ehren will?... Die Beste und die Ranghöchste, ja, ich habe verstanden... Danke, meine liebe Kate. Ja, in der Tat, das hat mich schrecklich aufgewühlt. Meine Schwester bereitet schon meine Tropfen vor. Ich umarme Sie.»

Sie legte den Telefonhörer auf und ließ ihren Kopf schwer auf das Kissen sinken.

«Trink das», sagte Julie. «Du erinnerst dich doch noch an die Anweisungen des Arztes?»

Gloria leerte das Glas und gab es Julie zurück.

«Du hättest dein Gesicht sehen sollen», sagte sie. «Du hast völlig verzerrt ausgesehen. Es ist schon wahr, eine solche Neuigkeit kann einen ganz schön mitnehmen. Aber weißt du, es ist gar nicht diese Medaille, die zählt. Es ist die Tatsache, sie bekommen zu haben. Ich werde sie auf meinem blauen Ensemble tragen. Rot auf Blau, das macht sich doch gut, nicht wahr?»

Plötzlich klatschte sie in die Hände und stand in einem unerwarteten Kraftakt ohne Hilfe auf. Sie trat zu der improvisierten Wiege, ergriff die Stradivari wie eine Wöchnerin ihr Neugeborenes, legte sie an ihre Schulter, packte den Bogen wie einen Degen und vollführte mit ihm eine Art Salut mit den Worten: «Auf die Montano!» Dann begann sie, Rimski-Korsakows *Hymne an die Sonne* zu spielen. Seit Monaten, vielleicht seit Jahren hatte sie ihre Geige nicht mehr angefaßt, sondern sich damit begnügt, sie täglich zu stimmen und leise zu ihr zu sprechen. Nun spielte sie wieder – und sie spielte falsch. Ihre Finger gehorchten ihr nicht mehr, sie vernahm nur ihre Musik von ehedem, und in ihr Gesicht trat ein Ausdruck von Ekstase.

Julie schlich sich leise hinaus. Zusammengekrümmt und am Ende ihrer Kraft erreichte sie ihr Zimmer. Sie haßte sich selbst und gleichzeitig verstand sie die Welt nicht mehr. Sie hatte bei diesem Telefongespräch zugehört, und sie war sich seiner Wirkung sicher gewesen, aber sie hatte nicht daran gedacht, daß Gloria schon von Natur aus nicht umzubringen war. Eine Frage der Erbanlagen, man brauchte nur an diesen Cousin Maïeul zu denken, der achtundneunzig geworden war, oder an diese Urgroßmutter, die im Alter von einhundertundeins gestorben war. Und an die vielen anderen Familienmitglieder, von denen man zu sagen pflegte: «Die muß man erst totschlagen». Statt sie zu töten, hatte die freudige Nachricht Gloria beflügelt. Wenn Gina nicht gewesen wäre, hätten sich die Dinge möglicherweise anders entwickelt, aber nun... Julie war nahe daran, zu sagen: «Ich muß noch einmal von vorn anfangen», aber sie hatte Erfahrung darin, solche hoffnungslosen Reden zu unterdrücken, sie in eine Art Reservat zu überführen, wo sie sich zu Vorhaben läuterten, derer man sich nicht zu schämen brauchte. Um so besser, wenn Gloria glücklich war über ihre Medaille. Zugegeben, das tat weh – aus Eifersucht, Neid, Rachedurst oder wie immer man es nennen wollte –, aber tatsächlich war es nichts weiter als das immer wieder neu entfachte Gefühl einer großen Niederlage, einer dreisten Beleidigung, die mehr und mehr den Charakter einer dreisten Verhöhnung hatte. Sie hörte schon den Spott: «Arme Irre», «Arme Niete», das war ihre Art, Stimmen zu hören. Wie sollte sie jemandem verständlich machen können, daß sie gegen keinen Menschen Groll hegte, sondern sich nur das Recht nahm, sich zur Wehr zu setzen?

Ihre Zigaretten schmeckten an diesem Morgen nach Apotheke. Clarisse erschien, um die Anweisungen für das Mittagessen entgegenzunehmen.

«Ein Tee und ein paar Zwieback», sagte Julie. «Ich habe keinen Hunger. Und Gloria?»

«Ich glaube, sie ist ein bißchen durchgedreht. Sie ruft Gott und die Welt an, und wenn sie nicht gerade jemanden anwählt, dann sind es ihre Freundinnen, die das Telefon läuten lassen. In ihrem Zustand sollte sie das besser bleibenlassen.»

«Findest du, daß sie einen erschöpften Eindruck macht?»

«Ja, ganz sicher. Ihre Hände zittern, ihre Stimme zittert. Sie ist geradezu elektrisiert.»

«Und was gibt es Neues von Gina?»

«Ich weiß nicht, aber da scheint sich nichts zu tun. Monsieur Holtz besprengt seinen Garten, und Madame Montano sitzt unter der Pergola und liest ihre Zeitschriften.»

«Gut, das wäre alles. Du kannst gehen, ich komme allein zurecht.»

Das große Ereignis sorgte für fortgesetzte Unruhe in der Residenz. Gloria wäre gern sofort dekoriert worden, und es bedurfte einiger Geduld, ihr begreiflich zu machen, daß man zu diesem Zweck bereits ein kleines Mädchen auf ihren Geburtstag bestellt hatte. Der Landrat hatte sein Erscheinen zugesagt, um der Hundertjährigen höchstpersönlich die Medaille an die Brust zu heften, und daher war es unmöglich, die Zeremonie vorzuverlegen. Dann diskutierte das Komitee den Fall Gina Montano. Wenn man die eine auszeichnete, warum dann nicht auch die andere? «Madame Montano», gab Madame Genson zu bedenken, «ist ein Neuankömmling und hatte noch nicht genügend Zeit, sich hier ganz zu integrieren. Außerdem ist sie eine Spur jünger als Madame Bernstein. Wer war das noch, der gesagt hatte, sie sei Schütze? Wir können sie ja fragen, wenn Sie glauben, ihr damit nicht zu nahe zu treten. Diese Künstler sind ja derart empfindlich in Fragen des Alters. Außerdem wird sie sich wohl wünschen, in erster Linie für ihre Verdienste als Schauspielerin ausgezeichnet zu werden, aber wir können sie ja fürs nächste Jahr vormerken.»

Gloria wurde von ihren Getreuen peinlich genau über sämtliche Diskussionen, die sie brennend interessierten, unterrichtet. Ihr Blutdruck litt beträchtlich darunter, aber sie lebte weiter auf ihrer Woge von Freude.

«Ich habe dieses Gefühl seit meiner Erstkommunion nicht mehr gespürt», sagte sie. «Es wird dir genauso gehen, wenn du an der Reihe bist.»

Julie biß die Zähne zusammen und schwieg, aber sie heckte weiterhin Pläne aus auf ihren Irrgängen durch den Park, wenn alle Welt schlief und sie sicher war, allein zu sein und nicht einmal von ihrem Spiegelbild oder ihrem Schatten gestört wurde. Im wesentlichen hatte sie ihr Ziel erreicht, denn Gina wirkte auf Gloria wie eine tägliche Dosis Arsenik. Aber das machte Julies eigentliches Problem kaum weniger schwierig. Wie konnte sie ihn herbeiführen, den letzten, den tödlichen Herzkrampf? In weniger als einer Woche war der Monat Juli schon vorbei… Es gab wohl eine Methode oder sogar zwei, aber die zweite kostete viel Zeit, und die erste blieb ungewiß in ihrem Ausgang…

Noch einmal ging sie zu ihrem Arzt, um sich untersuchen zu lassen. Er befragte sie eingehend, ließ sich die Stelle zeigen, wo sich der Schmerz manchmal direkt unter der Haut bemerktbar machte, als wolle er sich gleich an die Oberfläche durchbeißen. Dann sah er erneut die Röntgenbilder ein und tastete noch einmal diesen mageren Mädchenkörper ab.

«Wann treten die Schmerzen auf? Nach dem Essen? Wenn Sie liegen oder wenn Sie eine Weile auf den Beinen waren?»

Sie wollte antworten: ‹Wenn ich in der Nähe meiner Schwester bin›, aber sie wagte es nicht. Außerdem war sie sich darüber im klaren, daß der Arzt sie nur befragte, um ihr Mut zu machen, nachdem es nichts mehr zu hoffen gab.

«Beim letzten Mal waren Sie in einer besseren Verfassung», sagte er.

«Herr Doktor», flüsterte sie, «ich würde gern noch durchhalten bis Allerheiligen.»

«Was Sie für Einfälle haben! Selbstverständlich werden Sie bis dahin durchhalten – und sogar darüber hinaus.»

«Aber wie werde ich merken, daß es zu Ende geht?»

«Also, ich bitte Sie! Nun lassen Sie sich doch nicht gehen.»

«Sie wollen mir nicht antworten.»

«Wie Sie wollen… Also, anfangen wird es sicher mit einem heftigen Schmerz im Rücken. Dann müssen Sie mich sofort anrufen. Der Rest ist meine Angelegenheit, und bis dahin sollten Sie nicht zu viele solcher Bootstouren unternehmen. Das strengt Sie nur unnötig an.»

Bevor sie nach *La Thébaïde* zurückkehrte, erledigte sie noch einige Telefonate. Auf dem Boot döste sie dann ein wenig vor sich hin, in der entspannten Zufriedenheit eines Menschen, der eine schwierige Aufgabe bewältigt hat.

Am anderen Morgen rief Gloria bei ihr an und war sehr erregt.

«Weißt du, was los ist?… Madame Genson hat mich eben benachrichtigt, daß ein Fernsehteam vom Regionalprogramm in ihrem Büro erschienen ist. Sie dachte, die Leute wären auf meine Veranlassung hin gekommen, und sie war ziemlich pikiert. Ich habe sie an die Montano verwiesen. Diese Intrigantin hat doch sicher Himmel und Hölle in Bewegung gesetzt, um ein Interview zu bekommen.»

«Ich weiß nichts darüber», sagte Julie.

«Kannst du nicht zu mir kommen?» fragte Gloria. «Ich bin völlig fassungslos.»

«Ich muß mich nur eben anziehen.»

Julie beeilte sich nicht. Die Verwirrung sollte Zeit haben zu reifen. Fünf Minuten später rief Gloria erneut an.

«Eine Unverschämtheit! Dieses Weibsstück schwört, daß sie nichts damit zu tun hat. Madame Genson ist außer sich. Offenbar sind sie mit fünf Mann und mit kompletter Ausrüstung erschienen, und der Journalist, der die Operation leitet, behauptet, geschickt worden zu sein, um die Jubilarin zu filmen. Als man ihm sagte, daß wir hier zwei von der Sorte haben, hat er sich kaputtgelacht, und Madame Genson hätte ihn beinahe vor die Tür gesetzt. Sie hatte ganz vergessen, daß wir auf einer Insel wohnen... Jedenfalls, ich ahne schon den Skandal, der da auf uns zukommt. Das hat mir gerade noch gefehlt.»

Sie fing an zu schluchzen und fiel dann plötzlich wieder in ihren Befehlston zurück:

«Komm schon, ja?»

In der Diele traf Julie die Clubpräsidentin an, die gekommen war, um den Vorfall zu klären.

«Sie wissen sicher, worum es geht», sagte Madame Genson. «War es Gloria, die die Fernsehleute gerufen hat?»

«Ich weiß von nichts», meinte Julie.

«Jedenfalls hat irgend jemand den Sender darauf aufmerksam gemacht, daß man hier demnächst den hundertsten Geburtstag einer alten Dame begehen will. Und da im Moment Ferien sind, ist das ein gutes Thema für die Sauregurkenzeit. Sie haben also sofort ein Team losgeschickt, zumal man ihnen auch gesagt hat, daß es sich bei der Jubilarin um eine ehemalige Künstlerin handelt.»

«Aber man wird doch sicher ihren Namen genannt haben?» gab Julie zu bedenken.

«Nun ja, das wohl schon, aber allem Anschein nach war die Telefonverbindung ziemlich schlecht. Kurzum, sie haben jedenfalls gedacht, sie wüßten genug.»

Sie gingen gemeinsam zu Gloria, die völlig entkräftet in ihrem Lehnstuhl lag. Diesmal hatte der Schlag offenbar gesessen. Madame Genson und Julie tauschten einen mitleidigen Blick.

«Aber, aber, liebe Freundin», rief Madame Genson aus, «es wird sich doch alles klären. Ich muß gestehen, daß ich im ersten Moment nicht sehr glücklich war über diesen schlechten Scherz. Um etwas anderes kann es sich wohl kaum handeln, das werden Sie sich auch schon gedacht haben.»

Gloria schüttelte wütend den Kopf und flüsterte mit gebrochener Stimme:

«Sie war das! Sie hat das alles angezettelt, damit jeder glaubt, ich will mich hervortun. Als ob ich das nötig hätte. Was glaubt sie denn...»

Unfähig, ihren Satz zu beenden, machte sie eine Handbewegung, um anzudeuten, daß sie noch etwas Wichtiges zu sagen hatte. Madame Genson und Julie halfen ihr, sich in ihrem Sessel aufzurichten.

«Das ist ja erschreckend», flüsterte die Präsidentin in Julies Ohr. «Sie ist ganz zusammengefallen.»

Gloria hustete und holte wieder Luft.

«Ich werde diese Leute nicht empfangen», sagte sie. «Sollen sie sich doch zu der Montano scheren.»

«Aber das ist es ja gerade», sagte Madame Genson. «Gina Montano weigert sich ebenfalls, mit ihnen zu sprechen. Entweder soll das Interview mit ihnen beiden gemacht werden, oder sie schließt sich zu Hause ein. Und derweil sitzen diese Reporter auf der Treppe vor meinem Büro. Sie können sich wohl vorstellen, wie sich das macht.»

Gloria weigerte sich hartnäckig, indem sie fortgesetzt den Kopf schüttelte, ohne noch ein weiteres Wort zu sagen. Ihre Antwort war Nein und nochmals Nein.

«Aber warum denn?» fragte Madame Genson aufgebracht.

«Weil sie lügt, weil sie davon profitieren will, daß es mir nicht gutgeht, weil sie...»

«Nun hören Sie mal zu, liebe Freundin. Ich kenne Gina, und ich weiß, sie wird es so einrichten, daß man ihr die Türe eintritt und sie sich schließlich auf das Spiel einläßt. Dann wird sie es sich gerne gefallen lassen, daß man sie in allen Lebenslagen filmt, und zum Schluß wird sie noch behaupten, daß sie die einzige Jubilarin ist. Das und nichts anderes werden Sie mit Ihrer Weigerung erreichen.»

Gloria schloß die Augen, um besser nachdenken zu können, während Madame Genson halblaut zu Julie sagte:

«Ich glaube, sie wird nachgeben.»

Als Gloria die Lippen bewegte, beugten sich die beiden Frauen zu ihr herunter, um sie besser hören zu können.

«Ich bin die einzige und echte Jubilarin», sprach Gloria mit kaum wahrnehmbarer Stimme.

Die Präsidentin gab einen Seufzer der Erschöpfung von sich.

«Sie ist jetzt bockig», sagte Julie. «Wir sollten sie lieber in Ruhe lassen.»

«Und was soll ich diesen Reportern erzählen?» ereiferte sich Madame Genson.

«Die Wahrheit. Daß es hier zwei steinalte Damen gibt, wovon eine leidend ist. Sollen sie sich mit der anderen arrangieren.»

«Nun, dann kommen Sie bitte mit, Julie. Tun Sie mir den Gefallen. Sie werden ihnen das besser erklären können als ich.»

Die fünf Fernsehleute lagerten vor dem Büro inmitten ihrer Ausrüstung und verzehrten gerade ein paar belegte Brote. Bei Julies Anblick erhoben sie sich geschlossen, und ein Mann in Blouson und Troddelmütze trat lächelnd aus der Reihe hervor.

«Ah, Sie sind das also, Madame...»

«Nein, Monsieur», unterbrach ihn Julie, «ich bin die Schwester... Nun, es ist ein wenig schwierig zu erklären, aber Sie werden schon verstehen...»

Damit begann sie zu erzählen, und der Journalist machte sich Notizen... Ja, genau, sie selbst war Pianistin gewesen... Darf man Ihre Hände einmal sehen?... Unglaublich... Julie Maïeul also, mit einem Trema auf dem I...

Julie konnte nicht mehr an sich halten. Das war ihr Ehrentag – nach sechzig Jahren Schweigen.

«Gehen wir doch zu Ihnen nach Hause», schlug der Journalist vor. «Sie werden uns von den Umständen Ihres Unfalls erzählen, und wir werden Sie dabei aufnehmen. Vielleicht könnten Sie auch einmal kurz Ihre Handschuhe ablegen für eine Großaufnahme. Hundert Jahre alt zu werden, das ist kein Kunststück, aber ich sage Ihnen – eine Lebensgeschichte wie die Ihre ist bei weitem interessanter.»

Er sagte das alles ganz unbefangen, in der genießerischen Art eines Kenners guter Stories, und Julie fühlte sich auch nicht brüskiert. Ein lang vergangenes, sehr starkes, sehr süßes und wunderbares Gefühl wurde wieder in ihr lebendig – das Gefühl zu existieren. Der Präsidentin war diese Entwicklung nur recht. Sich unversehens gerettet sehend, trat sie an Julie heran und sagte:

«Ich danke Ihnen. Was die wollten, war ein Interview – nun, jetzt haben sie's. Das haben sie nun davon, Gina und Ihre Schwester, sie sind schließlich selbst schuld. Er ist übrigens ganz ausgezeichnet, Ihr Bericht. Meine Güte, was haben Sie nur durchgemacht!… Das ist wirklich eine Sensation für den Sender. Und für *La Thébaïde* auch.»

Eingenebelt von Zigarettenrauch saß Julie in ihrem Wohnzimmer und sprach und sprach. Aus der Überfülle der Dinge, die sich seit Jahren angestaut hatten, quoll eine Flut von Worten aus ihr heraus, ließ sie leer und leerer und mit dem Gefühl zurück, endlich gerächt zu sein. Sie erfuhr nie, daß sich zur gleichen Zeit Gina und Gloria am Telefon wüst beschimpften, sich als Intrigantinnen und als billige Nutten bezeichneten.

Als die Montano anfing, die Beleidigungen auf italienisch fortzusetzen, ließ Gloria den Hörer fallen. Clarisse fand sie ohnmächtig auf. Das war der Augenblick, in dem Julie, die inzwischen wieder allein war, zum erstenmal einen unbekannten heftigen Schmerz in ihrem Rücken spürte.

ZUSAMMEN MIT EINEM Foto von Julie erschien der Artikel in der Lokalpresse unter einem Titel, der einiges Aufsehen erregte: *Die Pianistin mit den toten Händen*. Ströme von Touristen belagerten die Insel in ihren Booten und es wurde reichlich fotografiert und gefilmt. Das Versorgungsboot von *La Thébaïde* wurde permanent von Windsurfern eskortiert, auch Wasserskifahrer kreuzten sein Kielwasser und winkten Marcel zu, der die unvorsichtigen Gaffer vergeblich auf Abstand halten wollte. Und die Inselbewohner selbst waren höchst verärgert.

«Wir haben uns hier eingekauft, weil wir unsere Ruhe haben wollten», hieß es, und die Präsidentin antwortete:

«Unsere alten Damen gehen doch gar nicht aus, sondern sitzen zu Hause. Und wenn nicht jemand von uns die dumme Idee gehabt hätte, das Fernsehen zu alarmieren, hätte das alles nicht stattgefunden.»

Verärgert erwiderte man:

«Tun Sie doch etwas. Sagen Sie ihnen, daß wir genug haben von diesen unerträglichen Sympathiekundgebungen. Schließlich gibt es ja auch noch andere Orte, wo sich diese Damen zur Ruhe setzen können.»

«Sie vergessen wohl, daß sie krank sind.»

«Wie bitte? Gestern abend hat man Madame Montano noch in ihrem Garten gesehen.»

«Nein, das war Madame Bernstein mit ihrer Schwester.»

«Ist sie denn ernsthaft krank?»

«In diesem Alter ist es immer ernst.»

Nähere Einzelheiten waren nicht zu erfahren, denn Dr. Prieur verweigerte jede Erklärung. Er hatte Gloria auf jede erdenkliche Weise untersucht und doch nur feststellen können, daß sie immer schwächer wurde, ohne ein besonderes Krankheitssymptom zu zeigen. Sie nahm kaum noch Nahrung zu sich und schlief sehr wenig, hatte aber keinerlei Schmerzen. Wo war die sprühende Hundertjährige geblieben, die von ihren Erinnerungen erzählte mit der Lebhaftigkeit und der Unbeschwertheit einer jungen Frau? Ein Schleier schien jetzt über ihren Augen zu liegen, und ihre Hände waren völlig ausgezehrt.

«Es ist nur ihr Rachedurst, der sie noch am Leben erhält», sagte der Arzt. «Daß mir bloß niemand von der Montano spricht vor ihr! Und selbstverständlich auch nicht von ihrer Schwester. Sie hat sich in den Kopf gesetzt, daß Julie an allem schuld ist und ihr ihren Rang streitig machen will, und deshalb läßt sie sie nicht mehr zu sich. Und dabei... Die arme Julie...»

Grübelnd saß Julie allein in ihrem Zimmer. Sie war nahe daran gewesen, Dr. Moyne zu bitten, ihr die letzte Wahrheit zu sagen. Aber dann war der Schmerz in ihrem Rücken plötzlich wieder verschwunden, und sie hatte sich damit begnügt, ihn nur anzurufen. Er hatte bereits von dem Interview erfahren und sich sehr unmißverständlich dazu geäußert:

«Das sollten Sie bleibenlassen! Sie sehen doch, was dabei herauskommt. Außerdem – so wenig Besuche wie möglich! Ich rate Ihnen sogar dazu, ein paar Tage lang jedes Gespräch mit Ihrer Schwester zu vermeiden – und aus gutem Grund auch mit Madame Montano. Kann ich offen zu Ihnen sprechen? Nun, ich frage mich manchmal, wer von Ihnen dreien wohl die Verrückteste ist. Wenn Sie zehn wären, würde man Ihnen einfach ein paar runterhauen, aber jetzt wird wohl eine von Ihnen – ich weiß nicht, welche – auf der Strecke bleiben.»

«Oh... aber ich bitte Sie, Herr Doktor...»

«Hören Sie, liebe Freundin, Sie sind doch von allen die Vernünftigste... Halten Sie es wirklich für sehr schlau, den Journalisten zu erzählen, daß Ihr ganzes Leben ein langes Martyrium war, das Ihre Umgebung nicht im geringsten gekümmert hat? Glauben Sie mir, bald werden Sie sich wieder mit Ihrer Schwester versöhnen, und dann werden Sie ihr helfen, daß sie ihren Frieden macht mit ihrer Rivalin – denn trotz des vorgerückten Alters muß man das wohl immer noch als Rivalität bezeichnen. Was Sie aber brauchen, ist Ruhe. Sie alle drei. Wollen Sie mir das versprechen?»

«Ja, Herr Doktor.»

«Wenn die Schmerzen wiederkommen, werden wir uns etwas einfallen lassen. Vielleicht muß ich Sie in meine Klinik aufnehmen... Aber soweit sind wir glücklicherweise noch nicht.»

Mit ein paar aufmunternden Worten hatte er dann das Gespräch beendet, und seither überlegte Julie, mit welcher Methode sie eine vorgetäuschte Versöhnung in eine endgültige Lösung verwandeln konnte. Es war kein leichtes Problem, aber ihre Krankheit produzierte offenbar in einem verborgenen Winkel ihres Gehirns gärende Gifte, denn schließlich kam ihr eine Idee, die ihr besonders genial erschien. Sie mußte sie nur noch reifen lassen in den nächsten Stunden, derweil sie ihre Zigaretten rauchte und ohnehin nicht viel Langeweile hatte, da Clarisse sie ständig über allen Klatsch auf dem laufenden hielt. Durch sie erfuhr sie auch von dem Brief, den die Präsidentin den beiden Damen Bernstein und Montano hatte zukommen lassen.

«Könntest du nicht an diesen Brief herankommen?»

«Ich werd's versuchen», sagte Clarisse.

Am nächsten Morgen erschien sie mit einem ganz zerknitterten Blatt Papier.

«Madame Gloria hat ihn so zerknüllt. Er hat ihr nicht besonders gefallen.»

Julie las den Text mit wachsender Schadenfreude:

Liebe gnädige Frau,
unsere kleine Gemeinde ist sehr verärgert über den einigermaßen aufsehenerregenden Besuch eines Fernsehteams, das von einer unbekannten Person hierher eingeladen wurde. Unserem internen Reglement zufolge ist es niemandem gestattet, ohne Erlaubnis der Verwaltung, einzelne Personen oder Gruppen (Journalisten, Fernsehteams etc.), die die Ruhe der Miteigentümer beeinträchtigen könnten, in die Residenz zu laden. Die Eigentümerversammlung sieht sich daher genötigt, die Paragraphen 14 und 15 des Kaufvertrags den Damen Bernstein und Montano in Erinnerung zu bringen, deren künstlerische Vergangenheit zweifellos besondere Rücksichten verdient, ihnen jedoch keineswegs das Recht gibt, unter der Hand irgendwelchen öffentlichen Demonstrationen Vorschub zu leisten.

Die Gemeinde hofft, daß Sie sich in Zukunft nach diesen Maßgaben richten werden und verbleibt

hochachtungsvoll...

«Das ist doch ein starkes Stück», sagte Julie. «Uns zu unterstellen, daß wir... Ich kann's nicht fassen. Und dann dieser Ton! Wie hat Gloria das aufgenommen?»

«Eben. Genau davon wollte ich sprechen... Dieser Brief hat ihr den Rest gegeben. Die Präsidentin hätte ihr wirklich nie in einem solchen Ton schreiben dürfen.»

«Wahrscheinlich ist sie aufgestachelt worden von Glorias sogenannten Freundinnen», meinte Julie, leicht angewidert. «Ich frage mich manchmal, wo der Unterschied liegt zwischen irgendwelchen Wilden und diesen reichen Weibern. Ob es sich um einen Hahnenkampf handelt oder um eine Schlacht zwischen zwei gewesenen Stars – für diese Frauen ist beides gleichermaßen fesselnd. Stell doch mal fest, ob sie nicht bereits Wetten abschließen, bei Kate oder bei Simone. Da fällt mir ein – du hast gesagt, dieser Brief hätte Gloria den Rest gegeben. Was heißt das?»

«Daß sie überhaupt nicht gut dabei ist. Es geht mich ja nichts an, aber Sie gehören wirklich beide in ein Sanatorium. Nach zwei, drei Wochen hätten sie sich schon wieder beruhigt.»

«Hast du ihr das vorgeschlagen?»

«Nein.»

«Gut, dann laß mich das machen.»

Der richtige Augenblick war gekommen. Julie nahm das Telefon und rief ihre Schwester an.

«Laß mich zu dir», sagte sie. «Ich möchte eine sehr wichtige Angelegenheit mit dir besprechen. Darf ich?»

«Ja, aber mach schnell.»

Julie hatte Glorias Stimme kaum erkannt. Warum sollte sie also in diesem Stadium die Dinge auch noch beschleunigen? ‹Nicht ihretwegen›, dachte Julie, ‹sondern mit Rücksicht auf mich.›

Das Zimmer wurde nur von einer Wandlampe beleuchtet, die das breite Bett, auf dem Gloria ruhte, in einem tiefen Schatten versinken ließ. Das einst so frische, so glatte, so vom Glück geprägte Gesicht war von Falten durchfurcht wie eine winterliche Dörrfrucht. Die Augen blickten furchtsam und mißtrauisch. Julie reichte ihre Hand zur Begrüßung, aber Gloria wehrte ab.

«Na gut», sagte Julie leise, «wie du willst... Ich habe inzwischen von dieser Art Hausarrest erfahren, den Madame Genson mit ihrem Brief verhängt hat. Ich halte das für skandalös.»

«Steh doch nicht so herum», sagte Gloria. «Du wirkst genauso abgespannt wie ich... Du warst es selbstverständlich nicht, die diesen Fernsehbericht veranlaßt hat?»

«Nein.»

«Schwörst du es?»

«Ach, weißt du, diese Schwüre... Wir sind doch keine kleinen Kinder mehr... Na schön, ich schwöre.»

«Im ersten Moment hab ich wirklich geglaubt, du wärst es gewesen. Und was du dann alles erzählt hast... Als ob du neben mir wie eine Art Aschenbrödel hättest leben müssen... Das war nicht sehr anständig von dir.»

Julie erstarrte bei diesem weinerlichen Getue. Inzwischen wurde ihr schon schlecht beim kleinsten Ansatz von Geschwätzigkeit.

«Sprechen wir nicht mehr von diesen ganzen Dingen», fiel sie Gloria ins Wort. «Gina...»

«Ah, ich bitte dich!» empörte sich Gloria. «Ich will diesen Namen nicht mehr hören! Was wolltest du mit mir besprechen?»

«Also... Nehmen wir einmal an, daß wir von hier verschwinden...»

«Bist du wahnsinnig?» unterbrach Gloria. «Warum sollen wir verschwinden? Du mußt nicht denken, daß ich krank bin, nur weil mich diese Geschichte mit dem Fernsehen etwas aufgeregt hat.»

«Nein, natürlich nicht, aber hör mir erst einmal zu. Du wirst demnächst hundert Jahre alt, und ich gehe stark auf die Neunzig...»

«Ja, na und?»

«Nun, wir könnten doch immerhin sterben. Du mußt der Wirklichkeit ins Auge sehen, Gloria. Sieh dir nur mal an, wie die kleinste Unannehmlichkeit uns zu schaffen macht. Denn was ist das schon, dieser Besuch vom Fernsehen? Ist das denn so wichtig?»

«Immerhin hast du nichts Eiligeres zu tun gehabt, als dich einmal richtig auszusprechen.»

«Aber nein, ich habe nur gesagt, daß mein Leben nicht immer sehr angenehm war. Außerdem liegt hier nicht das Problem. Wenn wir nicht mehr sind, was wird dann deiner Meinung nach von uns bleiben?»

«Schallplatten.»

«Welche? Nur alte, abgespielte Schellackaufnahmen. Bei Gina ist das etwas anderes. Sie gehört zur Geschichte der bewegten Bilder, und die sind weniger vergänglich.»

«Ja, das stimmt», gab Gloria zu, «aber kennst du ein Mittel, Gina zu überdauern?»

«Vielleicht. Denk nur einmal an Museen, an die Inschriften auf Steinen.»

Gloria fuhr mit einem Ruck hoch.

«Sprichst du von einem Grabstein? Wie entsetzlich!»

«Nein, kein Grabstein. Überhaupt nichts, das an ein Grab erinnert, im Gegenteil. Etwas, das man nur lesen kann, wenn man den Kopf hebt.»

«Ich weiß nicht, worauf du hinauswillst.»

«Nun, eine Gedenktafel.»

«Ach so!» sagte Gloria ergriffen, ballte die Hände zusammen und preßte sie vor die Brust.

«Weißt du, das hat wirklich nicht die geringste Ähnlichkeit mit etwas so Düsterem oder Traurigen wie einem Grab. Ich denke da an eine schöne Tafel aus Marmor mit einer schlichten Reihe von vergoldeten Buchstaben:

Hier lebte die berühmte
Violinistin Gloria Bernstein
geboren in Paris am 1. November 1887

und darunter natürlich ein freier Platz, den man später ausfüllen wird.»

«Ist es denn unbedingt notwendig, den Geburtstag anzugeben?» fragte Gloria.

«Selbstverständlich. Das ist es doch gerade, was die Besucher verblüffen wird. ‹Sie war also über hundert!› werden alle sagen, und die ganze Residenz wird sich geehrt fühlen. Was bringt denn die Straßen oder Plätze einer Stadt erst so richtig zur Geltung? Eben diese Gedenktafeln. Sie verleihen den Orten, die ansonsten beliebig und unbedeutend wären, eine historische Dimension. Und das braucht auch diese Residenz. *La Thébaïde* mag schön sein, komfortabel und alles mögliche, aber es ist doch viel zu neu. Es fehlt an Patina, an Glanz und an Pracht.»

«Genau», sagte Gloria, die von der Idee mehr und mehr angetan war. «Aber da ist noch die Montano.»

«Wie, die Montano?... Glaubst du etwa, wir werden ihr das vorher auf die Nase binden? Und wenn die Tafel erst da ist, dann ist es zu spät für sie, sich eine eigene zu bestellen. Das würde ja so aussehen, als ob sie dich kopiert. Außerdem würde sie sich niemals trauen, darauf zu schreiben: Geboren in Neapel...»

«Und sie würde ganz bestimmt ein falsches Geburtsdatum angeben», fügte Gloria eifrig hinzu. «Ja, ich glaube, das ist eine sehr gute Idee.»

Doch plötzlich verfinsterte sich ihr Gesicht.

«Und du? Warum solltest du nicht auch eine Gedenktafel anbringen?»

Julie hatte mit diesem Einwand gerechnet und antwortete:

«Eine Tafel reicht vollkommen. Sonst sieht es ja aus wie auf einem Friedhof.»

Gloria war beruhigt und nahm langsam wieder Farbe an. Julies Plan schien wie eine Bluttransfusion auf sie zu wirken.

«Du bist also einverstanden?» fragte Julie.

«Ja, ganz und gar. Ich glaube sogar, wir sollten es nicht auf die lange Bank schieben.»

Auch diese plötzliche Ungeduld traf Julie nicht unerwartet. Dennoch gab sie sich den Anschein, als müsse sie den Vorschlag erst überdenken.

«Ich glaube, es würde sich empfehlen, wenn wir erst die Eigentümerversammlung davon in Kenntnis setzen», meinte sie. «Das ist die beste Antwort auf diesen Brief. Ihre Vertragsbestimmungen können sie sich ... na, du weißt schon. Das wird ihnen jedenfalls beibringen, uns mit dem nötigen Respekt zu behandeln. Das hier ist schließlich dein Eigentum und man hat es dich teuer genug bezahlen lassen, da wirst du wohl auch das Recht haben, frei über die Hausfassade zu verfügen, wenn du Lust hast, dort eine Tafel anzubringen.»

Zum erstenmal seit vielen Tagen brachte Gloria wieder ein Lächeln zustande.

«Ich erkenne dich nicht wieder», sagte sie. «Du bist ganz schön forsch, aber du hast recht. Ich werde mir nicht die Mühe machen, der Präsidentin zu antworten. Wenn sie den Steinmetz bei der Arbeit sieht, wird sie selbst merken, daß die Gemeinde ein bißchen zu weit gegangen ist.»

«Ich werde bei der Firma Muraccioli anrufen», sagte Julie. «Das sind Spezialisten für Marmorarbeiten. Sie machen Bodenbeläge und Fassadenverkleidungen für große Hotels, und ich glaube, daß es ihnen Spaß machen wird, für dich zu arbeiten. Wahrscheinlich wird sich sogar der Chef höchstpersönlich zu dir bemühen. Wir werden ihn bitten, ein paar Marmorproben mitzubringen.»

Gloria war ganz begeistert von der Vorstellung, demnächst in Mustern wühlen zu können, und erklärte:

«Ich möchte unbedingt etwas Schlichtes. Nicht ganz schwarz... aber auch nicht ganz weiß.»

«Vielleicht ein eher dunkler Marmor mit hellen Flecken», schlug Julie vor.

«Ach, nein, das sieht aus wie Sülze. Lieber etwas in Grüntönen, da würde ich nicht nein sagen.»

«Und mit einer Maserung.»

«Nein, keine Maserung. Sonst hat man doch den Eindruck, daß die Tafel schon rissig ist. An solche Dinge mußt du auch denken.«

Im tiefsten Innern war es Julie völlig egal, welches Aussehen der Marmor haben mochte. Für sie zählte nur die Inschrift: Geboren in Paris am 1. November 1887. Das war es, das war die unschlagbare Waffe. Arme Gloria! Mochte sie ruhig weiter nur auf sich selbst hören, solange sie das überhaupt noch konnte.

«Nun, schließlich ist es ja deine Tafel», sagte Julie. «Es liegt ganz bei dir, wie sie aussieht.»

Mit einem Ausdruck größten Behagens bettete Gloria ihren Kopf auf das Kissen und sprach leise:

«Ich sehe sie schon vor mir... Allerdings stellt sich noch die Frage, wie groß sie sein soll und wo sie anzubringen ist. Ihr Platz soll...»

«... über der Eingangstür sein», sagte Julie.

«Nein, eben nicht. Sie darf nicht im Schatten hängen, dann gehen die Leute vorbei, ohne sie zu sehen. Mir wäre es lieber zwischen dem Erdgeschoß und der ersten Etage, senkrecht über der Empfangshalle.»

«Ja, das ist nicht übel», gab Julie zu.

Gloria breitete die Arme aus und maß mit den Händen verschiedene Entfernungen auf der Suche nach den optimalen Proportionen...

«Genau so», sagte sie schließlich. «Reich mir mal den Zollstock... In der Kommodenschublade... Und jetzt den Schreibblock, damit ich mir die Zahlen notiere... Danke. Also, sechzig zu vierzig, ja? Das wird nicht zu protzig sein.»

«Vielleicht ein bißchen knapp», meinte Julie. «Immerhin müssen die Buchstaben und Zahlen gut zu lesen sein. ‹Hier lebte die berühmte Violinistin Gloria Bernstein›... das nimmt einigen Platz in Anspruch. Nun, man könnte ja auf ‹die berühmte Violinistin› verzichten... Eigentlich ist das so, als würde man neben Albert Einstein auch noch schreiben: ‹der berühmte Physiker›.»

«Mach dich nicht lustig über mich. Du gehst immer so rauh mit mir um... Ruf doch mal die Firma Muraccioli an. Ich kann es kaum noch erwarten. Jetzt gleich, hier bei mir.»

Julie bekam eine Verbindung mit Joseph Muraccioli. Er gab seiner Freude Ausdruck, einer großen Künstlerin zu Diensten sein zu dürfen und nahm die Bestellung entgegen. Beifällig nickte Gloria mit dem Kopf. Ja, er wolle noch am selben Tag vorbeikommen. Nein, es handle sich strenggenommen nicht um Muster, aber die Farbtafeln, die er mitbringe, seien den verfügbaren Marmorsorten naturgetreu nachempfunden. Über den Preis werde man sich gewiß einigen können, er fühle sich sogar geehrt, wenn...

«Sag ihm, daß die Sache geheim bleiben muß», mischte sich Gloria ein.

«Selbstverständlich dürfen Sie zu niemandem sprechen über das Projekt», sprach Julie.

«Mein Wort darauf», versicherte Muraccioli.

«Ah, ich bin sehr zufrieden!» seufzte Gloria auf. «Du hattest wirklich eine tolle Idee. Komm, laß dich umarmen.»

Wenige Minuten später telefonierte Julie von ihrer Wohnung aus mit Monsieur Holtz.

«Hier spricht Julie Maïeul. Sie können es mir unumwunden sagen, wenn ich Sie gerade störe, lieber Freund. Ich wollte Sie nur um einen Rat bitten.»

«Aber gewiß, wenn ich dazu in der Lage bin...»

«Es handelt sich um eine sehr ärgerliche Sache, und ich habe mir lange überlegt, ob ich Sie darauf ansprechen soll. Ich weiß eigentlich immer noch nicht, ob es richtig ist, vielleicht bilde ich mir da nur etwas ein... Nun gut, also... Stellen Sie sich vor, meine Schwester hat es sich in den Kopf gesetzt, an unserem Haus eine Gedenktafel anbringen zu lassen. Sie verstehen schon – ‹hier lebte...› usw. Mit Geburtsdatum und allem Drum und Dran. Das andere, das zweite Datum soll dann zu gegebener Zeit von ihrem Notar eingesetzt werden. Haben Sie mir zugehört?»

«Selbstverständlich. Und was beunruhigt Sie daran? Wenn es eine Künstlerin gibt, die eines solchen Gedenkens würdig wäre, dann doch wohl Ihre Schwester...»

«Ja, zweifellos, aber ich weiß nicht, ob sie das Recht dazu hat. Wenn ich mir die Bestimmungen für das Wohnen auf *La Thébaïde* vor Augen halte, dann frage ich mich: Kann man frei verfügen über einen Standort, der privat und öffentlich zugleich ist? Stellen Sie sich bitte vor, daß sie sich demnächst diese Tafel liefern läßt und daß man ihr dann verbietet, sie an ihrem Haus zu befestigen – im Namen irgendeiner legalen Anordnung, die weder sie noch ich kennen. Das wäre ein furchtbarer Schock für sie, wo sie sich doch jetzt schon nicht sehr wohl fühlt. Was halten Sie davon?»

«Warten Sie», sagte Monsieur Holtz. «Lassen Sie mich nachdenken... Sie werfen da eine Frage auf, die in der Tat strittig werden kann. Von vornherein will mir scheinen, daß Madame Bernstein absolut frei nach ihren Wünschen verfahren kann. Teufel auch, *La Thébaïde* ist schließlich keine Kaserne. Ich weiß wohl, daß man mir auch Schwierigkeiten gemacht hat mit meinem Klavier, aber eine Tafel an einer Mauer kann doch niemanden stören. Warum fragen

Sie nicht Madame Genson, was sie darüber denkt? Sie müßte doch eigentlich konsultiert werden, glauben Sie nicht auch?»

Julie dämpfte ein wenig ihre Stimme und fragte:

«Monsieur Holtz, kann ich offen zu Ihnen sprechen?»

«Ich bitte darum.»

«Ich möchte auf keinen Fall, daß jemand von diesem Plan meiner Schwester etwas erfährt, und bei Madame Genson kann ich da nicht sicher sein. Sie wissen ja, wie das ist – kaum rutscht einem ein Wort heraus, schon sind die wildesten Gerüchte im Umlauf. Und wenn dieses Projekt sich nicht verwirklichen läßt, ist es besser, die Sache schon im Keim zu ersticken. Wenn man erst in aller Öffentlichkeit darüber diskutiert, wird meine arme Gloria sich tödlich gedemütigt fühlen.»

«Ja, ich verstehe vollkommen», sagte Monsieur Holtz. «Aber inwiefern kann ich Ihnen da nützen?»

«Nun, ich dachte... Unterbrechen Sie mich sofort, wenn Sie nicht einverstanden sind... Ich dachte also, daß Sie... daß Sie gewissermaßen das Terrain sondieren könnten, ohne sich dabei einem Verdacht auszusetzen. Madame Genson wird Ihnen keinerlei Hintergedanken zutrauen, und vielleicht wird es genügen, in einem Gespräch ganz beiläufig darauf anzuspielen...»

«Nun, da fällt mir die Antwort nicht schwer», sagte Monsieur Holtz. «Ich werde es versuchen, Ihnen zuliebe, aber ich kann natürlich für nichts garantieren.»

«Danke, lieber Freund, ich mußte mich einfach jemandem mitteilen, dem ich vertrauen kann. Wenn es nicht klappt, haben wir Pech gehabt. Dann werde ich wohl einen Juristen konsultieren.»

«Hat Madame Bernstein denn ihre Gedenktafel schon bestellt?»

«Ja, das ist es ja gerade. Wenn sie sich etwas wünscht, dann muß es auch schnell gehen. So war sie schon immer.»

«Das ist ziemlich unvorsichtig... Nun gut, ich werde mich um die Sache kümmern und Sie dann anrufen.»

Julie war völlig erschöpft und mußte sich hinlegen. Sie trieb wirklich Raubbau mit ihren Kräften, aber immerhin konnte sie mit Fug und Recht von sich sagen, daß sie den Kampf bis zum Ende geführt hatte. Einen Kampf, der vorwiegend darin bestand, Feuer an irgendwelche Lunten zu legen und sie dann abbrennen zu lassen. Jetzt würde sich der liebe Monsieur Holtz ratlos den Kopf kratzen. Das alles war ihm ziemlich lästig, dem armen Mann, zumal ihm diese

Geschichte mit der Gedenktafel jetzt schon zu schaffen machte. Natürlich wegen Gina, deren Freund er schließlich war. Und Madame Genson, die schlaue Füchsin, würde natürlich sofort kombinieren: Eine Inschrift oder eine Tafel, um die Sache beim Namen zu nennen, konnte natürlich nur für Gina gedacht sein... Und von diesem Augenblick an würde die Lunte brennen. Abwarten also und nicht mehr nachdenken. Julie hatte Übung darin. Die innere Stille herzustellen, die Leere, das war nicht weiter schwer nach so vielen Schicksalsschlägen...

An diesem Abend nahm sie ein wenig Suppe zu sich.

«Ich habe Madame Gloria noch nie so fröhlich gesehen», berichtete Clarisse. «Der Steinmetz hat ihr ein paar Entwürfe vorgelegt, und sie hat sich für einen sehr schönen Marmor entschieden... Ich kenne mich da nicht aus, aber er ist wirklich sehr schön. Die Tafel soll in einer Woche fertig sein.»

Julies Telefon hatte bisher noch nicht geklingelt, obwohl Monsieur Holtz doch inzwischen reichlich Zeit gehabt hatte, sich zu informieren. Dann endlich meldete er sich.

«Hallo? Mademoiselle Maïeul? Verzeihen Sie, wenn es so lange gedauert hat, aber Madame Genson war nicht in ihrem Büro. Ich habe auf sie gewartet, sie hatte aber keine Zeit für eine direkte Antwort, weil sie im Moment sehr viel zu tun hat. Aber sie hat sich in meinem Beisein eine Notiz gemacht: Informieren über Gedenktafel.»

«Soll das heißen, daß sie wirklich das Wort ‹Gedenktafel› aufgeschrieben hat?» unterbrach ihn Julie.

«Ja, das können Sie sich doch denken. Sie hat sofort gewußt, worauf ich hinauswollte, da bin ich sicher. Ich hatte Sie ja gewarnt. Aber im Grunde ist das auch gut so, und wir werden morgen eine definitive Antwort bekommen.»

«Hat sie nicht irgendeine Bemerkung gemacht?»

«Nicht eine.»

«War die kleine Dupuis, ihre Sekretärin, dabei?»

«Ja und nein. Sie arbeitete im Zimmer nebenan.»

‹Und sie wird nichts Eiligeres zu tun haben, als die Notiz zu lesen›, dachte Julie. ‹Geschafft! Die Lunte brennt.›

Sie bedankte sich überschwenglich bei Monsieur Holtz und gönnte sich ein Schlafmittel, um bis zum Morgen durchschlafen zu können. Bei Tagesanbruch wurde sie geweckt von einem kleinen, aber hartnäckigen Schmerz in ihrer Seite. Sie machte sich einen sehr starken Kaffee und dazu ein Brot mit Honig. Wenn sie ihren Magen mit der Verdauung von etwas Nahrung beschäftigte, ließen ihre Schmerzen nach. Das Telefon blieb stumm, was allerdings im Moment noch nicht sehr überraschend war, denn man mußte der Präsidentin und ihrer Sekretärin etwas Zeit lassen, mit der veränderten Sachlage fertig zu werden. Die kleine Dupuis würde die Nachricht zuerst an die Krankenschwester weiterleiten, mit der sie befreundet war. Und die Krankenschwester würde sie dann ab neun Uhr weiter verbreiten, sobald sie sich mit ihren Spritzen auf den Rundgang machte, denn auf *La Thébaïde* gab es immer ein paar Fälle von Rheuma oder Lumbago zu behandeln. Von dieser Richtung her würden die Dinge sich also eher langsam entwickeln und möglicherweise für den Augenblick noch nicht über das Stadium eines heimlichen Munkelns hinausgehen. Dafür würde aber Madame Genson um elf Uhr ihre Antwort übermitteln, und es war leicht vorzustellen, daß sie Monsieur Holtz bei dieser Gelegenheit darauf ansprechen würde, ob seine Anfrage im Namen von Gina ergangen sei. Holtz würde mit nein antworten, und nun würde sich Madame Genson an Gloria wenden. Gloria würde sich entrüsten und sofort bei Julie anrufen:

«Wer hat das ausgeplaudert? Das kannst doch nur du gewesen sein. Wer hat davon gewußt? Doch nur du und ich.»

Sie würde protestieren und leicht glaubhaft machen können, daß vermutlich der Besuch des Marmorlegers nicht unbeobachtet geblieben war. Und wer konnte schon sicher sagen, daß er nicht vielleicht sogar mit dem Bootsmann gesprochen hatte? Sofort würde sich ein bestimmter Verdacht breitmachen, Gloria würde sich geradezu darauf stürzen: Gina... Wenn Gina Bescheid wußte und sich nun auch eine Tafel bestellte und ebenfalls zu einer feierlichen Enthüllung einlud, dann würde doch sicher der Gemeinderat einberufen und der würde dann derartige Zeremonien verbieten... «Und mit mir ist es dann aus», würde Gloria stöhnen. «Ich würde die hundert Jahre nicht mehr erreichen, denn dieser Schlag – der wäre einfach zu hart!»...

An dieser Stelle wurden ihre Überlegungen von Monsieur Holtz unterbrochen. Es war genau zehn Uhr.

«Ich bin es, liebe Freundin. Eben hat mich Madame Genson angerufen und mir gesagt... nun, daß sie es nicht weiß. Ich glaube, daß sie es nicht wissen will, weil sie einfach genug hat von diesen ganzen Machenschaften. Ob mit oder ohne Gedenktafel – für Madame Genson können die Damen getrost zum Teufel gehen. Und wenn eine von beiden damit nicht zufrieden ist, kann sie ja gehen und sich woanders einkaufen. Das hat sie mit eigenen Worten gesagt und sogar noch hinzugefügt: ‹Ich habe immer geahnt, daß das ein böses Ende nimmt. Zwei alte Weiber, die sich beide für den Nabel der Welt halten – das muß zum Krieg kommen.› Es ist mir dann immerhin gelungen, auch einmal zu Wort zu kommen, und ich habe sie gefragt: ‹Und was machen wir jetzt?› Darauf hat sie geantwortet: ‹Nichts› und hat aufgelegt.»

«Und wie werden sich die Dinge nun Ihrer Meinung nach entwikkeln?» fragte Julie. «Glauben Sie, daß Gina darauf verzichtet? Denn ich darf doch wohl annehmen, daß sie inzwischen auch ihre Gedenktafel haben will...»

«Das ist durchaus möglich. Sie hat mir zwar nichts dergleichen anvertraut, aber sie ist nicht die Frau, die sich auf der Nase herumtanzen läßt. Es tut mir wirklich leid, liebe Freundin, aber sie haben mich da mit einer unmöglichen Mission betraut. Wenn ich etwas Neues erfahre, werde ich mich bei Ihnen melden.»

«Oh, das ist wirklich nicht nötig!» meinte Julie. «Und ich danke Ihnen nochmals.»

Friedlich ging der Vormittag vorüber. Clarisse erschien, um das Mittagessen vorzubereiten. Für Julie schnitt sie das Fleisch in kleine Würfel, die leicht mit der Gabel zu fassen waren.

«Was macht Gloria?»

«Sie hat etwas Musik gehört.»

«Hat niemand angerufen?»

«Kein Mensch.»

Allmählich wurde Julie ungeduldig. Wo, zum Teufel, blieben sie, die lieben Freundinnen, die doch sonst so schnell bei der Hand waren mit jedem Klatsch? Mindestens ein Dutzend von ihnen mußte jetzt schon Bescheid wissen. Bei der üblichen Länge ihres Tratschens – Julie schätzte die Verbreitungsgeschwindigkeit eines Gerüchts auf eine halbe Stunde pro Gespräch – mußte es alles in allem jede Minute soweit sein, daß Gloria die Tiraden mitten ins Gesicht bekam.

«Sagen Sie, ist es wahr, daß Sie an Ihrem Haus eine Gedenktafel anbringen wollen?»

Totale Verblüffung! Verrat! Entrüstetes Dementi.

«Wenn Ihnen das so unangenehm ist, werden wir natürlich darüber schweigen», wird es dann heißen, und Gloria wird wütend den Hörer aufknallen, um ihn gleich wieder aufzunehmen:

«Hallo, Julie?...»

‹Jetzt muß sie gleich anrufen!› denkt Julie. ‹Jetzt kommt unweigerlich der letzte Schlag! Da Madame Genson nicht eingreifen will, wird Gina Stellung beziehen, das ist unvermeidlich. Man wird die beiden Tafeln ungefähr gleichzeitig anbringen. Das ist ebenfalls unvermeidlich. Die ganze Gemeinde wird daran vorbeidefilieren, sie miteinander vergleichen, und damit ist es dann zu Ende. Das ist vorhersehbar. Mein Gott, und ich habe sechzig Jahre darauf warten müssen!›

Doch der Tag verstrich ohne Zwischenfälle. Julie bezwang ihre Enttäuschung. Nur nichts unternehmen, nur nichts sagen, auch nicht: «Das ist doch merkwürdig, Gloria, daß dich heute niemand besucht.» Am Nachmittag hatte Gloria den endgültigen Entwurf ihrer Gedenktafel erhalten und ihn seither nicht aus den Augen gelassen, als ob die Inschrift das ewige Leben verheißen könnte.

«Wenn die Montano das sieht», sagte sie, «ist sie reif für die Bahre.»

‹Sie weiß Bescheid!› hätte Julie gern gerufen. ‹Und die Bahre ist nicht für sie, sondern für dich, du Idiotin!›

Allmählich verstand sie, daß dieses seltsame Schweigen beabsichtigt war und Teil einer freundschaftlichen Verschwörung. Als Simone gegen Abend anrief und nicht die geringste Anspielung machte, war sie sich ihrer Sache sicher. Ohne Zweifel wollte man keinen neuen Konflikt provozieren. Vielleicht hatte sogar die Präsidentin hinter den Kulissen von ihrer Autorität Gebrauch gemacht und eine Waffenruhe verhängt. Eine Abmachung, mit der man Zeit gewinnen wollte.

Am nächsten Morgen erschien Dr. Prieur zu seiner üblichen Visite und diagnostizierte einen leicht beunruhigenden Blutdruck. Als Julie ihn hinausbegleiten wollte, hielt Gloria sie zurück.

«Julie... ich spüre, daß man irgend etwas vor mir verheimlicht. Ich weiß wohl, daß meine Freundinnen mich nicht ermüden wollen, aber wie erklärst du dir, daß ich sie praktisch gar nicht mehr spreche. Sie schauen nur kurz durch die Tür ‹Wie geht's?... Nein, bleiben Sie doch liegen›, und das ist alles. Als ob sie mich nur überwachen wollten. Genau wie du, Julie, du überwachst mich auch.»

«Das ist doch lächerlich.»

«Geht es mir denn schlechter? Aber wenn es mir so schlecht ginge, würde man doch nicht warten mit der Ordensverleihung? Ich verstehe ja, das wäre wahrscheinlich mein Ende. Ja, das ist es, nicht wahr? Die Ehrenlegion wäre gewissermaßen meine letzte Ölung, und deshalb hält man jede Aufregung von mir fern.»

Julie breitete hilflos die Arme aus.

«Du wirst immer unmöglicher, meine arme Gloria, mit deinem Ehrenkreuz und mit deiner Gedenktafel. Als ob es sonst nichts gäbe im Leben.»

Gloria richtete sich ein wenig auf. Eine leichte Röte war in ihre Wangen gestiegen, als sie antwortete:

«Genauso ist es! In meinem Leben gibt es sonst nichts mehr!»

Drei weitere Tage vergingen. An der Oberfläche herrschte immer noch völlige Windstille. Von Zeit zu Zeit erschien Clarisse und meldete: «Keine besonderen Vorkommnisse.» Unbewußt bediente sie sich der militärischen Formel eines Kundschafters. Gina schien sich in ihrer Villa vergraben zu haben, und Gloria lebte neben dem Telefon. Von Zeit zu Zeit rief sie bei Muraccioli an.

«Es geht voran», sagte er, «in zwei Tagen kann ich Ihnen den bearbeiteten Rohling zeigen. Selbstverständlich muß der dann noch geschliffen und poliert werden, aber Sie werden sich doch schon eine genaue Vorstellung machen können von der Arbeit.»

«In zwei Tagen? Ist das auch ganz sicher?»

«Aber ja. Ich muß ohnehin bei einer anderen Kundin vorbeischauen.»

Nachdem er aufgelegt hatte, rief Gloria sofort ihre Schwester zu sich, um ihr die kurze Unterhaltung wiederzugeben.

«Was mag er damit gemeint haben: eine andere Kundin?... Ich bin doch die einzige hier.»

«Vielleicht die einzige auf *La Thébaïde*», gab Julie zu bedenken, «aber nicht unbedingt auf der ganzen Insel.»

«Das ist wahr. Aber trotzdem...»

Stundenlang brütete sie über dem mysteriösen Satz, bis sie es nicht mehr aushalten konnte, und wieder den Steinmetz anrief.

«Monsieur Muraccioli ist in Cannes», antwortete die Sekretärin. «Aber er wird Sie nicht vergessen. Zumal er Ihnen ja eine andere Kundin verdankt. Aber entschuldigen Sie mich. Es läutet auf dem anderen Apparat.»

«Julie, erklär mir, was das bedeutet: eine andere Kundin... Du weißt doch immer alles. Was verstehst du darunter ? Du glaubst doch nicht, daß... Nein, das ist nicht möglich.»

Die kommende Nacht verbrachte Gloria in einer Art Delirium. Der Arzt hielt es für besser, eine Krankenwache zu bestellen. Doch trotz aller Spritzen schlief Gloria unruhig, sprach wie im Fieber und klammerte sich von Zeit zu Zeit an die Krankenschwester.

«Ich bin die Hundertjährige, ich!» sagte sie dann aufgebracht.

«Aber ja, aber ja, beruhigen Sie sich. Und legen sie sich wieder hin... So... und nun wird geschlafen.»

Trotz dieser anstrengenden Nacht war Gloria am Morgen wieder bei Kräften, aber der Arzt bestand darauf, die Krankenschwester an ihrer Seite zu lassen.

«Kommt nicht in Frage», erklärte sie bündig. «Ich erwarte Besuch und will in Ruhe gelassen werden.»

Clarisse half ihr bei Frisur und Make-up.

«Nein», sagte sie, «Sie dürfen nicht aufstehen.»

«Prieur ist ein Esel! Ruf meine Schwester und stell das Telefon direkt neben mich. Jetzt noch meine Brille. Ach, Clarisse, ich bin ein bißchen älter geworden. Vorigen Monat noch hätte ich keine Brille gebraucht, um die Telefonnummer von Muraccioli zu wählen.»

«Hallo?... Monsieur Muraccioli?... Ach, er ist gerade gegangen?... Nun gut, danke.»

Sie sah auf die Uhr. Muraccioli mußte bald dasein. Julie erschien, nahm einen ihrer Handschuhe ab und tastete nach Glorias Puls.

«Man sollte meinen, du hättest einen Dauerlauf hinter dir», sagte sie. «Du bist verrückt, dich dermaßen aufzuregen.»

«Ach, laß das! Nur keine Moralpredigt! Ich will einfach den Namen dieser anderen Kundin wissen. Alles anderes ist mir egal. Wenn dieser Muraccioli seinen Mund nicht halten konnte, dann wird er mich aber kennenlernen... Eigentlich müßte er schon da sein, es ist fast elf. Typisch Italiener, ich hätte es mir denken können. Was wettest du – hat er es ihr gesagt?»

«Ich bitte dich, Gloria, reiß dich doch zusammen!» schimpfte Julie entnervt.

«Sei still», flüsterte Gloria. «Es hat eben geklingelt. Mach ihm die Tür auf.»

Sie betrachtete sich in ihrem Spiegel, den sie immer griffbereit hatte und setzte eine liebenswürdige Miene auf.

«Sieh mal an», schmollte sie, «so vergißt man also eine arme Kundin...»

Muraccioli hatte ein längliches Paket und eine Zeichenmappe mitgebracht.

«Bei all den Windsurfern ist es gefährlicher, zu dieser Insel zu kommen, als eine Schnellstraße zu überqueren», entschuldigte er sich.

«Was haben Sie da in dem Karton?» fragte Gloria.

«Oh, das ist nicht für Sie. Das ist für...» Er unterbrach sich mit einem Lachen und fuhr dann fort: «Zwei Hundertjährige auf einmal – Sie müssen schon zugeben, das passiert nicht alle Tage... Also, in dem Paket ist Ihre Tafel – noch nicht ganz vollendet –, und in diesem Karton habe ich die Entwürfe für die andere Tafel.»

Julie beobachtete, wie sich Glorias Gesicht mehr und mehr verfärbte zu einem hektischen Rot. Sie erwartete einen Wutausbruch, statt dessen war Gloria ganz still, was noch viel alarmierender war.

«Madame Montano hat mir gleich nach Ihnen diesen Auftrag erteilt», sprach Muraccioli weiter, während er die Kordel von der Zeichenmappe löste. «Aber immer schön der Reihe nach, nicht wahr? Zumal ihre Vorstellungen ziemlich schwierig zu verwirklichen sind. Sie hat sich, wie Sie, für einen klassischen Marmor entschieden, aber sie will zusätzlich eine Sonnenuhr darauf anbringen. Sie werden ja sehen.»

Er wandte Gloria den Rücken zu und durchsuchte die raschelnden Blätter, bis er eines fand, das er sehr beifällig betrachtete.

«Madame Montanos Tafel wird ein wenig größer ausfallen als Ihre», sprach er, über die Schulter gewandt. «Sie will einen sehr schönen schwarzen Marmor, auf dem die Inschrift gut herauskommt.»

Langsam las er vor:

Dies war der Ruhesitz der berühmten Schauspielerin
Gina Montano
geboren in Neapel am 26. Mai 1887

«Was?»

Der Schrei kam von Glorias Bett. Erschrocken drehte sich Muraccioli um und sah, wie Glorias Hände die Decke umklammerten und ihr Mund vergeblich nach Atem rang. Schließlich wandte sie sich an Julie und ächzte:

«Was hat er gesagt?»

«Am 26. Mai 1887.»

«So steht es in ihrem Paß», erklärte Muraccioli.

Gloria sah ihrer Schwester in die Augen. Julie wich vor ihrem Blick zurück.

«Du hast es gewußt», sagte Gloria, schloß die Augen und ließ den Kopf auf die Kissen sinken.

«Ich bin die Ältere», sprach sie. Dann drehte sie sich zur Wand und bewegte sich nicht mehr.

«Was hat sie denn?... Was hat sie?» wiederholte der verblüffte Muraccioli.

«Sie ist tot», antwortete Julie leise. «Sie hat zum erstenmal Pech gehabt.»

Unmittelbar nach Glorias Beisetzung begab sich Julie ins Krankenhaus. Dort starb sie zwei Tage später. Man begrub sie neben ihrer Schwester – in weißen Handschuhen.

Serientäter

Robert Brack
Blauer Mohn (2886)
Die Spur des Raben (2906)

Bob Cook
Arrivederci Roma (2870)
Figuren im Zwielicht (2821)

Howard Engel
Es kommt alles ans Licht (2745)
Mord stand nicht im Drehbuch (2691)
Ticket für einen Toten (2833)

Georg Feil
Das Gesetz (2722)
Todsicher (2803)

Jan Michelet
Tod im Vorüberfahren (2749)
Weiß wie Schnee (2790)
Zwischen Hammer und Amboß (2755)

Jerry Oster
Dschungelkampf (2773)
New York Babylon (2758)

Poul Ørum
Der Schatten neben Dir (2657)
Die letzte Flucht (2822)

Fernando Schwartz
Die Falken (2829)
Die Verschwörung am Golf (2838)

L. R. Wright
Die Galerie der Toten (2825)
Tiefer Grund (2847)

thriller rororo

C 2115/10